光文社文庫

結城昌治コレクション

魚たちと眠れ

結城昌治

KOBUNSHA

目次

魚たちと眠れ

1

ハワイへ行く気はないか、と編集長に言われたとき、矢野はあまり気がすすまなかった。ハワイならテレビを見て間に合っているし、どうせ外国へ行くなら、ヨーロッパへ行きたかった。それもなるべく南のほう、スペインかポルトガルあたりを望んでいた。

矢野が勤めている出版社では、大体八年くらい勤めると、海外旅行のチャンスが順番でまわってくる。むろん仕事を兼ねているが、慰労の意味が大きかった。たとえ駆け足のような日程でも、とにかく社用で海外旅行を愉《たの》しむことができる。

矢野はまだ勤続七年目だが、ここでハワイへ行ってしまうと、ヨーロッパへ行くチャンスを失うことになりかねなかった。ハワイでも外国には違いないからである。

しかし、この旅行の順番はかならずまわってくるとは限らなかった。仕事の関係で、後輩の社員が先にチャンスを恵まれることも珍しくないから、そう当てには出来なかった。

「何の取材ですか」

矢野は気が乗らない顔で聞いた。

「特に取材の目的はない。例のファニー化粧品の、洋上大学だよ。招待したからといって、記事にしてくれというようなことは言ってきていない。百人の美女といっしょに、アメリカの豪華船でハワイへ行き、見物したりワイキキの浜辺で泳いだりして、帰りはジェット機でさっと帰ってくる。悪くないと思うがね。ほかの週刊誌も、呼ばれているところがあるらしい」

編集長は、矢野の心中を読取るように、眼鏡越しの眼を細めて言った。

ファニー化粧品主催の洋上大学については、矢野も広告を通じて知っていた。創業十五周年を迎えたPR作戦の一つで、新聞や女性週刊誌、デパート、化粧品店などのキャンペーンで応募者をつのっていたのである。横浜からハワイのホノルルまで八泊九日、船は太平洋定期航路の豪華客船セントルイス号、キャビン（客室）はファースト・クラス、ホノルルの一流ホテルに二泊して帰路はジェット機、その費用すべて主催者負担という好条件だった。

矢野が所属している週刊誌は、特に女性読者を対象にしていないので、広告は入稿しなかったが、かなり派手な紙面だったから、ほかで見た記憶が残っていた。

応募者の中から、抽選で百名が洋上大学の生徒に選ばれる。幸運の百名である。

「ところが――」編集長は言った。「応募ハガキが二十五万通を越えたそうだ。一人で何十通も出したのがいるようだけど、とにかく二千五百倍以上の競争率というのは、ちょっとないんじゃないかな。旅費が無料のせいもあるだろうが、それだけでは割切れない」

「海外旅行ブームのせいですか」

「違うね。ハワイ・ブームのせいでもない。船旅の魅力だよ。ジェット機なら七、八時間で着いてしまうのに、悠々《ゆうゆう》と九日もかけて行くんだ。今のようなせかせかした時代では、最高の贅《ぜい》沢《たく》かもしれない」

「――」

矢野は相槌《あいづち》を打たないで煙草をくわえたが、その通りかも知れないと思った。いつか札幌へ行ったとき、機内サービスの紅茶を飲んでいるうちに着いてしまって、少しも札幌に来たという実感が湧かなかった。松山へ行ったときも同様だった。旅行の愉しさは道中にあるので、例えば東海道五十三次も、新幹線では膝栗毛《ひざくりげ》になるわけがなく、交通機関の発達は、急用なら早いほうがいいだろうが、そうでなければ旅行気分を奪う役にしか立っていない。旅は、目的地に着くばかりが能ではないはずだった。

「百人の当選者は、もう決まったんですか」

「決まっている。北は北海道網走から、南は鹿児島に至るまで、平均年齢二十二歳半、全員独身らしい」

「講師はどんな連中ですか」

矢野は煙草をくわえたまま、火をつけるのを忘れていた。まだ気乗りしない顔をしているが、内心は大揺れに揺れて、最初の態度を急に変えるのが照れ臭いだけだった。

「詳しいことはこれに出ている。眼を通してみて、きみが厭《いや》なら代わりの者に行ってもらう」

編集長はそっけなく言って、薄っぺらなプリントをボールペンの頭で叩いた。

2

プリントは、洋上大学の参加者に対するガイド・ブックだった。参加者を生徒と呼び、まずファニー化粧品のメッセージがあり、それから就学規則、帰国まで十一日間のスケジュール、五クラスに分けた講義の時間割、船内やハワイにおける注意事項などがつづき、最後に五人の講師が簡単に紹介されていた。

アイウエオ順に――、

ファッション・デザイナーの及川弥生、

心理学の教授で、テレビでも顔の売れている桐山久晴、

作家の砂井安次郎、

美容学校の校長をしている高見沢梢、

新劇の舞台よりテレビや映画で人気のある俳優の望月伊策。

このうち、砂井安次郎はあまりパッとしない推理作家だが、矢野は彼の連載を担当したことがあって気心が知れていた。高見沢と望月伊策にも仕事で会ったことがあった。高見沢梢とは美容界の取材で一度しか会っていないが、批判的な記事が気に入らなかったらしく、電話で怒《ど》鳴《な》り込んできたからよく憶えている。美容界のボスの一人だ。若くはないが年寄りとも言えない、年齢不詳で、国籍も不明のような白くふくらんだ顔をしている。

望月伊策には何度もあっているが、どことなく冷たい感じで親しめない。テレビなどから受ける印象とは正反対のような人物である。中年の二枚目として売っているが、五十五、六歳になるはずだ。

桐山久晴はテレビで見たことがある程度、へらへらした軽薄な感じで、人生相談までやって

いる。四十歳くらいの男だ。

及川弥生は雑誌のグラビアで見ただけだが、かなりの美人である。スタイルもいいし、自分がモデルになってもおかしくないくらいだった。銀座と青山、京都にも店を持っていて、だからただの美人デザイナーとして有名なわけではなく、商売の腕も相当なものに違いなかった。

矢野は講師の顔ぶれを眺めていたが、実際は講師など誰でもよかった。百人の女性と船でハワイへ行くというイメージがふくらんで、その華《はな》やかなイメージに圧倒されそうだった。想像力が強いのではなくて、想像癖が強いのである。想像するだけで、実行は滅多に伴わない。

しかし、今度の彼はいつもと違っていた。プリントを渡される前から、その気になっていた。ヨーロッパへ行く順番を外《はず》されても、ハワイへ行くほうが面白そうだった。

「行かせてください」

矢野はしばらくぼんやりしてから、編集長に返事をした。

彼は二十八歳で、独身だった。恋人がいたが、失恋したばかりだった。

3

それから三か月経った。

四月中旬、風はまだ冷たかった。

「確かに豪華船だな」

セントルイス号の白い船体を見上げて、黒木が張切った声で言った。取材の名目で、矢野といっしょに行くことになった女性週刊誌の記者である。マスコミ関係は、ほかにもう一誌加わる予定が取消しになり、矢野と黒木の二人きりだった。

セントルイス号、一万八千トン、旅客定員はファースト・クラスが約三百人、エコノミー・クラス約二百人の計五百人である。横浜を出航したあとは、ホノルルを経てサンフランシスコに帰港する。

黒木が言ったように、確かに外観は堂々たる豪華船だった。

しかし矢野は、出国手続きを済ませてタラップを上り、キャビンに入った途端に失望した。大分薄汚れた感じで、ベッドは肩幅くらいしかない狭さで、窓もテーブルもシャワーもない。僅《わず》か二畳くらいにベッド、洋服簞笥《だんす》、トイレを詰込んだ形で、到底くつろぐような余裕はなかった。

「これでもファースト・クラスかい」

となりのキャビンに入った黒木が、間もなく矢野のキャビンを覗《のぞ》きに来て、むくれたように言った。黒木のキャビンも、矢野のキャビンと全く同じだった。

そこへファニー化粧品の社員で、洋上大学の事務局長という肩書がついた毛利が通りかかった。

黒木は、早速毛利をつかまえて不平を鳴らした。

「申しわけありません。我慢してください」

毛利は低姿勢だった。

毛利によると、ファースト・クラスといっても、寝室と居間に分れているスーツ・ルームから
バスもシャワーもトイレもない四人部屋まで十一段階の格差があり、生徒の大半は二人部屋か四人部屋だという。一般乗客と混らないように、洋上大学一行百余人のキャビンをまとめて取ろうとした結果で、已《や》むを得ない様子だった。

「すると――」黒木は言った。「ぼくたちの部屋はファースト・クラスのうちの下級クラスか」

「下級でもないでしょう。個室で、トイレがついてますから、中級の下くらいじゃないですか」

「でもこの部屋を見たら、豪華船なんて言えないぜ」

「古くなったのは仕様がないんですよ。何しろ二十年以上経っています」

「二十年以上も前から、ずっと引続きの豪華船か」

黒木は憮然《ぶぜん》とした面持だった。

共用のシャワー・ルームは近くにあって、ダイニング・ルームはもちろん、ラウンジ、喫煙室、図書室、バー、プールなどの設備は間違いなく豪華船である、という毛利の説明だった。

「キャビンは寝るときだけ、と思ってください」

毛利はそう言って、細い廊下を忙しそうに去っていった。

やがて銅鑼《どら》が鳴り、アナウンスが聞えた。銅鑼は、見送り人に下船を促《うなが》す合図だった。

「デッキへ出てみるか」

矢野が言った。矢野も黒木も見送り人はいないが、狭いキャビンに閉じこもっていても仕様がなかった。

4

廊下を通り抜けると、船客係の事務所と写真屋が並び、左右の隅がロビーになっていた。洋上大学の主催者側は、この左手のロビーに机を置いて事務局の窓口を設け、つねにファニー化粧品のスタッフか、旅行代理店の者が生徒や講師たちの連絡に当っていた。

矢野と黒木が事務局の前に来ると、ファニー化粧品の事業部長で、今度の旅行では団長の肩書がついた彦原と、事務局長の毛利、ほかに生徒をまじえた数人が何か揉《も》めているように言い合っていた。

好奇心の強い黒木は、すぐにその仲間に首を突っ込んだ。

矢野は黒木を置去りにして、エレベーターでプロムナード・デッキ（遊歩甲板）へ上った。すでに送別風景が華やかに展開されていた。一般乗客も総出のようだが、洋上大学の生徒は、水色の明るいユニホームに白いスカーフを巻いているので一目で分った。若い女性ばかり百人、それも大部分が初めての外国旅行で、桟橋も見送り人の顔でぎっしり埋まっていた。

「さよなら――」

「元気でね――」

デッキから桟橋へ、桟橋からデッキへ、七色のテープがさかんに飛び交っているが、テープはなかなか目指す相手に届かない。港の別れは感傷を誘うらしく、一生の別れを惜しむように涙ぐんでいる女性が何人もいた。デッキから落ちそうなほど体を乗り出して、けんめいに手を振っている女性もいる。

汽笛が物悲しげにひびいた。

しかし、テープ屋を儲《もう》けさせるつもりかどうか、船は午後四時の予定を過ぎてもなかなか出航しない。

桟橋の隅っこの楽隊の演奏が、「さくらさくら」から「軍艦マーチ」に変った。早く出て行け、という催促のようにも聞える。

「軍艦マーチは厭だな」

矢野の横で、痩《や》せた肩を寒そうにすぼめていた作家の砂井が呟《つぶや》いた。

「なぜですか」

「戦争に行くみたいじゃないか」

「砂井さんは戦争に行ったことがあるんですか」

「ないよ。戦争が終ったとき、ぼくは中学の一年生だったからね。でも、あの音楽を聞くと、どうも戦争に引っぱって行かれるような気がする。あんたは何も感じないかい」

「別に感じませんね」

「そうかな」

砂井は眼をそらした。

砂井が眼をそらした方向に、矢野は胸が熱くなるような女性を発見した。水島陽子、乗船する前にファニー化粧品の本社で結団式がおこなわれたが、そのとき、百人の生徒がつぎつぎに立って自己紹介をした。水島陽子の名前は、その美しさとともに、そのときから矢野の胸を熱くした。

もっとも、美人を見て胸の辺が熱くなるのは矢野の体質だから、その生理現象に深刻な意味はなかった。結団式の会場では、水島陽子に限らず、かなりの女性が矢野の胸を熱くして、矢野は大分のぼせ気味だった。

しかし、矢野の胸はすぐ熱くなるが、平静に戻るほうも割合早かったから、のぼせ状態が続いていたわけではなかった。デッキの上で、その状態が再発しかけているだけだった。とにかく水島陽子は、彼がいちばんきれいだと思った女性である。

「ハワイへ着くまでに、面白い事件が起らないかな」

砂井が振返って、退屈そうに言った。

また汽笛が物悲しげにひびき、楽隊の演奏は「蛍の光」に変っていた。

船がいつの間にか桟橋を離れた。

テープが千切れ、手を振っている見送り人の姿が、煙るように小さく霞《かす》んでゆく。

もう「蛍の光」も聞えない。

――さらば祖国よ。

矢野も少し感傷的になっていた。

5

陸地が遠くなると、デッキにいた客はつぎつぎにキャビンへ下りて、砂井安次郎もいつの間にか姿を消していた。

「とうとう日本ともお別れだな」

それまでどこにいたのか、女性週刊誌の黒木が現れて矢野に言った。物事を大げさに言う癖のある男だが、ハワイで二泊したらすぐ日本へ戻るのに、永遠に日本を離れるような口ぶりだった。彼も多少感傷的になっているのかも知れない。

「さっきは何を揉めてたんだ」

矢野は、洋上大学事務局の窓口を設けたロビーで、団長の彦原や事務局長の毛利が、数人の生徒に囲まれていたときのことを聞いた。

「おもしろかったぜ。シャワーもトイレもない四人部屋なので、エコノミー・クラスに詰込まれたと思ったらしい。洗濯物を干す場所もないという苦情もあって、船が出ないうちから、彦原団長は頭を抱《かか》えていた」

「なかなかやるじゃないか」

「招待されたからといって、おとなしく引っ込んでいないところがいい」

「おれたちもやるか」

「いや、実はおれもその気になりかけたが、彦原さんの様子を見ていたら気の毒になった。これから先が思いやられるよ。生徒たちは彦原さんの説明を聞いて納得したようだし、おれたちのほうは曲りなりにも個室で、トイレつきだからな。主賓の生徒が四人部屋で我慢するなら、あまり文句を言えない。それより、そのあとがまた面白かった。高見沢梢がさんざんにごてた」

高見沢梢、美容学校の校長である。ツイン・ベッドのキャビンに入ったが、そのツインたるや、粗末な二段ベッドで、昼間は上段のベッドを下ろしてソファにできるという便利を兼ねていた。

しかし彼女は、これが気に入らなかった。シャワー、トイレ、洋服箪笥に化粧台までついているが、娘時代からこんな狭い部屋で寝起きした憶《おぼ》えはないという文句だった。ファニー化粧品は礼儀を知らぬ、講師を軽く見ていると言って、大へんな見幕だったらしい。

「それで彦原さんはどうした」

「また頭を抱えたよ。部屋を変えないなら、船を下りるか、自費で別の部屋をとると言われては仕様がない。船客部長に交渉して、もう少し上等の部屋に移ってもらった」

「いい部屋が余っていたのか」

「満員だと言っていたが、余っていたんだな」

「しかし、そうなればほかの講師も文句を言うだろう」

「だから、ほかの講師には多分内緒だね。大体、高見沢梢は結団式のときから頭にきていたんだ」

「なぜだ」

「気がつかなかったか」

「何があったのだろう」

「講師紹介の順序さ」

講師の紹介はアイウエオ順だった。

しかし、年長者ということで学長になった望月伊策がまず演壇に立ち、それからアイウエオ順に紹介されて挨拶をした。つまり、望月のつぎが及川弥生、桐山久晴、砂井安次郎とつづいて、高見沢梢が最後だった。

「女の講師は及川さんと高見沢の二人きりだ。それでライバル意識があったんじゃないかな。高見沢は自分のほうがキャリアも知名度も上だと思っているに違いない。しかし、若さと美貌《びぼう》では及川さんにかなわない。その辺の心理は桐山教授に聞かなくても見当がつくが、とにかく高見沢は百人の生徒に対して、自分のほうが及川さんより上だということを見せたかったのだと思う。それがビリっけつで紹介されたから頭にきた。結団式の司会をした毛利さんに、ファニー化粧品は洋上大学を五十音図で運営する気か、もしそうなら、望月伊策の学長もおかしいと言って捩《ね》じ込んだらしい。毛利さんは汗だくで弁解していた」

主催者としては、女性講師が高見沢梢ひとりでは寂しいだろうと察して、及川弥生を加えたのである。及川弥生なら仕事の競争相手ではないし、それにファニー化粧品と高見沢は、商売の関係で以前からつながりが深く、揉め事があればむしろ力になってもらえるという考えで、講師紹介の順序などはどうでもいいと思っていたのだ。

「女同士は難しぃよ」

黒木が呟いた。

たった二人の女同士が難しいなら、百人の生徒同士はいったいどうなのか。全国各地から集まった彼女らは、お互いに顔も名前も知らなかった偶然の百人で、ハワイまでの九日間を同じ船の中で暮らすのである。たとえ厭な相手がいても、太平洋に飛込んで鮫《さめ》に食われる以外に逃げ道はない。

海が次第に昏《く》れてきた。

まだデッキにもたれて、海を眺めている生徒が何人もいたが、矢野がいちばんきれいだと思った水島陽子は、とうにキャビンへ下りたようだった。

6

ファースト・クラスの船客は約三百人が定員だが、二人部屋を一人で占める者や、空室もあったから、実際は二百三、四十人で、ほぼ半数が洋上大学の関係者だった。生徒百人に講師が五人、ファニー化粧品は彦原団長、事務局長の毛利、会計担当の森石、カメラマンの田浦、それに嘱託医の駒津ドクターを加えた五人、さらに旅行代理店から曾根、小野寺の二人、取材関係が矢野と黒木で、以上の百十四人が洋上大学の一団だった。

しかし、ダイニング・ルームは全員を収容しきれないので、一般の乗客と同じように、洋上大学の生徒たちも食事時間を早番と遅番に分けた。

夕食は早番が六時半から、遅番が七時四十五分からである。

矢野も黒木も遅番だった。テーブルは隅っこの19番。このテーブル・ナンバーは下船するまで変らない。

六人掛けの円卓だが、19番テーブルは矢野と黒木と田浦カメラマンの三人だけで、ゆったりしているが、半端《はんぱ》な感じを否めなかった。

「どうせおれたちは半端なんだよ」

黒木は面白くなさそうに言った。

講師は出入口に近い中央のテーブルで、五人の講師と駒津ドクターがいっしょだった。

しかし、隅のテーブルのほうが眺めは悪くなかった。生徒はテーブルごとに六人ずつかたまって、矢野はその風景を眺めているだけで退屈しなかった。

「すごい美人がいたな」

食前酒《アペリチフ》の葡萄酒《ぶどうしゅ》を選び、料理を注文すると、黒木が生徒たちのほうを見まわして言った。

「生徒か」

矢野はすぐに聞きかえした。水島陽子のことだろうと思っていた。

しかし彼女なら、早番で食事を済ませ、矢野と入違いに出て行く姿を見ていた。

「うむ」

黒木は、なおも生徒たちのほうを眺めながら頷《うなず》いた。

「ここにはいないのか」

「いないな。早番らしい」

「名前は」

「水島陽子」

「どんな女だったろう」

矢野はとぼけた。

「結団式のとき、自己紹介してたじゃないか。気がつかなかったのか」

「百人もいたからな。名前と顔が結びついていない」

「おれはもう七、八人憶えたぜ」

「美人ばかりか」

「そうとは限らない。部屋割りのことで、団長に嚙《か》みついていた陣内という生徒は、あまり美人じゃなかった」

「水島陽子はそんなに美人か」

「ほかにもきれいなのがいたから、検討の余地はあるけどね。ちょっと冷たい感じだが、その冷たさに色気があった」

「その女、ぼくは憶えてますよ。まだ大学生でしょう」

カメラマンの田浦が口を挟《はさ》んだ。彼は無精たらしい口ひげを生やしているが、矢野や黒木より若く、二十四、五歳だった。

しかし、彼は黒木の意見と違って、有田ミツ江のほうがきれいだと主張した。

「水島陽子に較べると目立たないが、写真のモデルを選べと言われたら、ぼくは有田ミツ江を選ぶ。さわやかで、みずみずしい色気がある」

「うむ」黒木も同感したようだった。「それじゃ、庄野カオリというのはどうだい」

「そうだな。彼女も悪くはないが、蠟燭《ろうそく》みたいに痩せていて、一種の色気はあるけれど、不健康な感じがする。庄野カオリを挙げるくらいなら、三輪桃子のほうがいい」

「あれかい」

黒木の視線が7番テーブルをさした。

明るい花模様の服を着て、やや下ぶくれの横顔を見せている女が三輪桃子だった。きれいというより愛らしい感じだが、そのくせ妙に大人っぽい色気があった。彼女が意識していたかどうか分らないが、ロビーで食事時間の交替を待っているとき、矢野は彼女に見つめられたような気がして、思わず顔を伏せてしまったので彼女を憶えていた。

庄野カオリについては、黒木に教えられて初めて知った。三輪桃子たちのとなりのテーブルで、確かに魅力的だが、どことなく不健康な感じだった。痩せているせいか髪を染めているせいか、あるいは胃の具合でも悪いのか、その原因は分らない。

しかし有田ミツ江は、結団式のとき印象に残った女性の一人だった。彼女も早番らしく姿が見えないが、水島陽子と較べてどちらかを選ぶとすれば、矢野は黒木の意見の方に賛成だった。

それにしても矢野は、黒木や田浦が丹念に彼女らを観察し、名前まで憶えているのに感心した。

「折戸玲子というのはどうだい」

と黒木が新しい名前を出すと、

「彼女もいいな」

田浦はすぐに反応した。

黒木も田浦も、実によく飲み、よく食べ、そしてよく喋《しゃべ》った。

矢野は葡萄酒だけで、満腹したような気分だった。

7

夕食が終ってキャビンに戻ると、矢野は、数日前に受取った洋上大学参加者の名簿を早速めくった。

五組に分けたグループ別に、名前、年齢、住所、職業、キャビン・ナンバーが印刷されていた。

水島陽子、二十歳、大学の英文科三年生。

庄野カオリ、二十二歳、職業は空欄になっている。

陣内左知子は二十一歳、大学生で法学部の四年。

この三人が東京出身だった。東京の出身者がいちばん多く、ほかに十八人いた。

有田ミツ江、二十歳、埼玉県川口市、大学の仏文科三年。

三輪桃子、二十二歳、山梨県甲府市、これも職業は空欄。

折戸玲子、二十三歳、岡山県岡山市、美容院勤務となっている。

以上が食卓の話題にのぼった主な女性だが、矢野が名簿を見て思い出せた顔はこの六人だけだった。それも半分は黒木に教えられて名前と結びついたので、到底百人の顔は憶えきれないと思った。職業も会社、銀行などの勤めからデザイナー、コピーライターにおよび、種々雑多である。

矢野は腕時計を覗いた。食事が済んだのが十時近くで、間もなく十一時だった。

しかし、ハワイ航路の一日は時差の関係で二十三時間しかない。就寝前に時計の針を毎晩一時間すすめるのだ。

とすると、すでに十二時になろうとしているわけである。

矢野は少しも眠くなかった。普段から十二時前に寝たことなどはないが、せっかく愉しみにしていたハワイ航路の第一夜を、このまま狭いベッドに潜《もぐ》ってしまうのは惜しい気がした。

キャビンを出て、となりの黒木のドアをノックしてみた。

返事がなかった。

寝てしまったとは思えなかった。

しかし矢野は、黒木に会いたいわけでもなかった。プロムナード・デッキに出てみようと思った。

セントルイス号は六階建のホテルに似ていた。太平洋の波濤《はとう》を越えてゆく純白のホテルである。

屋上がサン・デッキで、二本の太い煙突が煙を吐いているが、この二本の煙突だけが海の色と同じように青い。

アッパー・デッキ（上甲板）を一階とすれば、地上三階地下三階の感じで、アッパー・デッキは同じファースト・クラスでも船賃の高いキャビンばかり、今度の航海ではほとんどがアメリカ人の一般乗客ばかりである。部屋もいいし窓の眺望《ちようぼう》もひらけて、鉄道のグリーン車と思えば間違いない。

二階がプロムナード・デッキで、ガラス張りの広い廊下をめぐらし、ラウンジ、図書室、喫煙室、売店、バー、ダンス・フロア、プールなどがあり、プールはもちろん廊下の外だが、プールサイドのベランダは、日光浴のためにデッキ・チェアが用意されている。

三階はボート・デッキ、救命ボートを架設し、やはりデッキ・チェアがあり、デッキ・ゴルフも出来る。

その上がサン・デッキだ。

地下一階がAデッキ、講師や矢野たちのキャビンが並んでいる階だが、百人の生徒はこのA

デッキと地下二階のBデッキに分散していた。下におりるほどキャビンの造りも落ちるようで、エコノミー・クラスはさらにその下のCデッキ、船倉の船尾の方に一部屋十二人から二十四人という割当てで詰込まれている。

しかし、ファースト・クラスのダイニング・ルームは地下二階のBデッキにあって、エレベーターはBデッキからプロムナード・デッキまで自動運転していた。

矢野はプロムナード・デッキに上った。

バーに十人くらい客がいて、カウンターの隅に砂井の姿が見えたが、黒木はいないようだった。

矢野はベランダに出た。

風が冷たかった。

見上げると、満天の星空だった。

矢野は溜息のような深呼吸をした。

そのとき、プールの向う側の手すりにもたれている女の影が、泣いているように見えた。

8

矢野はしばらくその女を眺めていた。マストの照明と月のひかりに浮かんだ影は、確か女に違いないが、背中を向けているので顔は分らなかった。矢野のほうを向いたにしても、離れているし、顔が分るほどの明るさではない。長い髪が風に吹かれ、そのせいで肩のあたりが泣いているように見えるのかも知れなかった。

どうでもいいけれど、しかし、寒くないのかな、矢野はそれが不思議だった。じっとしていられないくらい風が冷たいのだ。

矢野は我慢できなくて、引返そうとした。

すると、そこへ今度は男の影が現れた。

桐山久晴だった。洋上大学の講師の一人で、本職は私立大学の心理学教授である。ふいに現れたようだが、前からいたのに矢野が気づかなかっただけかも知れない。

桐山は女の影に近づくと、何やら話しかけた。

女は首を振ったようだった。

桐山は女の肩に手をかけ、なおも何か言っていた。桐山のほうが背が低かった。

女は首を振りつづけた。

しかし、桐山は女の腰に手をまわすと、横から抱くような恰好で女をつれ去った。

矢野はますます不思議な気がした。訳が分らないので、どこが不思議というわけではなかった。

少しぼんやりしてから遊歩回廊《プロムナード》へ戻ってみたが、ラウンジやエレベーターの付近にも二人の姿は見えなかった。

矢野はバーに入った。

カウンターの隅で、作家の砂井安次郎が飲みつづけていた。

「まだバーをやってるんですね」

矢野は、砂井の隣に腰をかけ、スコッチの水割りを注文した。

船内の飲物は、国際線の旅客機と同じで税金がかからないから、かなり安かった。時計の針を一時間すすめたので、時刻は十二時をまわっていた。

「規則は十二時までだが、大抵二時頃までやっているらしい。飯を食ったからって、子供みたいに眠れるものじゃない」

バーの閉店は十二時が一応の規則、洋上大学の規則は十一時が消燈だった。

「でも――」矢野は言った。「遅くまで起きていたら、講義に差支えるでしょう。講義の前に朝食もある」

早起きする者のために、六時から七時までコーヒー、紅茶、クッキーなどがプロムナード・デッキでサービスされるが、朝食は早番が七時、遅番が八時からだった。そして講義は九時から十一時までの二時間、グループ別の時間割によれば、講師は一日に一グループずつ受持つ。五日目とハワイ到着の前日が休講だから、五人の講師が五つのグループを、ちょうど五日間で消化する振当てである。

「飲んで寝れば、どうせ朝飯は食わない」

砂井はどことなく憂鬱そうだった。

「講義はどんな話をするんですか」

「どんな話をすればいいかね」

「決ってないんですか」

「うん」

「ほかの講師は決ってるでしょう」

「ぼくは決っていない」

「講義は明日からですよ」

「だから弱っている。船は出てしまったし、もう引返すわけにいかない」

「でも、二時間くらいどうにでもなるでしょう」

「冗談じゃない。桐山さんと違って、ぼくは講義とか講演とかいうものをやったことがない。二時間なんて話すことがあるものか。五分も喋れば終ってしまう」

「五分は早過ぎる」

「仕様がない。いい知恵があったら貸してくれよ」

「ぼくに聞かれたって困りますよ」

矢野は、砂井の憂鬱そうな理由が分った。ほかの講師のテーマは、
望月伊策が『生活の中の演技』

桐山久晴は『女性のための心理学』

及川弥生が『流行と個性』

高見沢梢は『美しくなるために』

という具合にプリントされていて、砂井安次郎だけが『未定』になっていた。

「それじゃ、なぜ講師を引受けたんですか」

矢野はわざと聞いてやった。

「初めは添村が引受けていたんだ。それがどうしても都合がつかないといって、彦原さんにぼくのことを吹込み、ぼくは彦原さんの話につい釣られてしまった。何しろ百人の女性と太平洋を渡るチャンスなんて、二度とないからな。講義のことなどはろくに考えなかった」

添村というのは、若い女性に人気のある作家で、砂井の友人だった。砂井に較べれば、今度の洋上大学の講師として遥かに適任である。話もうまいし男前もいい。

しかし矢野は、ほかの講師が四人とも役にはまっている感じなので、砂井のように場違いな者が加わるのも面白いと思い、異色の人選だと言ってやった。

「いや」砂井は深刻な顔で首を振った。「こうなったら退屈させて、生徒全員、遠慮なく居眠りをしてもらう」

「眠らなかったらどうしますか」

「眠るさ。女の平均寿命が男より長いのは、よく眠るせいなんだ。女性は食欲と眠気を我慢できない、とある有名な作家が言っている」

「有名な作家って、だれですか」

「名前は忘れた」

「どうも頼りないな。無理に眠らせなくても、専門の推理小説の話をすればいいじゃないですか」

「あこがれのハワイへ行くという船の中で、しかも若い女性に対して、殺人の話かい」

「きっと受けますよ」

「どうかな」

砂井は気が乗らないようだった。

「黒木を見ませんか」

「さっきは事務局にいたけど、財布を盗まれたという生徒がいて、そのことで会議中らしかった」

「まだ会議中ですか」

「通りがかりに覗いただけで、あとのことは知らない」

砂井は盗難事件より、明日の講義が気になっている様子だった。

9

矢野は週刊誌の記者としての意識が働いて、黒木に出し抜かれたと思った。盗難があったなんて耳にしていなかったのだ。

矢野はすぐにバーを出た。

彦原団長と毛利事務局長のキャビンが事務局になっていた。事務局を兼ねているせいだろうが、Aデッキではいちばん上等のキャビンだった。ツイン・ベッドの寝室と居間に分れ、居間にはソファ、肘《ひじ》掛椅子、テーブル、それにバス、シャワー、トイレット、洗面所はもちろん、ロッカーも洋服簞笥もあるし、海に面して窓も二つ付いていた。このキャビンを見れば、いくら彦原と毛利の相部屋でも、高見沢梢が文句を言ったのは当然だった。

廊下はひっそりとしていたが、ノックをしてドアをあけると、彦原、毛利、黒木、旅行代理店の曾根が疲れたような顔をしていた。

「盗難事件はどうなりましたか」

矢野は、ソファに腰を下ろしていた黒木のとなりに、並んで言った。

「いや、あれは盗難じゃありません」

曾根が首を振った。飴色《あめいろ》縁の眼鏡をかけ、体は大きいが神経質な感じである。

彦原もいい体格だが、いかにも実直そうで、小柄な毛利は小まめに精を出して働く感じ、この三人に較べると、黒木はかなり図太く見える。

「財布が見つかったんですか」

矢野は曾根に聞返した。

「そうじゃないんです。本人は盗まれたと言っているが、紛失したらしい。思い違いですね」

「思い違いという証拠はあるんですか」

「証拠はない」

「だったら本人の言うことが正しいんじゃないかな。紛失なら見つかるはずでしょう。乗船したばかりで、行動半径が限られている」

「明日になれば見つかりますよ」

「なぜ明日になれば見つかりますか」

「そう言われても困るけど、どこかへ置き忘れたのかも知れないしね」

「いくら入ってたんですか」

「千ドルと、日本円が五万五、六千円というところらしい」

「生徒にとっては大金だな」

矢野は呟いて、黒木の反応を見ようとした。しかし黒木は窓のほうを眺めていて、振向かなかった。

「たぶん――」彦原が言った。「失《な》くしたか置き忘れたか、そのどちらかと思うので、このことは内緒にしておいて下さい。知れ渡ると、生徒に不安を与えます」

「でも――」黒木がふいに彦原のほうへ向きを変えた。「こういう噂《うわさ》はすぐ知れ渡りますよ。もう全員に知れたと思っていいんじゃないかな。生徒に与えるのは不安だけじゃない。不安と動揺、恐怖と戦慄《せんりつ》です」

黒木は相変らず大げさだった。

財布を盗まれたのは、岡山市の美容院に勤めている折戸玲子。痩せぎすだが、庄野カオリほど痩せてはいない。色が白くて、男好きのしそうな顔立ちである。彼女のキャビンは、三輪桃子、陣内左知子、それに岩手県花巻市から参加した今中千秋との四人部屋だった。

キャビンの鍵は各人が一個ずつ持っているという。

「折戸玲子は、どこで財布を盗まれたと言っているんですか」

矢野は話を戻して、彦原に聞いた。

「夕飯から戻って、売店に行こうとしたらなくなっているのに気がついたと言うんだけどね。しかし、夕飯の前はプロムナードにいたから、そこのデッキ・チェアに置き忘れたかも知れないなんてことも言っている。自分でもよく分っていないんだ」

「彼女の食事は遅番でしたね。三輪桃子も遅番だった」

だが、陣内左知子と今中千秋は早番である。とすると、食事をしている留守の間にキャビンで盗まれたとすれば、先に食事を済ませた陣内左知子か今中千秋が疑われる立場だった。

いずれにせよ、折戸玲子が失った金額は旅行中の現金すべてで、取戻さない限りは船内の買物ができないし、ハワイへ行ってもムームー一着買えないことになる。

「明日の朝起きられないから、今夜はもう寝ましょうよ」

毛利が、彦原に助け舟を出すように言った。すでに深夜の二時近く、堂々めぐりの議論がつづいて、黒木を除いた三人は疲れ切っているようだった。

10

矢野は黒木の部屋に寄った。

腰かけるところは狭くて固いベッドしかないので、また二人して並んだ。

「盗難事件のこと、誰に聞いたんだ」

黒木が言った。

「砂井さんに聞いた。バーへ行ったら、砂井さんがひとりで飲んでいた」

「ほかの講師は」

「知らないが、桐山の姿をちょっと見かけた」

矢野は、プールサイドで見た女のことも話した。

「その女、誰だろう」

黒木はたちまち関心を示した。

「分らないが、もちろん生徒だな、桐山が話しかけて、いっしょに消えたんだから」

「髪が長いと言ったな」

「うん。顔は見えなかった。背は桐山より高い」

「服は」

「憶えてないね」

「水島陽子かも知れない」

「なぜ」

「桐山は、以前から彼女を知っていたらしい。船が出る前からよく一緒にいたし、食事の交替で擦《す》れ違うときも、かなり親しそうに話していた。あの二人は、この船で初めて知合った仲じやないね。おれはそう睨《にら》んだ」

「しかし、もし彼女だとすれば、なぜ泣いていたのだろう」

「ほんとうに泣いてたのかい」

「おれにはそう見えた」

「ホーム・シックじゃないのか」

「ホーム・シックにはまだ早い」

「船が出るとき、泣いていた生徒が何人もいたぜ」

「それはホーム・シックと違う。感傷に過ぎない」

「ホーム・シックだって感傷じゃないか」

「感傷の質が違うよ」

「ホーム・シックじゃないなら、船に酔って吐いてたのかな」

「船に酔うのもまだ早いだろう」

「そんなことはない。船酔いの患者が続出で、駒津ドクターが忙しがっていた」

「でも、もし船酔いで気分が悪かったら、トイレで吐けばいいじゃないか」

「だから吐いたあとで、風に吹かれたかったということも考えられる」

「しかし、風がものすごく冷たいんだぜ。じっとしていられなかったくらいだ」

「そんな寒いところへ、きみは何をしに行ったんだ」

「別に理由はない」

「だったら、その女がいたのも、別に理由はないのかも知れない」

「うむ」

矢野は声だけで頷いたが、釈然としなかった。その女が水島陽子だったかどうか分らないが、気にかかっていたのである。もし水島陽子だったとすれば、いよいよ気にならざるを得なかった。

「とにかく――」黒木が言った。「高見沢梢と及川弥生の対立も烈しくなるだろうし、最初の晩からこの調子では、先が思いやられるな。彦原さんは、無事にハワイに着けるかなんてことまで心配していた。団長も案外楽じゃないらしい」

「講師連中が揉めるのは大したことはないが、問題は百人の生徒さ。盗難事件が発展して、百人の女が集団発狂みたいなヒステリーを起こしたら手がつけられない」

「そうなれば、かえって面白いじゃないか。せっかくの船旅で何も起こらなかったら退屈してしまう」

「おれもそう思うけどね」

矢野は無責任に、心からそう思っていた。

11

翌朝、矢野が眼を覚ましたのは九時過ぎだった。

船がかなり揺れていた。

起上ると、ドアの隙間からホチキスでとめた印刷物が二通、それに小さな角封筒が差込まれていた。タイプ印刷の一通は船内新聞で、もう一通は催し物などの案内だった。二通とも英文である。

矢野は船内新聞を読まなかった。世界の情勢に無関心なわけではないが、せっかく外界から遮断されたはずの船の中で、苦手な英語と格闘してまで世界の動きを追う気にならなかった。そうでなくても、普段の仕事がさまざまな記事を書く側である。だから、せめて今度の旅行中くらいは、政治や社会のことをきれいさっぱり忘れていたかった。船客の約半数が日本人であり、こっちが英語を理解できるかどうか確かめもしないで、英文の新聞を押しつけてくる神経も面白くない。

しかし催し物のほうは、船内の生活に関係があるので一応眼を通した。分らない単語にいくつもぶつかったが、大体はガイド・ブックで知っていたことばかりで、無理に読まなくても支障はなさそうだった。

角封筒の中身は船長の招待状だった。これもガイド・ブックで知っていたが、今夜は晩餐《ばんさん》会のあとで船長主催のレセプション（歓迎会）がある。

矢野はひげを剃《そ》り、共用のシャワー・ルームでシャワーを浴びた。日本にいるときは、一日おきにしかひげを剃らないし、風呂も四日に一度くらいしか入らない。

しかし、昨夜はベッドにもぐる前にもシャワーを浴びていた。むろん清潔好きになったわけではなく、洋上大学の百人の生徒が彼の習性に変化を与えたのである。

時計は十時だった。とうに朝食時間は終り、生徒は講義を聞いている時間だった。

矢野は、昨日夕食が済んでキャビンに戻ったとき、ベッドの脇に届いていたリンゴをそのままにしておいたので、それをかじって廊下へ出た。

キャビン・ボーイが、掃除をするために矢野のキャビンに入るところだった。

「オハヨウ」

ボーイは日本語で愛想よく言った。ボーイといっても、小さくしなびた老人だった。日本語は「オハヨウ」と「サヨナラ」くらいしか知らないらしく、色が浅黒くて人種ははっきりしなかった。怪しげな会話をかわして、家族がホノルルにいることが分っただけだった。

矢野はドアをあけたまま、サンダル・シューズを突っかけてロビーへ向った。

事務局の窓口デスクに、彦原団長が青い顔をしていた。

「眠れましたか」

矢野が声をかけた。

「いや、あれから船酔いでひどい目に遭《あ》った。矢野さんは酔いませんか」

「ぼくは平気だったな」

「それは羨しい。うちの毛利なんか、まだゲーゲーやっている。生徒も半分くらい伸びているらしい」

「すると、きょうは休講ですか」

「講義はやってます。酔わなかった生徒は張り切っている」

「講師は酔わないんですか」

「砂井さんが酔ったようだけど、ほかの先生がたが出講されるので、少し無理をして頂きました」

砂井が酔ったというのは、おそらく船のせいではなく、飲み過ぎの二日酔いだった。できるなら、講義をサボりたかったに違いない。

「盗難事件はどうなりましたか」

「あのままです。財布を失くした生徒には、当座の小遣《こづか》いを貸すことにしました。昨日もお願いしたように、財布は置き忘れたのかも知れないし、しばらく内密にして下さい」

盗難の被害者折戸玲子は、砂井の講義に出席しているという。

百人の生徒は二十人ずつ五クラスに分れ、教室がないので、代わりにラウンジや喫煙室の一隅などを、各講師別に午前中の二時間だけ使用することになっていた。例えばPデッキ（プロムナード・デッキ）のプロムナードの隅っこが砂井教室で、きょうはD組の担当だった。

矢野はPデッキに上った。

砂井がつまらなそうな顔で何か喋っていた。

生徒も退屈そうな様子で、しかし居眠りをしているものはいなかった。

折戸玲子は、財布を失くした割には元気そうだった。

船酔いのせいで十二人しか出席していないが、水島陽子、陣内左知子の顔も見えた。みんなピクニックに来たような軽装で、セーターを羽織った胸に丸い名札をつけていた。

矢野は、砂井の心境を察してあまり近づかなかったが、やはり水島陽子が抜群にきれいだ、と思った。

12

矢野は各教室をひとまわりして、プロムナードに戻った。

窓をあけたが、風が冷たかった。紺青の空と、大きくうねっている紺碧《こんぺき》の海しか見えない。

矢野は寒くなって、窓をしめ、デッキ・チェアに足を投げた。

そこへカメラをぶらさげて、黒木がやってきた。

「起きたばかりか」

黒木が言った。

「そうでもない」

「おれはモーニング・コーヒーを飲んで、それから生徒とテニスをして、朝飯もちゃんと食ったぜ」

「砂井さんの講義を聞いたかい」

「いや。聞こうとしたら、手を振られてしまった。何を話してたんだろうな」

「催眠術をかけていたのかもしれない。生徒より、自分のほうが眠そうだったけどね」

「おれは桐山の講義を聞いたが、いかにして男の心をとらえるかなんて、大分キザなことを喋っていた。発想の次元が低くて呆《あき》れたよ。五分と聞いていられなかったが、あれを二時間も聞かされる生徒が気の毒になった。大学教授の講義とは思えない。まるで、テレビに出たがるかみさん連中を相手の井戸端講義だった」

「仕様がないさ。彼はテレビ・タレントなんだ。教授というのは、タレントの肩書に過ぎない」

「さすがに役者だけあって、望月伊策の講義は受けていたな」

「デザイナーの及川女史はどうだい」

「彼女も受けていた。案外話が上手《うま》くて、さかんに生徒を笑わせていた」

「高見沢女史は」

「彼女の話は聞かなかった。聞こうとしたら、ジロッと睨まれたよ。及川さんのクラスの笑い声が聞えるので、機嫌が悪かったのかも知れない。あの二人の教室は、もっと離したほうがいいな」

矢野と黒木は、煙草をふかしながら勝手なことを言い合った。

やがて、砂井の講義がいちばん早く終ったらしく、D組の生徒がノートを抱えて現れた。

「こっちへいらっしゃいよ」

黒木は馴れ馴れしく手招きした。テニスの相手をして、陣内左知子らと親しくなっていたのである。水島陽子は澄ました顔で行ってしまったが、七、八人の生徒がデッキ・チェアに腰を下ろした。陣内左知子は黒木のとなり、折戸玲子が矢野のとなりになった。

折戸玲子はおしゃれのせいか、あるいは恥ずかしがり屋なのか、講義が終ったので胸の名札を外《はず》していた。

陣内左知子は愛嬌のある丸顔で、背も高いが横も太かった。バスト一二〇、ヒップはもっとありそうだった。少くとも、体重は砂井の倍くらいあって不思議ではない。黒木の情報によると、父親が弁護士で、彼女も弁護士になるつもりで法律を勉強している。

「砂井さんの講義は面白かったかい」

黒木が聞いた。

「そうね――」

陣内左知子は答え難《にく》そうだった。

しかし、面白かったという者もいて、つまり当り前のことだが、期待していた者は期待を外され、期待していなかった者は面白いという意見だった。

粗末なキャビンに対する不平など、しばらく雑談するうちに、ほかのクラスの講義もつぎつぎに終って、一時は写真を撮ったり撮られたりの風景をまじえ、生徒の姿で賑わった。

しかし、食事が早番の生徒は間もなく昼食だった。陣内左知子も早番で、「おなかがペコペコだわ」と言って消えた。

そのあと、矢野は遅番で残った折戸玲子に、盗難事件のことを聞いてみた。

大筋は、昨夜事務局で聞いたとおりだった。

「どこに財布を入れておいたんですか」

「ハンドバッグの中なの」

「夕食のとき、そのハンドバッグを持っていかなかったんですか」

「持っていきません」

ハンドバッグは二個、日常用と正装用だが、昨夜の夕食は正装の必要がなかったので、日常用の黒いバッグを持ってダイニング・ルームへ行ったという。

「お財布は正装用の白いバッグの中に入れておいたんです。ですから、お夕飯の前にプロムナードのデッキ・チェアに置き忘れたということはありません」

「だったら、なぜきみは、デッキ・チェアに置き忘れたかも知れないって言ったのかな」

「それは、彦原さんや毛利さんにいろいろ聞かれているうちに、あまり迷惑をかけては悪いと思ったからなの。貴重品は鍵のかかるスーツ・ケースにしまうように注意されていたのに、お夕食までの時間がとても忙しくて、不注意だったあたしもいけないんです」

「しかし、きみが諦めれば済むという問題じゃないな」

出航が遅れたし、遅番の食事が始まるころまで、彼女は身まわり品の整理などで忙しかったことは確かだろう。そして彼女は、ダイニング・ルームの前のロビーで早番の連中と交替し、彼女がキャビンに戻ったときは、室内に誰もいなかったのだ。とすると、食事の交替時は空白のキャビンが多かったわけである。

矢野の頭にキャビン・ボーイの痩せこけた顔が浮かんだ。掃除などの雑用をする老人である。

キャビン・ボーイなら、合鍵を持っているからどのキャビンにでも自由に出入りできるし、出入りする姿を見られても怪しまれることはない。

しかし矢野は、身なりは貧しいが気のよさそうな、あの老人が白いハンドバッグに手を伸ばしている姿を想像したくなかった。

13

午後は、二時から救命胴着や救命ボートの使用法について講習があっただけで、矢野は夕方まで昼寝をした。

よく眠れなかったが、黒木にノックされて眼を覚ました。

「早く出て来いよ。天下の絶景だぜ」

「何が」

「何がって、今夜は晩餐会じゃないか。寝そべっている場合じゃない」

黒木はそう言っている間も惜しいように、ドアも締めないで行ってしまった。相変らず大げさだが、相当に興奮しているようだった。

矢野も興奮しやすいほうで、他人の興奮にも影響されやすかった。どうせ間もなく食事の時間だったし、すぐに服を着て、ダイニング・ルームのロビーへ下りた。

矢野はたちまち眼を見張った。

黒木の言ったことは嘘ではなかった。

矢野も黒木も一張羅の背広だが、生徒たちはそれぞれに装いを凝《こ》らして、イブニング・ドレスやらカクテル・ドレスやら、きもの姿も何人かいて、さながらファッション・ショウの観があった。

「どうだい。絢爛《けんらん》豪華だろう」

黒木は自分が衣裳を提供したように、得意そうに言った。

「うむ」

矢野は唸《うな》った。普通のファッション・ショウなら、矢野も職業柄見馴れているが、現在眼の前に展開されている風景は、それと全く違っていた。ショウではなくて、本物だった。

「三輪桃子がいるぜ」

「うむ」

矢野はまた唸った。

カクテル・ドレスが大半で、裾の長いイブニングは少いが、三輪桃子はピンク色のイブニングが派手な顔に似合っていっそう色っぽく見えた。

「庄野カオリもいる」

「うむ」

「折戸玲子もいる」

「うむ」

矢野は唸るばかりだった。みんな食事の遅番で、早番との交替を待っているのである。視線を講師のほうへ移すと、高見沢梢も及川弥生もイブニングで、男の講師は砂井安次郎までタキシードを着ていた。

もっとも、砂井は殺し屋の手下のような感じ、桐山久晴はテレビの司会者かホテルのフロント係という感じで、恰幅《かっぷく》のいい望月伊策がいちばん柄に合っているようだった。

そんなふうに眺めている間にも、早番の食事を済ませた生徒や一般客が出てきて、ロビーはますます華《はな》やいできた。

「おっ、有田ミツ江が出てきたぞ」

黒木はいちいち矢野の注目を促した。有田ミツ江は和装だった。明るい朱地の中振袖に大輪の花模様が浮かんで、帯は紺である。べっこうの簪《かんざし》が粋《いき》な感じだ。

つづいて現れた今中千秋は、白と黒の縦縞のカクテル・ドレス。

つぎに出てきたのが水島陽子、薄紫のイブニングに銀色のラメが光っている。

矢野は頭がぼんやりしてきた。

「晩餐会なんて、たかが集まって飯を食うだけなのに、よほど暇な奴が考えたんだな」

黒木が言った。

矢野は黒木の言葉を聞き流した。頭がぼんやりしても、それは決して悪い気分ではなかった。

14

晩餐会といっても、特に趣向があるわけではなかった。天井の空間に万国旗を飾りつけた程度で、趣向はむしろ船客側の盛装に任された恰好だった。それがなかったら、黒木の言うように、たかが集まって飯を食うだけのことだ。欧州航路の客船と違って、太平洋航路のアメリカ船はさほど服装にうるさくない。

19番テーブルの矢野、黒木、田浦カメラマンの三人は、ネクタイを締めているが平服のままだった。もちろん、タキシードを持合わせていなかったからで、新調する金もなかったからである。

食前の葡萄酒は、黒木が通ぶったことを言いながらワイン・リストを眺め、ボージョレーにきめた。三人とも食前に葡萄酒を飲む習慣はなかった。矢野などは国産のウイスキーを飲んで夕食を抜かすほうが多いくらいだが、団長の彦原に交渉して、船賃に含まれていない食卓の酒類もファニー化粧品に負担させることにしたのである。ほかのテーブルが葡萄酒を飲んでいるのに19番テーブルの三人だけ水という風景は面白くない。自腹を切ればいいようだが、講師らと同じ待遇を要求したのだ。

しかし、生徒たちは誰も飲まないようですぐに料理を注文していた。メニューは一流のレストランなみで、動けなくなるほど食べても主催者負担の船賃に含まれているから、その点の心配はなかった。

「大分揺れているな」

田浦がシャンデリアを見上げて言った。

かなり大きなうねりを乗り越えている感じだった。船に酔うのは、この上下動《ピッチング》のせいである。

「明日になれば、波が静かになるらしいよ。気温もぐっと上るそうだ。ジョージ・山本がそう言っていた」

黒木もシャンデリアの揺れ具合が気になるようだった。

うねりを乗り越え、波間に下りてゆくときが不気味な感じだった。

ジョージ・山本というのは、セントルイス号の船客部長で、ハワイ生まれの日系二世である。

「今、どの辺を航海中だろう」

田浦が黒木に聞いた。

「犬吠岬の東方海上約三百マイルだね。これから次第に南下する」

「マイルで言われたって分らない」

「一マイルが約一・六キロ。計算してみれば簡単じゃないか」

「計算しても分らないね。もっと具体的なことを聞いている。伊豆諸島を過ぎて、小笠原諸島の辺かな」

「東へ向っているんだから、伊豆も小笠原も関係ない。いちばん具体的に分りやすく言うなら、太平洋の波の上さ。ハワイに着く前日までは、もう漁船に行き合うこともないし、島の影もまったく見えない」

「海だけか」

「空がある」

黒木と田浦は、そんな会話をかわしていた。

しかし、矢野は現在の地点などどうでもよかった。海も空もどうでもいい。それより華やかに着飾った女性たちに眼を奪われていた。

庄野カオリは白のカクテル・ドレス、ピンク色のイブニングを着た三輪桃子はますます色っぽく見える。折戸玲子の、グリーンのカクテル・ドレスもセンスがいい。美人だから衣裳が引立つのか、衣裳のおかげでいっそう美しく見えるのか分らないが、彼女らに較べると、砂井安次郎などはタキシードを着てもあまり冴《さ》えなかった。

とにかく彼女らは、旅費は無料でも衣裳代に相当の金がかかっているし、千ドル前後の小遣いを持ってきたとすれば、みんな中産階級以上の娘だろう。彼女らの中には、今度の旅行を機会に退職した者も数人いるというから、銀行や会社に勤めているといっても、生活のためではなさそうだった。まだ船酔いのために食事できない者がいるが、ダイニング・ルームの彼女らはみんな愉しそうで、食欲も旺盛のようだ。

平均年齢二十二歳半、彼女らは青春の真っただ中にいるのである。

矢野は彼女らとの間に距離を感じて、自分の青春が終ったような気がした。だが、それは出航のときの感傷の名残りかも知れないし、失恋の傷が深かったせいかも知れない。

黒木と田浦は話題が変って、

「ジョージ・山本に聞いたけど、おれたちの部屋は、以前はエコノミーだったんだよ。ペンキを塗り替えてファースト・クラスに格上げしたらしい。だから粗末なのさ。世界の客船界は、従来のスピードを競う営業方針を変え、等級を少くして、船旅を愉しくする方向に変えた。ジェット機時代に対抗する方法は、ほかにないからな」

「しかし、ファースト・クラスの幅をひろげたって、ファースト・クラスの中にいくつも等級差みたいなものをつけたら同じじゃないか。名前だけファースト・クラスにして、おれは運賃値上げの策略だと思うね」

「アメリカの客船界は落ち目だから仕様がないのさ。イギリスやイタリアの船は、バーやラウンジだってあんな程度じゃないし、本当に豪華版らしい。その代わり、タキシードもないようなのは乗せてもらえない」

分厚いステーキにナイフを入れながら、黒木は熱心に喋っていた。

矢野は食欲がなくて、専《もっぱ》ら美女たちのほうを眺め、葡萄酒ばかり飲んでいた。

15

船長主催のレセプションが待っているので、矢野たちは早目に食事を済ませ、Pデッキのエメラルド・ルームへ行った。

エメラルド・ルームはダンス・フロアの呼名だが、バーに隣合っていて、奥の壁の向うがプ
ールだった。

レセプションの形式はカクテル・パーティ、下手《へた》くそなバンド演奏で白人の歌手が古めかし
いブルース調の歌を歌い、すでに早番の食事を終えた客でパーティの雰囲気が盛上っていた。

このパーティにおいても、雰囲気を華麗に盛上げているのは、バンド演奏などより、きらび
やかに装った女性たちだった。おそらく、洋上大学の百人の女性がいなければ、これほど絢爛
たる風景はなかったに違いない。一般客の外人たちは、ほとんどが老人夫婦か、子供づれだっ
た。単身の男はいるが、単身の若い女性は見かけない。

入口に船長以下一等航海士、機関長、事務長といった順に出迎えていて、入ってくる客のひ
とりひとりに歓迎の挨拶と握手をしていた。白い制服に金モールの肩章をつけた船長は、額の
禿《はげ》上った大きな男だった。眉が太く鼻も大きくて、いかにも精悍《せいかん》な顔である。

「船長の近くにいたオバチャンは誰だろう」

矢野は会場に入ってから、黒木に聞いた。

「船医だよ。駒津ドクターに聞いたが、サンフランシスコに亭主と子供がいるらしい」

黒木は取材に熱心なのか好奇心が強いだけなのか、乗船以来つねに矢野より情報が早かった。

船医と聞いて、矢野は少し意外な気がした。金髪のずんぐりした女性だが、濃い化粧をして、
イブニングも金ピカのブレードをつけているので、あとで歌でも歌うのかと思っていたのだ。

しかし、豪華船の専属歌手にしてはいささか薹《とう》が立っていると思ったし、医者がどのように

おしゃれであっても不思議はなかった。とにかく今夜はカクテル・パーティ、船内のお祭りである。

どのテーブルも満席なので、どこかに割り込むほかなかった。

「あそこが坐れそうだ」

黒木が顎《あご》をすくった。

三輪桃子、折戸玲子、陣内左知子の三人が揃っている席に、砂井安次郎と駒津ドクターがもぐり込んでいた。駒津は度の強そうな眼鏡をかけ、ないほうがよさそうな口ひげを生やしている。

矢野は黒木のあとにつづいて、その席に割り込んだ。

折戸玲子が気をきかして、矢野と黒木にカクテルを運んでくれた。浮き浮きしているようで、財布を盗まれたことなど忘れた様子だった。彼女に限らず、みんな浮き浮きと愉しそうだ。

「講義はどうでしたか」

矢野は砂井に聞いた。

「往生したよ。明日がまた憂鬱だ」

「そうでもないでしょう。結構愉しそうだった」

「欠伸《あくび》をした生徒が四人もいたぜ。その中の一人がここにいるけどね」

砂井は陣内左知子のほうを見た。

聞えていたらしく、彼女は悪戯《いたずら》っぽく笑った。

音楽がロック調のリズムに変った。

「踊りましょうよ」

三輪桃子が砂井を誘った。

「ぼくは駄目だよ。踊ったことがない」

「あたしの真似をすればいいわ。簡単よ」

「いや、ぼくが踊ったらギックリ腰と間違えられる」

「駒津先生は」

「ぼくも駄目だな。阿波踊りみたいになってしまう」

「そのほうが面白いわ」

「まあ勘弁してくれ。床が抜ける危険もある」

太っている駒津ドクターがロックを踊れば、床は抜けないにしても、地ひびきくらいはしそうだった。

しかし、折戸玲子も踊りたいと言い出して、結局、駒津ドクターは三輪桃子と、黒木が折戸玲子と組んでダンス・フロアの群に紛《まぎ》れていった。

「きみたちも踊れよ」

砂井が矢野と陣内左知子をけしかけたが、矢野はダンスが苦手だったし、陣内左知子も踊れないと言った。

レセプションは十二時頃まで続いた。閉会の挨拶はなかったが、バンド演奏の終ったときが閉会のようだった。

客はそれ以前から、目立たぬ程度に帰り始めていた。

その間、矢野はついに踊らなかったが、同じテーブルにかじりついていたわけではなかった。黒木があちこちのテーブルを渡り歩いているのに刺激され、矢野もなるべく多くの生徒に接触した。有田ミツ江や庄野カオリとも話したし、水島陽子とも初めて口をきいた。

水島は見かけの冷たい印象と違って、彼女につきっきりの桐山が気に食わなかったが、話しかけてみると意外に茶目っ気があり、親しみやすいと思っていた有田ミツ江や庄野カオリのほうが、まだ馴れないせいか口数が少なかった。

矢野は、彼女らがいつの間に消えたか憶えていない。

バンド演奏が終ると、やがて満開の花が散りつくしたように、エメラルド・ルームが閑散となった。

16

矢野は砂井に誘われ、バーのカウンターへ移った。

眠るには早過ぎるし、起きているなら酒を飲むしかない。カウンターもテーブルも、そういう客で満員だった。せっかく愉しかったパーティのあと、すぐに寝てしまえと言うほうが無理である。バーには着飾った生徒たちもいて、テーブルは別だが、望月伊策も桐山久晴も駒津ドクターも、彼女らに囲まれて相好を崩《くず》していた。

黒木や田浦カメラマンはいなかった。

事務局長の毛利が、望月伊策を呼びにきたのはそれから間もなくだった。

望月は渋い顔をして、毛利とならんで出て行った。

矢野は別に気にしないで、スコッチを注文した。

「この船は沈没しないかね」

砂井が言った。

「心配ですか」

「心配してるわけじゃないが、沈没すれば、講義をしないで済む」

「そんなに講義が厭ですか」

「厭だね。救命ボートで逃げ出したいよ」

「でも、講義は二時間だけで、あとが愉しいからいいでしょう。さっきまでは、見違えるほど愉しそうだった」

「それはそうさ。講義が終った途端に、生き返ったような気がするからな。東京で仕事に追われている添村が気の毒になるくらいだ。いっそ講義なんか全廃して、その代わり、美人コンテストをやったら面白いぜ」

「そうはいきませんよ。内輪揉めで大へんなことになる。そんなことをやらなくても、もう嫉妬し合っているかも知れない」

「だから面白いんじゃないか。化粧が女にのみ公然と許された快楽とすれば、嫉妬も似たようなところがある。嫉妬のほうは苦痛だろうけどね」

「百人の生徒の中で、かりにコンテストをやるとしたら、砂井さんは誰を一位にしますか」

「この場では選べないな。ぼくはまだ、きょうの講義に出た生徒の顔しか憶えていない」

「それじゃ、きょうのD組の生徒に限ってもいい」

「あんたも選ぶんだぜ」

「もちろん」

「誰だろう」

「水島陽子」

「レセプションのとき、薄紫のイブニングを着ていた娘か」

砂井も同じ意見だった。

矢野と砂井は、そんなたわいない話を酒の肴《さかな》にして飲みつづけた。

「外に出てみよう。風に吹かれたくなった」

しばらくして砂井が言った。

プール・サイドのベランダに出た。

満月に近い銀色の月が、中天に浮かんでいた。風が冷たいせいか、矢野と砂井のほかに人影はなかった。

矢野は月を仰いだ。

「西洋の言い伝えだが、あまり長く月を見つめていると、気がへんになるっていうな」

砂井が呟いた。

その言い伝えは、矢野も聞いたことがあった。銀色の月は不吉の前兆だということも聞いていた。

そこへ、事務局長の毛利がまた現れ、砂井を呼んで耳うちをした。

深刻な用件らしかった。

「ちょっと失礼する」

砂井は、毛利といっしょに立去ろうとした。

しかし今度は、矢野も気にせざるを得なかった。誘われなかったが、砂井と毛利のあとを追って行った。

17

矢野は砂井安次郎と毛利につづいて、事務局のキャビンに入った。

望月伊策、団長の彦原、それに黒木がテーブルを囲んでいたが、矢野を見ると、望月も彦原も余計な者が入ってきたという顔をした。

「遠慮してくれんかな」

望月が矢野に言った。

「なぜですか」

「講師団の会議なんだ」

「黒木くんは構わないんですか」

「黒木さんにも遠慮して頂く」

「ぼくは動きませんよ。お邪魔でしょうが傍聴させてもらいます。その代わり、秘密は絶対に守る」

黒木は、動くものかというように、腕組みをして胸をそらした。

「困ったな」

望月は呟いた。

「困ることはないと思いますね。初めに情報を提供したのはぼくですよ。書かないと言ったら書きません」

「しかし、書かないと言っても、書くのがきみの仕事じゃないか。きみはそのためにこの船に乗っている」

「ぼくを信用しないわけですか」

「きみ個人の問題ではない。わたしはマスコミを信用しないんだ。失礼だが、殊に女性週刊誌のスキャンダリズムを信用していない」

「分りました。それじゃ遠慮しましょう。ただし断わっておきますが、望月さんのおっしゃるように、ぼくは取材のために派遣された人間です。誰にも拘束されないで、勝手に取材して勝手に書きます。そのほうが面白い」

黒木は席を立とうとした。

「待ちたまえ」

望月はあわてた。彦原もあわてたようだった。

「ほんとに書かないと約束してくれますか」

彦原が言った。

「ほんとに、という聞き方は不愉快だな。さっきから、ぼくは何度も約束している」

黒木はふくれっつらだった。

「まあ酒でも飲みましょうよ」

砂井が中に入った。

結局、黒木の居直り勝ちだった。黒木が同席するなら矢野の同席も認めざるを得なくなり、矢野は黒木と毛利が並んだソファに腰を下ろした。

望月は講師団の会議と言ったが、講師は望月と砂井の二人しかいなかった。

彦原が事情を説明した。桐山久晴と水島陽子の関係が生徒たちの評判になって、物議をかもしているというのである。

「評判になるのは結構じゃないですか。退屈するよりましだ」

砂井はのんきそうに言った。

「でも、ほかの生徒に影響を及ぼすようでは困ります。同じ部屋の甲斐靖代という生徒が部屋を変えてくれって言い出して、ほかの生徒からも見るに耐えないという文句が出ている」

「それはわがままじゃないかな。見るに耐えないなら、見なければいい。見知らぬ他人と共同生活をすることは最初から承知のはずで、洋上大学の目的には社交性を高めるという項目もあったはずだ」

「しかしですね、ここだけの話ですが、昨夜、水島陽子は十一時ごろ部屋を出たきり、帰ったのが午前三時過ぎだった。そのため、甲斐靖代は心配で眠れなかったそうです」

「それまで、水島陽子は桐山さんの部屋にいたんですか」

「それは分りませんが、とにかく親し過ぎるようで、大切な娘さんをお預りしている私どもとしては、どうしたって気になります。それにほかの生徒を刺激すると、連鎖反応を起こしかねない。すでにある生徒は、一般乗客の外人とおかしな噂が立っているし、船員と妙な関係になりそうな生徒もいます」

「なかなか積極的だな。ぼくらも見習う必要がある。感心だ」

「感心しては困ります。集団生活は規律が第一です」

「規律が第一なら、今夜は全員規律を破っている。消燈時間を過ぎても、みんなカクテルを飲んだりダンスを踊ったりしていた」

「消燈時間を十一時にしたのは実情に疎《うと》かったせいで、私どものミスですが、時差のために夜が一時間短縮されることも考慮にいれなかった。今後は一時間短縮する前の時刻で、十二時消燈に改めます。お話をもとに戻してください」

「学長の意見は如何《いかが》ですか」

砂井は望月に視線を移した。

「わたしは事務局側の心配も無理がないと思う。それとなく桐山さんに注意したほうがいい。彼女が派手だから目立つんだよ。洋上大学は一つの集合体で、それぞれ言い分はあるだろうが、個人プレイは慎《つつし》んでもらわねばならない。そうしないと、無茶苦茶になってしまう」

「それじゃ学長が注意しますか」

「わたしはまずい。正面から注意を与えたように受取られる。彦原さんや毛利さんも立場上言いにくい。それで砂井さんにお願い出来たら、いちばん無難ということになった」

「高見沢さんや及川さんはどうですか」

「彼女らは駄目ですよ。生徒たちと同じ眼で桐山さんと水島陽子を見ているようだし、それとなく注意するなんて高級な芝居は出来ない」

「だったらぼくも駄目ですね。低級な芝居も不得手です。それより、ここまで問題になっているなら、桐山さんを呼んで、率直に話したほうが親切じゃないかな。陰で噂されるより、当人もそのほうが気分がいいでしょう」

「まだ起きてるかな」

「バーで飲んでますよ」

「ぼくが呼んできます」

黒木が素早く立上った。

18

矢野はテーブルの上にあったウイスキーをとり、まず自分のグラスに注《つ》ぎ、砂井のグラスにもたっぷり注いでやった。

望月はパイプを燻《くゆ》らしていた。

彦原と毛利は俯《うつむ》いたきりだった。

やがて、黒木が桐山といっしょに戻った。

椅子が足りないので、毛利が桐山に席をゆずり、自分はベッドの端に腰をかけた。

桐山は大体の話を黒木に聞いたらしく、

「そんなくだらないゴシップを、いったい誰が喋り散らしているんですか」

声が上ずって、興奮しているようだった。蝶ネクタイが曲っているのも気づかないでいた。

矢野と黒木のほかは、五人ともタキシードのままだった。

「確かにくだらんゴシップでね」望月がなだめるように言った。「しかし、いいゴシップなら歓迎だが、くだらんゴシップだから始末がわるい。こういうゴシップはたちまち広まる」

「こういうゴシップって、どういうゴシップですか」

「黒木さんに聞きませんか」

「少ししか話してくれなかった」

「おそらく、その少しが全部ですよ。気になさるほどの内容はありません。焼餅を焼いているに違いない」

「なぜ焼餅なんか焼かれるんですか」

「水島陽子さんとの仲が、普通じゃないように見えるらしい」

「普通じゃないというと——？」

「夫婦のように見た生徒もいる」

「冗談じゃありませんね。ぼくには歴とした家内がいる。かりに一歩ゆずって、ぼくはどんなふうに噂をされても平気だが、水島陽子さんが迷惑する。ぼくと彼女は偶然この船に乗り合わせた。ほかの九十九人の生徒と同じです。ただ、ほかの生徒より親しい口をきくようになったのは事実で、それを非難されるなら仕様がない。講師の体面を汚し、生徒を混乱させた罰として、ぼくは謹慎します。明日から講義にも出ません」

「いや、それほどのことじゃないんですよ。ほんのちょっと気をつけてもらえれば、と思ったに過ぎない」

「しかし、夫婦のようだなんてゴシップは聞き捨てに出来ない。無責任きわまる」

「ゴシップはつねに無責任なもので、気をつける以外にない」

「望月さんまで、そんなふうに言うんですか。ゴシップを信じてるんですね」

「わたしはゴシップ一般について言っただけですよ。噂なんて信じない」

「信じないなら、なぜ五人も六人も集まって、ぼくを呼出したんですか。まるで大事件が起ったようだ」

「弱るな、そう言われると。だからわたしが話すのは、まずいと言ったんだ」

望月は恨めしそうに砂井を見た。

桐山を呼んだほうがいいと提案したのは、砂井だった。

しかし、砂井は酔いがまわったような眼をして、

「ぼくだったら、浮名儲《うきなもう》けだと思って喜んでしまうな」

と言った。

その言葉が、かえって桐山の神経にさわったようだった。

「とにかく――」桐山の頰がピクッと震えた。「ぼくは潔白を証明したい。このままでは水島さんも可哀想だ。彼女を呼びましょう」

「彼女を呼ぶ？」

望月が聞き返した。

「そうです。彼女をここに呼んで、みなさんに質問してもらえばはっきりする」

「そんな必要はありませんよ。わたしたちはゴシップなど信じていない。桐山さんを信頼している」

「ぼくは、はっきりさせたいんです。どうせ眠れやしない」

「でも、彼女が眠ってるでしょう」

「まだ起きてますよ」

「もう真夜中の二時近い。時計を一時間すすめれば、間もなく三時になる」

「生徒の話を聞くと、みんな二時三時まで駄弁《だべ》っているらしかった。今夜は特にパーティのあとで、バーもまだやっているくらいです。ぼくが呼んできます」

桐山は立上った。

「彼女の部屋を知ってるんですか」

砂井が聞いた。

一瞬、桐山は返事をためらうようだった。しかしすぐに、

「一度だけ行ったことがある。もちろん、そのときは相部屋の生徒がいた」

開き直るように答えた。

19

望月も彦原も反対したが、桐山はあくまで水島陽子を呼ぶといってきかなかった。テレビのショウ番組でへらへら笑っているふやけた顔が、別人のように変った感じだった。

「已《や》むを得ませんね」

彦原がげっそりしたように、声を落としていった。

しかし、深夜女性ふたりきりの部屋へ行かなくても、各キャビンに電話があった。

彦原が電話をかけた。

水島陽子は不在だった。

彦原は同室の甲斐靖代と長話をして、電話を切った。

「おかしいですね。晩餐会のあといったん帰り、それからレセプションへ行ったまま帰らないそうです。こんな時間まで、いったい何処《どこ》にいるんだろう。甲斐靖代も気になって眠れないでいるらしい」

「おかしいな」

桐山も首をかしげた。彼がバーを出るときは五、六人しか残っていなかったし、水島陽子はレセプションの途中から姿を消したので、バーには最初からいなかったという。

「友だちの部屋で遊んでるのかな」

砂井が呟いた。

ほかに考えようがなかった。図書室やピンポン場などの娯楽室も、とうに明りを暗くしたはずだった。風が冷たいのに、プールで泳いでいるとも考えられなかった。

「折戸くんの部屋かも知れない」

桐山が言った。水島陽子は同じD組の折戸玲子と仲がよかったらしいという。

折戸玲子は財布を盗まれた生徒で、三輪桃子や陣内左知子、今中千秋と同室だった。

「一応電話をしてみますか。もしいたら、遅いから帰るように言います」

彦原は望月の意見を聞いてから、また電話機に手を伸ばした。

しかし、折戸玲子たちは四人とも起きているようだったが、水島陽子はいなかった。

「ほかに心当りはないだろうか」

望月が一同を見回した。

返事はなかった。団長の責任を感じているせいか、彦原がいちばん憂鬱そうだ。桐山はいらいらしているようで、砂井はウイスキーを飲みつづけていた。

「ちょっと探してきます」

矢野はそういってキャビンを出た。

黒木が追いかけてきて、エレベーターの前でいっしょになった。

「どう思う」

黒木が聞いた。

「分らないね。水島陽子がバーにいなかったことは確かだよ。おれは砂井さんと飲んでいたんだ。それより、彼女と桐山のゴシップについて、初めに情報を提供したと言ってたけど、あれはどういうことだい」

「あのふたりの様子がおかしかったろう。それで噂を聞きまわっているうちに、甲斐靖代が部屋を変わりたいと言うので、彦原団長に話を取次いでやっただけさ」

「窃盗事件に高見沢女史と及川女史の対立、そして今度は講師と生徒のスキャンダルか。団長も頭が痛いな」

「仕様がないよ。それだけのサラリーを貰っているんだ。伊達《だて》に団長の肩書をつけているわけじゃない」

矢野と黒木はPデッキへ上った。

バーは閉まっていた。ラウンジや喫煙室、図書室も暗かった。レセプションの客は全員引揚げたらしく、プロムナードにも人影はなかった。

プール・サイドのベランダに出てみた。ここも人影はなかった。

「まさかプールで溺《おぼ》れてるんじゃないだろうな」

矢野は念のためプールを覗いた。

杞憂《きゆう》だった。

まるい月は西のほうに傾いていた。仰げば降るような星空だった。

矢野は、失恋させられた女を思い出した。

「これは何だろう。血みたいだけど――」

黒木がベランダの隅にかがんで、ベランダにこすった指をマストの照明にかざした。

血のようだった。

20

「やはり血だな」

黒木は指先の匂いを嗅《か》いで呟いた。

矢野も、ベランダに指先をこすって匂いを嗅いだが、やはり血の匂いがした。しかし、大した量ではなく、ほんの数滴、鼻血を垂らした程度だった。

「レセプションでのぼせた誰かが、頭を冷やしにきて鼻血を出したのかも知れない」

黒木が言った。

血の量が少いので、矢野も深く考えなかった。指先の血をベランダで拭いて立上った。

プロムナードに戻り、ふたりともデッキ・チェアに腰を落とした。ゆったりと足を投げ出せるデッキ・チェアは、ラウンジや喫煙室の壁と背中合わせに一列に並んでいた。ほかに人影はなかった。

「水島陽子と同じ部屋の、甲斐靖代というのはどんな子だったろう」

矢野はその生徒を思い出せなかった。

「まだ話したことはないが、小柄で、ちょっと可愛い子だよ」

年は二十二歳、洋裁学校の生徒で、家は宮崎、クラスはA組――、黒木は名簿を暗誦しているようにすらすらと答えた。

「A組なら、きょうは望月伊策のクラスか」

「そうだけど、彼女は欠席だった。船酔いがひどくて寝ていたらしい。でも、晩餐会には出ていた。ロビーで待っているとき、水島陽子たちと出てくる姿を見かけた」

「レセプションは」

「気がつかなかった」

もらおう」

「田浦くんがさかんに撮りまくっていたから、その写真を見れば分るな。明日、早速現像して

「甲斐靖代が気になるのか」

「いや、問題はあくまで水島陽子さ。こんな遅くまで、いったい何処で遊んでいるんだろう」

「おれの推理を言おうか」

「なんだ」

「ことによると、水島陽子は桐山久晴の部屋にいる」

「そんなばかな——」

矢野の想像外だった。

「分らないぜ。桐山はみんなをからかったつもりかも知れない。水島陽子との仲を疑われた腹いせに、騒がせてやれという気になった。とすれば、彼女が自分の部屋にいないことを承知の上で、わざと呼出しの電話をかけさせ、みんなが心配する様子を眺めて愉しんでいるんだ」

「しかし、桐山はバーで飲んでいたじゃないか。彼女が桐山の部屋にいるなら、彼女を置き去りにして、なぜ桐山だけが飲んでいたんだ」

「それはこう考えればいい。レセプションの途中で、桐山はいったん部屋に戻って水島陽子と落ち合い、彼女を寝かせつけてから、疑われないように大勢の目につくバーへ行ったのさ。もちろん適当に切り上げるつもりだったろう。ところが、そこへおれが呼びにいって、望月伊策に注意をされた。それでムクれたに違いない」

「そいつは考え過ぎだな。第一、水島陽子は桐山なんかに引っかかるような女じゃない」

「そんなこと分るもんか。確かに美人だし頭もよさそうだが、世界中の生物で女くらい曖昧《あいまい》でいい加減な存在はない。清純に見える女ほど怪しいようなものだ。おれは外見に騙《だま》されない」

「おれだって外見に騙されるものか。彼女が清純だといった憶えもない。桐山久晴を対象にした場合を言っている」

「富士に月見草は似合うが、水島陽子に桐山は似合わないというのか」

「そうだね。どうしてもピッタリこない。きみが桐山を呼びに行ったとき、彼は誰と飲んでいたんだ」

「三輪桃子と、あとの三人は知らない生徒だったが、解散するところだったらしい。いっしょのエレベーターで下りた」

「駒津ドクターは」

「いなかった」

「水島陽子は前の晩も、十一時ごろから午前三時過ぎまで帰らなかったようだが、きみの推理によると、やはり桐山の部屋にいたのか」

「多分ね」

「しかし前の晩の十一時過ぎ、おれはプール・サイドのベランダで桐山を見ている」

「だから、それが重要なポイントだとおれは思う。そのとき泣いていた女、そして桐山に抱かれるような恰好で去った女は水島陽子に違いない」

「なぜだ」

「桐山より背が高くて、髪が長かったというし、彼女以外に考えられない」

根拠薄弱だった。桐山は中背より低いほうで、百人の生徒のなかには髪の長い女はいくらもいた。

矢野は腕時計の針を一時間すすめた。

やがて四時だった。

矢野と黒木は事務局のキャビンへ戻った。

水島陽子の所在が分らないまま、桐山も望月も砂井も引揚げたあとだった。

21

矢野はなかなか眠れなかった。黒木の言葉が頭にこびりついていた。眼を閉じると、厭でも桐山の顔が浮かび、水島陽子の顔が浮かんだ。黒木の無責任な推理によれば、現在、水島陽子は桐山のキャビンにいるのである。

矢野は桐山のキャビンを覗いたことがないし、したがってどんなベッドが置かれているか知らなかった。だが、矢野の瞼《まぶた》に浮かぶのはふかふかのダブル・ベッドで、すでに水島陽子は衣裳を脱《ぬ》がされ、抵抗する力を失い、苦痛に悶えながら、桐山の執拗な愛撫を耐えていた……。

畜生！

矢野は勝手な想像をして唸った。

しかしいつの間に眠ったのか、眼を覚ますと十時近かった。朝食ぬきで、モーニング・コーヒーどころではない。

もっとも、みんな夜が遅いせいか、早朝から起きてモーニング・コーヒーを飲む者はほんの僅か、朝のダイニング・ルームも数えるほどしか客がいなかった。

矢野は黒木のキャビンを素通りした。ドアが開いていて、キャビン・ボーイが掃除をしていた。黒木は見えなかった。

事務局の窓口デスクに、カメラマンの田浦が煙草をふかしていた。

彦原も毛利もいなかった。

矢野は、早速写真の現像と焼付を頼んだ。

「もう頼まれましたよ、黒木さんに」

田浦は眠そうな眼をしていた。船内の写真屋が商売の邪魔をされると思ったらしく、暗室を貸してくれないので、船客部長に交渉した結果、写真屋が自分で現像することになったが、高い料金を吹っかけた上、船内では公開しないという条件つきだった。

「焼増しはできませんからね。そのつもりでいてください」

「がめついな」

「暴利ですよ。そこに貼ってある写真だって値段が高過ぎる。まるで素人の写真だが、記念だから、みんな仕様がなくて買うらしい。相当のボロ儲けだ」

田浦は憤慨した。

ロビーの写真屋の横には、昨夜の晩餐会やレセプションのスナップが壁いっぱいに貼ってあった。白黒のキャビネ判で、値段は日本内地の市価の数倍だった。写真屋にしてみれば、これで食っているのだから已むを得ないようだが、どれもどうにか写っている程度、矢野が購入したいような写真はなかった。

「彦原さんは」

矢野が聞いた。

「毛利さんといっしょに、船客部長のところですよ」

「講師たちは講義中か」

「そうですね。砂井さんは睡眠不足で頭がぼんやりして、到底講義できる状態じゃないなんて言ってたけど、とにかく生徒が待っているので、講師は五人とも出ている」

「黒木はどこにいるんだろう」

「さっきは及川さんの教室を覗いていた」

「彦原さんたちは、船客部長に何の用かな」

「例の水島陽子のことですよ。昨夜、彼女はとうとう帰らなかったようで、まだ所在が不明らしい」

「おかしいな」

「何かあったに違いない」

「どんなことだろう」

「ぼくの推理では、一般乗客のアメリカ人に誘われて泊ってしまい、帰るに帰れなくなっているんじゃないかと思う」

「だったら、一般乗客の部屋を当ってみれば分るじゃないか」

「そうはいかない。金を払って乗船した以上、キャビンは下船するまで客の自宅と同じです。そのプライバシーを侵して、家宅捜索みたいな真似はできない」

「できないこともないだろう。キャビン・ボーイを使えば、気づかれないでやれる」

「キャビン・ボーイだって、部屋に客がいて、断わられたら入れない。それに、一般乗客の部屋ではなく、船員の部屋だったら尚さら入れない」

「船員とおかしな様子があったのか」

「気がつきませんか」

「何を」

「昨夜のレセプションのとき、下手くそな歌を歌っていた歌手が、しきりに水島陽子にモーションをかけていた。歌いながら、じっと彼女のほうを見つめて、まるで彼女のために歌っているみたいだった。彼女も気づいていたに違いない。歌が終ったら、彼女も消えてしまった」

「ほんとかな」

「ぼくだけじゃなく、ほかに気がついた生徒もいた。いかにも女たらしという感じの、にやけた歌手だった。あいつは船員ではなくてエンターテイナーの一人だが、当然自分の部屋を持っていますからね」

「信じられないな。歌手がモーションをかけたにしても、水島陽子があっさり誘いに応じたとは思えない」

「それは分りませんよ。ああいう冷たい感じの美人は、案外コロッと参りやすい」

田浦は若いくせに、いろごとに通じているような口ぶりだった。ひげを生やしているから大人に見えるが、剃ればたちまち子供っぽくなりそうな顔だ。

「水島陽子と同じ部屋の、甲斐靖代は講義に出てるかな」

「いや、まだ酔っているらしく、部屋で寝てるはずです」

「それじゃ、ちょっと付き合ってくれないか。彼女に会いたいんだが、おれ一人で生徒の部屋へ行くと誤解される」

「またですか」

「またって？」

「黒木さんに付き合わされたばかりです」

「だったら馴れてるじゃないか。おれに付き合わないのは不公平だ」

「憂鬱だな」

「頼む」

「でも、今はまずい。彦原さんに留守を頼まれている」

「構わないよ」

「ぼくが構うんですよ」

矢野と田浦が押問答しているところへ、旅行代理店の曾根と小野寺が現れた。

矢野はそのふたりに留守を押しつけ、田浦を強引に誘った。

22

甲斐靖代は二段ベッドの下段に寝ていたようだったが、ドアをあけたときは、花模様のワンピースに着替えていた。

「またお邪魔をします」

田浦が先に入った。

狭いキャビンだった。ベッドの幅は矢野のベッドと同じで、肩幅くらいしかなかった。小さな整理簞笥とドレッサーはあったが、シャワーもトイレもなさそうだった。

甲斐靖代は厭な顔をしないで迎えてくれた。小柄で、色は浅黒いが、大きな眼が愛らしかった。

「船酔いは大丈夫ですか」

矢野は、自己紹介をしてから言った。

「はい。大分よくなりました」

甲斐靖代は素直に答えた。感じのいい態度だった。

粗末な椅子が一脚しかないので、彼女に腰かけてもらい、矢野は立ったまま話した。

「黒木にいろいろ聞かれたと思うけど、ぼくにも話してくれませんか。昨夜、水島陽子さんは帰らなかったそうですね」

「はい」

どこに泊ったのだろう。心当りを知りませんか」

「さあ——?」靖代は首を傾けた。「あたしは何も聞いていません」

「きょうもまだ帰らないんですか」

「はい」

「彼女と桐山さんの仲はどうなのだろう。噂を聞いて、ぼくは不思議で仕様がないんだ」

「あたしも不思議に思います。信じられないくらいです。でも、桐山先生が水島さんを呼びつけにしたときは、ほんとにびっくりしました」

「呼びつけっていうと?」

「自分のおくさんを呼ぶみたいに、陽子って呼んだんです」

「きみは、どこでそれを聞いたの」

「このお部屋です。昨日の晩餐会の前でした」

甲斐靖代は船に酔って、昨日は朝から何も食べていなかった。しかし、まだ気分はすぐれなかったが、晩餐会にはぜひ出たかった。愉しみにしていた晩餐会だったのだ。それで着替えをするため、一下着姿になっていた。水島陽子も下着姿だった。そこへ、桐山久晴がふいに現れた。

にこにこと甲斐靖代にも愛想を振りまいて、すでにタキシードを着ていたという。

甲斐靖代は慌《あわ》てた。

「あたしは恥ずかしくて、早く出て行って欲しいと思いました。でも、水島さんは平気みたいでした。香水をかけてもらったり、イブニングの着つけを手伝ってもらったりしていました」

「そのとき、陽子って呼びつけにしたんですか」

「はい。二度聞きました」

「彼女のほうは、彼をどう呼んでましたか」

「先生、と言ってました」

甲斐靖代は、そのふたりの様子に不潔な感じを抱いたという。

23

矢野は、甲斐靖代の話が信じられなかった。もしその話が事実とすれば、桐山久晴が嘘をついたことになる。

——ぼくと彼女は偶然この船に乗り合わせた。ほかの九十九人の生徒と同じです。

と桐山は言ったのだ。

しかし、知り合って一昼夜しか経っていない水島陽子に対し、いくら親しい口をきくようになったとしても、名前を呼びつけにしたり、ドレスの着つけを手伝ったりするのは常識外だった。まして桐山と水島陽子は、洋上大学における講師と生徒である。甲斐靖代の話が事実なら、ふたりの様子に不潔な感じを抱いたという彼女が部屋を変えたくなった気持も頷けるし、桐山は講師として不謹慎のそしりを受けても仕様がなさそうだった。

甲斐靖代は晩餐会に出席したが、船酔いのためほとんど食べられないで、レセプションは欠席して寝ていたという。

水島陽子のほうは、晩餐会のあといったんキャビンに戻り、化粧を直してからレセプションに行くと言って出て、それっきり戻らないという話だった。

矢野はPデッキに上った。

昨日までと違って、海は〈ベタなぎ〉だった。見渡す限り青々とひらけ、まるで糅《なめ》したように静かな海である。海面に反射する日ざしも暑いくらいだった。

矢野はセーターを脱いだ。

プール・サイドのデッキ・チェアに、駒津ドクターがいた。ショート・パンツにアロハという恰好で、両手をだらんと垂らし、気持よさそうに眼を閉じている。

矢野はとなりに腰を下ろした。

駒津ドクターが眼をあけて、大きな欠伸をした。

「いいアロハですね。似合いますよ」

「そうかな」

「用意してきたんですか」

「いや、黒木くんにすすめられて、売店で買ったんだよ。メイド・イン・ホノルルとなっているが、日本製かも知れない。わたしの知り合いに、アロハを作ってハワイに輸出しているのがいるけど、わざわざハワイへ行って、その日本製アロハを高い値段で土産に買ってくる観光客が多いらしい」

「ここの売店でも高かったですか」

「うん、安くなかったな」

駒津ドクターはアロハの胸の辺を眺め、後悔しているように言った。

船内の売店は山小屋の売店と同様で、市価より高いのが普通だった。

「船に酔った生徒が多いそうですね」

矢野は話を変えた。

「最初の晩は、半数くらい酔ったんじゃないかな。お蔭で、わたしは忙しくて眠れないほどだったが、きょうも、まだ講義に出られない生徒が六、七人いる」

「甲斐靖代はどうですか」

「どんな生徒だったろう」

「水島陽子と同室で、小柄な、眼の大きい子です」

「思い出した。彼女に興味があるのかい」

「そうじゃありません。水島陽子が昨夜から帰らないという話を聞いたでしょう」

「ああ聞いた、聞いた。黒木くんは面白がっているようだったが、彦原団長は青くなっていた」

「そのことで、さっき水島陽子と同じ部屋の彼女に会ってみたんです。そしたら、船酔いがひどかったらしく、講義も休んでいた」

「でも、もう大丈夫だろう。あの娘は気分的に参りやすいんだよ。一昨日の夜から、わたしは四回も叩き起こされた」

「彼女の部屋へ行ったんですか」

「医者のつとめだからね」

「そのとき、水島陽子はいましたか」

「いや、四回ともいなかった。甲斐くんは確かに苦しかったのだろうが、ひとりで寂しかったのかも知れない。友だちもいないようだった」

「その四回というのは、何時ごろと何時ごろですか」

「よく憶えてないが、とにかく夜中過ぎだった。四回目は今朝の五時近かった。電話をならされるので、起きないわけにいかない。こう患者が多くては、睡眠不足でこっちが病気になりそうだ。こんなに忙しく使われるとは思わなかった」

「しかし船酔いの患者なら、あとはもう楽でしょう」

「船酔いだけじゃないよ。初めて船に乗って外国へ行くというので、体の調子が狂ってしまうんだな。頭痛、腹痛、蕁麻疹《じんましん》から、生理がおかしくなったり、ノイローゼみたいになったのもいる。感じやすい年頃だし、集団生活に馴れないせいもあるだろうが、意外に不安や緊張が強いらしい」

「ノイローゼ患者は誰ですか」

「それは言えない。職業上の秘密だ」

「昨夜、鼻血を出した生徒はいませんか」

「知らないな。そんな生徒がいたのか」

「鼻血のような血が落ちていたんです。あの辺だった」

矢野はベランダの隅を指さしてから、腰を上げた。

駒津があとについてきた。

数滴の血痕《けっこん》は、靴底でこすったような黒い染《しみ》になっていた。血痕を消すためにこすったのか、人が往来して自然にそうなったのか、区別はつかなかった。

「大したことはないね。カクテル・パーティでのぼせたんじゃないかな」

駒津は黒い痕《あと》を眺めて呟いた。

24

講義が終ると、ベランダは洋上大学の生徒で、たちまち花が咲き乱れるように賑わった。

しかし、昨日の放課後の賑わいとはどことなく違って、あちこちに数人ずつかたまっている話題は、水島陽子の行方で持ち切りだった。

黒木は三輪桃子たちのグループに首を突っ込んでいた。そのグループに、折戸玲子や講師の砂井安次郎の顔も見えた。

矢野は、大女の陣内左知子がしきりに喋っているほうへ行った。有田ミツ江や庄野カオリなどがいっしょだった。

「絶対にそうよ」

と陣内左知子が言った。

「何が絶対なの」

矢野は口を挟んだ。

「水島さんは監禁されているのよ」

「誰に」

「それが分っていたら、助けに行ってあげるわ」

「監禁された理由は」

「きれいすぎたせいね。有田さんも庄野さんもきれいだけど、水島さんの顔は派手で目立ちすいのよ。イブニングもいちばん目立っていたし、外人に好かれるタイプだと思うわ。それで誘拐されたのね。まだ帰らないなんて、ほかに考えられないわ」

「一般乗客の外人か、あるいは船員に誘拐されたというのかい」

「違うかしら」

「どうかな。水島さんが美人だということは認める。しかし、彼女の顔は彫《ほ》りが深くて、西欧的な美人の典型に近い。だから日本人の中では目立つが、外人にとってはそれほどでもないんじゃないかな。外人好みの逆だと思うね」

矢野はそのあとを省略したが、外人好みなら、むしろ有田ミツ江か三輪桃子のほうだろうと思った。

「でも――」陣内左知子は言った。「レセプションのときの歌手が、水島さんをじっと見つめていたっていうわ」

「そのとき、きみは気づいてたのかい」

「あたしはぼんやりだから気がつかなかったけど、折戸さんが気づいていたし、ほかにも気がついたひとがいるわ」

歌手はのっぺりした顔の、もみ上げを長く伸ばして、にやけた感じの外人だが、カメラマンの田浦もそいつの視線に気がついていた。

「それじゃ、きみの意見に一応賛成しよう。ただし、彼女は監禁されているのではなく、外人に誘われて翌《あく》る日を迎えたので、当然みんなに心配させたと思い、帰り難くなっているんじゃないかな」

「そんなことないわね」

「なぜ」

「外人に誘われてあっさり泊るなんて、水島さんのプライドが許さないはずよ」

「彼女はプライドの高い女性ですか」

「あたしはそう思うわ」

「しかし彼女は、一昨日の晩も遅くまで部屋にいなかった」

「一昨日は、あたしたちの部屋でお喋りをしてたのよ」

「……そうか」

矢野は気抜けがした。疑問が一つ解けたわけだが、平凡な解答が不満だった。

「とにかく――」矢野は言った。「水島さんの行方がまだ分らないというのは、普通じゃない。大事件に巻き込まれた場合も考えられる」

「もちろんよ。監禁されているなら、早く助けてあげないと殺されるわ」

「まさか殺されはしないだろう」

「分らないわ。監禁がバレたら刑事事件じゃないの。略取誘拐と監禁罪、それから刑法一七七条ね」

陣内左知子は法律専攻の女子学生らしく、口にしにくい罪名を条文で言った。

刑法一七七条は強姦罪だった。

矢野は有田ミツ江と庄野カオリの考えも聞いてみた。

「分らないわ」

有田ミツ江は不安な表情で首を傾けた。

庄野カオリも首を傾けたが、濃いサン・グラスをかけているので、眼の色が読めなかった。

ほかの生徒も、一様に首を傾けるばかりだった。おそらく、矢野を講師側に近い人間と見ているせいで、桐山久晴の名前を出す者はいなかった。

25

昼食を知らせる銅鑼《どら》が鳴った。

暖かになったので、昼食はきょうから早番も遅番もなく、その時間だけプロムナードに用意したテーブルで食べることになっていた。海を眺めながら食事できるし、食卓が決まっていないので、食事の相手を自由に選んでくつろげるだろうという配慮からだった。

デッキ・ランチだからといって、料理が安っぽくなるわけではない。

陣内左知子は、水島陽子の命を心配していたはずだが、銅鑼が鳴ったら食欲が優先して、有田ミツ江たちと料理が整っているエメラルド・ルームへ向った。

矢野はAデッキに下りた。

事務局の窓口デスクには誰もいなかった。

矢野は事務局のキャビンをノックした。

彦原団長と毛利が憂鬱そうに向い合っていた。依然水島陽子の行方が分らないことは、聞くまでもなさそうな顔色だった。

「船客部長に会ったそうですが、どういうことになりましたか。生徒たちはいろんな噂をしてますよ」

「どんな噂ですか」

彦原が顔を上げた。

「自殺、他殺、事故死、病気による急死、それから略取誘拐監禁説もある」

矢野は思いつく限りの仮説をならべた。

「矢野さんはどう思いますか」

「ぼくは分らない。生きているのか死んだのか、それも分らない状況でしょう。考えようがない」

「船客部長の考えは自殺だった」

「なぜですか」

「事故死や病死なら、死体が見つからなければならない。殺されたということも、まず考えられない。あと考えられるとすれば、自殺だけだ。海に飛び込んでしまったら、死体は見つからない」

「自殺の理由はなんですか」

「遺書を見つけないと分らない」

「そんなふうに言うなら、殺された場合だって同じですね。殺してから、海に放り込んでしまえば死体が見つからないし、犯人を見つけないと犯行の動機は分らない。それより、生きている場合を考えて、船内を捜索してもらったらどうですか」

「その点は、もちろん船客部長に頼んだ。昨日は私も毛利くんも眠らなかった。ほんとに一睡もしないで、今朝薄暗いうちから彼女を探しまわった。だが、私らの眼の届かない所で倒れているかも知れない」

「そうですよ。船内のすべて、一般乗客の部屋はもとより、船員の部屋も調べてもらう必要がある」

「船員の部屋もかい」

「監禁されている場合を考えれば、当然じゃないですか」

「それは難しいな。一般乗客の部屋だって難しい。調べるというのは疑うことだ」

「已むを得ませんね。同じ船に乗り合わせた女性が、原因不明のまま姿を消したんです。身に憶えがなければ平気なはずで、部屋を覗かれるくらいは仕様がない」

「しかし、この船は軍艦じゃないんだよ。船長にそんな権限があるかな」

「あると思いますね。もしなかったとしても、エアコンの故障を調べるとか何とか理由をつければ、部屋に入れないことはありません」

「客室はそれが出来るだろうが、船員の部屋はそうはいくまい」

「出来ますよ。船員はみんな働いているので、部屋をあけている時間が分っている。その時間に、合鍵を使えば簡単です」

「船長が承知するだろうか」

「承知させるんですよ。人間ひとりの命がかかっているのに、ぼくだったら厭と言わせない」

「うむ」

彦原は苦しそうに唸った。

彦原の話を聞いた船客部長は、飛び込み自殺を想定して、早速打つべき手を打っているはずだった。

飛び込みがあった場合、船を引返すかどうかは船長の判断にかかっているが、一応、二時間を越えて発覚したときは引返さないのが普通だった。無線で付近を航行中の船舶に緊急通信をおこない、注意を喚起して投身者の捜索を依頼する。そしてアメリカ船の場合は、ミッドウェー島にコースト・ガード（沿岸警備隊）があり、ここに無線連絡をとれば、ここからも付近の船舶に指令が発せられるはずだった。

いずれにせよ、水島陽子の失踪が昨夜の十二時とみても、すでに十二時間を経過していた。

26

矢野は自殺説を採らなかった。死にたかったら、わざわざ洋上大学の船に乗らなくても、安直に死ねる方法がいくらもあるはずだった。

「百人の生徒を、どうやって選んだんですか」

矢野は話を変えた。水島陽子と桐山久晴の仲について、甲斐靖代の言ったことが頭にこびりついていた。他殺を仮定した場合、事件の因果関係は地上から船に運び込まれたとみるのが自然だった。そうでなければ、乗船後わずか一昼夜あまりで、見ず知らずの他人だった者同士の間に、殺意を抱かせるほどの葛藤《かっとう》を見つけださねばならなかった。

だが、果して百人の生徒と講師や事務局の者たちは、それまで本当に見ず知らずの他人だったのかどうか。

「抽選ですよ」

知っているはずじゃないか、というように彦原は答えた。

「もっと具体的に言ってくれませんか。応募ハガキは二十五万通を越えたと聞いている。その中から、どうやって百人を選び出したんですか」

「去年の十一月までに、初めは千人を抽選した。ハガキの山を地方別に分けて、あとは全く無差別にやった。社長や私も立会って、女子社員が手当り次第に抜いていった」

それからその千人に対し、身上書と健康診断書、および論文の提出を求めた。身上書には家族構成や略歴を記入して写真を添付させ、保証人をつけさせた。論文は「なぜ洋上大学に応募したか」という題だった。

「回答してきたのが約八割、八百人くらいでしたね。その八百人から、いろいろな条件を考慮して百人に絞る作業が大へんだった。ほとんど私と毛利くんでやったが、出身地が片寄ってはまずいし、おかしな者が入り込まないように一応の注意をした」

「おかしな者というと」

「集団生活を乱されるようでは困る。だから、水商売のひとなどは遠慮してもらいました」

「それは偏見じゃないかな。名簿を見ると学生が多いけれど、近ごろは水商売の女より学生のほうに相当乱れたのがいるらしい」

「偏見があるわけじゃありません。疑うとキリがないので、世間の常識にしたがって、無難な線を選んだに過ぎない」

「職業が空欄になっているのは、おかしな部類に入らないんですか」

「それは家事手伝いということです。父親の職業で分りますが、いい家の娘さんで、お稽古《けいこ》ごとをしているとか、家業の料理屋を手伝っている者もいる」

「年齢も揃えたようですね」

「その点も考慮した結果です。応募資格は年齢不問、既婚でも構わなかったんですが、いざ百人の生徒をまとめる段になって考えると、やはり同じ年ごろの未婚者に限ったほうがいいだろうという結論になりました。既婚の応募者を、最初から外していたわけじゃありません」

「結果的には騙したことになる」

「でも、これは内密にしてくださいよ」

「彼女らの身元を調べましたか」

「いや、身上書を信頼しました」

「それじゃ既婚者がいても分らないでしょう」

「その時点では分らないが、渡航手続きのとき、都内にいる者は戸籍抄本を取り寄せています」

渡航手続きを代理店に一任する場合、必要な書類は戸籍抄本一通、それに写真が二枚、査証《ビザ》がいるなら写真がさらに一枚加わるだけだった。

しかし、戸籍抄本を取り寄せても内縁関係は分らないし、同棲している男がいるかどうかも尚さら分らない。

地方に住んでいる者は、各人がそれぞれの地方で渡航手続きを済ませていた。

「すると――」矢野は言った。「身上書がでたらめでも分らないでしょう」

「私どもは身上書の記載を信じています。かりに多少の嘘がまじっていても、たかがハワイへ行ってくるだけのことで、社員として採用するわけじゃない。帰りはジェット機で、羽田に着いたら解散です。そう神経質になる必要はないし、いちいち興信所を使って調べるようなことはしていません」

「水島陽子の身上書を見せてもらえますか」

「身上書その他は本社にありますが、代わりにノートをとってきています」

「彼女の家族は分りますか」

「分りますよ。昨日から何度もノートを見て、すっかり憶えてしまった。彼女は末っ子です。両親と、兄が一人に姉も一人、兄さんは外務省の役人で、父親の勤務先は書いてなかったが、会社役員というから、重役でしょう。父親が保証人の判を押している」

「生徒と彦原さんたちが会ったのは、結団式のときが初めてですか」

「都内と東京近県の生徒は、その前に一度会っている。二月中旬に説明会を開いて、そのときは講師の先生方にも通知をしたけど、講師は一人もこなかった。旅行スケジュールなどの説明会で、生徒も三十人くらい集まっただけです」

「そのとき、水島陽子は来てましたか」

「来てましたね。目立つ女性なので、よく憶えている」

「念を押すようだけど、百人の生徒は完全に公平な抽選によって選ばれ、偶然この船に乗り合わせたんですね」

「そうです」

「例えば、主催者の縁故関係などで優先的に参加させた生徒はいませんか」

「そういう生徒はいません」

彦原は断言した。

矢野は断言させたことを後悔した。矢野の観測によれば、ファニー化粧品の幹部や得意先の縁故関係者が、抽選によらないで数人は加わっていると見るのが当り前だった。

27

彦原も毛利も、心配のあまり、昼食どころではなさそうだった。

矢野はPデッキへ引返し、料理が並んでいるエメラルド・ルームに入った。

料理は前菜《オードブル》からデザートに至るまで、肉も魚も盛り沢山《だくさん》に揃っているが、デッキ・ランチはセルフ・サービスだった。皿にとった料理を、自分でプロムナードのテーブルへ運ばねばならない。その代わり食欲旺盛なら、大盛りの皿を抱えてテーブルとの間を何度でも往復できる。

矢野は両手に皿を持って、プロムナードに出た。左手の皿はビーフ・シチューにロースト・ビーフと舌平目のレモンバター焼き、それからポテトに燻製《くんせい》レバー・ソーセージ、右手の皿はオムレツ、サラダにその他品名不詳の料理を眼につき次第ごった盛りである。

矢野は遅れて来たので、空席があちこちにあったが、折戸玲子や有田ミツ江のいるテーブルに割り込んだ。

やや離れたテーブルで、黒木が陣内左知子たちと喋っていた。

大半の者が食事を終って、コーヒーを飲んだりアイスクリームをなめたりしていた。

「水島さんがまだ見つからないんだってね。何処へ消えたんだろう」

矢野は折戸玲子と有田ミツ江に話しかけた。

「海に飛込んだのよ。だから、もう死んでるわ」

折戸玲子が平気な顔で言った。

「飛込むところを、見た人がいるのかい」

「そうじゃないけど、昨夜のレセプションの途中、帰ろうとしたらエレベーターの近くで水島さんに会ったのよ」

その時、水島陽子は顔色が青ざめていた。

それで折戸玲子は、

――大丈夫？

と聞いてみた。船酔いか、シャンパンに酔ったせいだと思っていた。折戸玲子自身、シャンパンを飲み過ぎて気分が悪くなり、キャビンに引揚げるところだった。

しかし、水島陽子は折戸玲子の声が聞えなかった様子で、ドアの外へ行ってしまったという。

時刻は十一時ごろだった。

ドアの外はプロムナードで、その硝子《ガラス》張りの広い遊歩回廊は、プールのある吹きさらしのベランダへつづいていた。

「きみが会ったとき、水島さんはつれがいなかったのか」

「ひとりだったわ」

「外へ、何をしに行ったんだろう」

「酔いをさますつもりかしら、とそのときは思ったけど、それっきり帰らないとしたら、飛込むつもりだったのね。だから、あたしの声なんか聞えなかったんだわ」

「しかし、なぜ自殺する気になったのだろう」

「知らないわ」

「自殺を決意していた女性が洋上大学に応募し、わざわざ太平洋の真ん中まできて飛込むなんて、不自然じゃないかな」

「それは説明できるわ。水島さんは失恋して、とても悲しくて死にたかったけれど、どうしても死ねなかった。それで、失恋の傷を癒《いや》すために洋上大学の船に乗った。でも、船に乗ったら悲しくなるばかりで、とうとう耐え切れなくて海に飛込んだのね」

「その失恋の話は、彼女に聞いたのかい」

「あたしの想像よ。例えばの話だわ」

「想像じゃ仕様がない。きみは彼女と同じクラスで、割合親しかったほうでしょう。消えた原因は別として、おかしいと思った点はないだろうか。自殺するなら、その徴候があったに違いない」

「どんな徴候かしら」

折戸玲子は窓の外を眺めた。

青いビロードを敷きつめたようなベタなぎの海は、金銀の宝石をちりばめたように反射していた。

折戸玲子は何も思いつかないらしく、溶けてしまったアイスクリームをスプーンですくった。サングラスを額の上に押上げ、真剣に考えているのかどうか分らない顔だった。

「きみはどう思いますか」

矢野はようやく旺盛になった食欲を満たしながら、有田ミツ江に向きを変えた。

「あたしは、水島さんとあまりお話したことがないんです」

「でも、噂は大分聞いたでしょう。やはり自殺説ですか」

「自殺説ではなく、過《あやま》って海に落ちたということはないのかしら」

「そいつは無理じゃないかな。デッキの手すりは、ぼくの胸の近くまである。よほど体を乗り出さなければ、海に落ちない。第一、出航のときはみんな体を乗り出していたが、もう体を乗り出す理由がない。彼女が消えたのは昨日の夜だ。誰かとふざけていたということも考えられない。寒くて、震えそうな夜だった」

「吐気がして、イブニングを汚さないように吐こうと思ったら、体を乗り出さないかしら。これは折戸さんの話を聞いて思いついたんですけど、昨日の晩のあたしだったら、きものを汚さないようにまず考えるわ」

折戸玲子の自殺説より、はるかに説得力があった。

おそらく、今度の旅行のために新調したドレスを反吐《へど》で汚すことは、彼女らにとって大事件に違いなかった。衣裳をかばうのは当然だろうし、そのために体を乗り出したとすれば、昨夜はまだ船の揺れが烈しかったから、ふとした弾《はず》みで海に落ちないとも限らなかった。

28

有田ミツ江の話を聞いて、もともと大した根拠のなかった矢野の他殺説は、簡単にぐらついた。

そこへ、カメラマンの田浦が現れて、右の親指と人差指でＯＫのサインを送ってきた。レセプションの写真が出来たというサインだった。

矢野は有田ミツ江や折戸玲子に聞きたいことが残っていたし、料理もまだ残っていた。

しかし、田浦が黒木を促して背中を向けたので、矢野も已むを得ず彼らのあとを追った。

屋上のサン・デッキで写真を見ることにした。

「面白いのがありますよ。写真屋に言われなくても、ちょっと公開を憚《はばか》りますね」

階段を上りながら、田浦は気を持たせるように言った。

サン・デッキに上ると、アメリカ人らしい中年の男と若い女が抱合っていた。

そのふたりの男女は、矢野たちに気づくと、逃げるように姿を消した。

「いまの女、うちの生徒だぜ、名前は憶えてないけど」

黒木が言った。

矢野も名前は憶えてないが、確かに洋上大学の生徒で、吊り上ったような細い眼に憶えがあった。しかし矢野は、生徒であろうとなかろうと、関心のない女のことはどうでもよかった。

黒木も田浦も同様らしく、三人は車座になって腰を下ろした。

キャビネ判に伸ばした三十余枚のうち、二十七枚がレセプションの写真だった。

「傑作でしょう」

田浦がそう言って見せた最初の写真は、学長の望月伊策が庄野カオリの肩に手をまわし、彼女の頬に唇を押しつけようとしていた。

彼女の方は迷惑そうに眉をしかめている。

「もっと傑作がある」

次も望月伊策が水島陽子の手をとり、匂いを嗅ぐような恰好でキスしていた。

「これが望月先生の〝生活の中の演技〟かい。彼女は気分が悪くなって途中からいなくなったらしいけど、望月さんのせいじゃないのかな」

黒木が言った。

キスされている水島陽子のとなりには、桐山久晴がいかにも不愉快そうな顔で写っていた。しかしその桐山も、別の写真を見ると、三輪桃子の肩に手をやって結構愉しそうだった。

駒津ドクターが三輪桃子と、黒木が折戸玲子と踊っている写真もあった。矢野と砂井安次郎、陣内左知子がぼんやり口をあけている写真もあれば、きもの姿の有田ミツ江をアップで撮ったのもあった。デザイナーの及川弥生は一等航海士と睦《むつま》じそうだし、美容学校校長の高見沢梢も、若い外人と意気投合しているようなスナップがあった。

「この眼ですよ。この眼でじっと水島陽子を見つめていたんだ」

田浦がそう言って指さしたのは、歌いながら水島陽子にモーションをかけていたという歌手だった。垂れ眼で、薄気味悪い笑いを浮かべていた。

乱交パーティの感じだな——、
つぎつぎに写真を眺めて、矢野は何となくそう思った。一瞬の錯覚だが、写真の中の男女が全員裸に見えたのである。

29

矢野の注文で、田浦は写真をフィルムと照らし合わせ、撮影順にならべた。

矢野と黒木、田浦の三人が車座に囲んだ空間に、二十七枚の写真がトランプ占いのようにならんだ。

矢野や黒木たちが写っているのは初めのほうだった。折戸玲子の話をもとに、水島陽子がレセプションの会場から引揚げた時刻を十一時ごろとみるなら、講師では望月伊策と砂井安次郎、生徒は陣内左知子や今中千秋などがその後の写真にも写っていて、その連中は水島陽子の失踪に直接関係がないという見方もできた。

もっとも、他の講師や生徒たちが、その後の写真に写っていないからといって、水島陽子より早く退場したと見ることはできない。現に矢野自身、最後まで残っていたけれど初めのほうにしか写っていなかった。写真の有無は、田浦の関心の有無を示すに過ぎないのである。したがって、例えば水島陽子の写真が多いということは、彼女に対する田浦の心情をあらわしていると見て差支えがなかった。矢野などは、一枚しか撮られていない。

「こうして見ると――」黒木が言った。「望月伊策のあつかましさは相当なものだな。女癖がわるいとは聞いていたが、桐山久晴をたしなめる資格なんかないね」

「しかし――」矢野も言った。「公衆の面前でここまでやれたら立派だよ。新劇のベテランで、テレビでは中年の二枚目として女性ファンをしびれさせているんだからな。実像と虚像の違いを見せているわけで、生徒には社会勉強になったはずだ」

「酔っていたんじゃないですか」

田浦が口をはさんだ。

「いや」矢野は首を振った。「昨夜遅く、桐山と水島陽子の噂を問題にしたときも、全くそんな様子はなかった。望月伊策はしんから女好きなのさ。きれいな女がとなりにいたら、じっとしていられないんだ。見栄《みえ》も外聞も消えてしまう。おれはそう思うね」

「まるで色狂いじゃないか」

黒木が言った。

「男も女も、まともな人間はみんな色狂いさ。色狂いでなければ、競馬狂とか、野球狂とか、政治狂とか、発明狂とか、教育ママなんてのは子供しか見えていないし、とにかく何かにとらわれていて、望月伊策の場合は、色狂いの部分が目立つだけだ」

「彼は芝居マニアじゃないのか」

「芝居マニアは扮装マニアの一種で、扮装マニアはまた色狂いの一つの現象だから、その意味で彼の人格は統一されている」

「それじゃ砂井安次郎は」

「小説家は妄想狂にきまっている。露出妄想狂だな。これも色狂いに関係が深い」

「高見沢梢女史は」

「あれはおしゃれマニアの家元みたいなものじゃないか」

「すると、及川弥生は服装方面のおしゃれマニアか」

「もちろん」

矢野は勝手なことを言った。普段からそう考えていたわけではなく、話の成行きだった。この手で分類すれば、黒木は取材マニアで、田浦はカメラマニアだった。

しばらくそんな無駄話がつづいて彦原団長は仕事中毒、駒津ドクターは診察マニアということになった。

「この写真で見ると、望月伊策はあまりモテていない。かえって桐山のほうがモテている。三輪桃子が危いな。桐山に落とされるかも知れない」

黒木が話を変えた。

「砂井さんと陣内左知子はどうだろう」

田浦が黒木に言った。

「このふたりは関係ないね。ふたりとも色気が乏しい」

「及川さんはどうかな。この一等航海士はかなりハンサムだ」

「及川弥生は絶対に大丈夫だよ。男に全然興味がない」

「なぜですか」

「知らないのか」

「知りませんね」

「あれだけの美人が、三十五、六にもなって、未だに独身でいる。パトロンとか、愛人がいるという話はない。とすれば、男を避ける理由は一つしかない」

「レズですか」

「ということになる。彼女より年上で、眼鏡をかけた断髪の女が見送りにきて、船にも上ってたじゃないか。おれはその女もハワイまでついてくるのかと思ったが、銅鑼が鳴ったら下りてしまった。気がつかなかったかい」

「気がつかなかったな」

「その女が及川弥生の秘書で、同じ家に住んでいる。及川女史はその秘書の言いなりらしい」

「ふうん」

田浦は驚いたように唸った。

矢野もその話は初耳だった。黒木の話を聞いて思い出したが、出航の前、デッキの隅で及川弥生と親しそうにしている中年の女がいた。断髪で眼鏡をかけ、あまり美人ではなかったことを憶えている。及川弥生が男に無関心だとすれば、レズだという説も頷けぬことはない。

しかし、黒木の話はつねに臆測や誇張があって、当てにならないことが多かった。

「及川弥生より、おれは高見沢梢が羽を伸ばすと睨んでいる。もう相当のばあさんだが、あの色っぽい眼は普通じゃない。気持がわるいくらいだ」

黒木は高見沢梢の風評に移り、彼女には若い愛人がいると言った。

30

せっかく田浦が撮った写真だが、望月伊策の痴態が面白かった程度で、矢野が期待したほどのことはなかった。しかも、肝心の水島陽子の話になると三人とも口が重くなり、話題が横道にばかりそれたのは、口の重さを隠すためのようにさえ思われた。

Pデッキに下りると、デッキ・ランチのテーブルはきれいに片づいていた。

田浦はデッキ・チェアに腰を下ろした。

矢野と黒木は、さらにAデッキへ下りた。

事務局の窓口デスクに、望月伊策と彦原団長、それに船客部長のジョージ・山本が額を寄せ合うように立話をしていた。

船長はその職責のために必要があれば、船員のほか旅客に対しても指揮命令権を持っているが、この権限は、一等航海士が副船長の資格で代行することが実務に即していた。

しかし、太平洋航路のセントルイス号は日本人の客が多いので、特に日系二世を船客部長として採用し、ジョージ・山本が日本人客の扱いを一任されていた。そこで水島陽子の失踪についても、彦原の要請によってジョージ・山本がいっさいの采配をふるい、船内のすみずみまで探したという話だった。

「機関室、無線室から調理場の大冷蔵庫の中まで、全部調べてもらった」

彦原は矢野のほうを見て言った。

「やはり見つかりませんか」

「見つからない」

「客室も調べてもらいましたか」

「それはまだだが、調べても無駄だろう」

「無駄かどうか、調べなければ分らない」

「あんたの言うように、そう簡単にはいかない。プライバシーの問題がある。彼女は自殺したに違いない」

「遺書が見つかったんですか」

「いや」

「だったら、彼女の部屋をまず調べたらどうですか。彼女の生死は別として、こんな騒ぎを起こした以上は、私物を検査されても仕様がない。もし自殺なら、その裏付けになる物が見つかるはずだ」

「うむ」

彦原は溜息をした。

自殺説をとっている船客部長が矢野に賛成し、望月も賛成した。

「同室の甲斐靖代に立会ってもらえばいい」

黒木もそう言ってけしかけた。

彦原は何度も溜息をしてから、甲斐靖代に電話をした。

船客部長を先頭に、水島陽子と甲斐靖代のキャビンへ向った。キャビン・ナンバーは146、細長い廊下の突当りから二番目だった。

ノックをしなくても、甲斐靖代がドアをあけて待っていた。

水島陽子の荷物は、大型のスーツ・ケースが一個に航空バッグ一個、その二個は部屋の隅にきちんと置いてあった。

二段ベッドの上段が水島陽子のベッドだが、そこには何もなかった。

床に白いパンプスとビニール製の赤いサンダル。

小さな整理箪笥は四段あって、上の二段が水島陽子、下の二段が甲斐靖代の専用というように分れていた。ベッドの上下とともに、ふたりがジャンケンをしてそう決めたのだという。

ドレッサーはふたりの共用だが、水島陽子の分は洋上大学のユニホームとワンピースが一着、ブラウスとセーターも一着ずつかかっていた。

整理箪笥の最上段には、筆記用具やノート、カメラ、ハンドバッグ、サングラス、化粧品などが雑然と入っていた。その下段は下着類が主で、水着やショート・パンツ、Gパンも揉みくしゃに放り込まれていた。

「ノートを見たほうがいい」

望月が彦原に言った。

しかし、ノートは何も書いてなかった。

ハンドバッグも空白である。

だが、同じ段にハワイの観光案内の本が二冊も入っていた。

航空バッグの中は洗面用具だった。

スーツ・ケースには鍵がかかっていた。

「こじあけるほかないでしょう」

彦原がみんなの同意を求めた。

「壊して構わなければ、ぼくがやりますよ」

矢野は役目を買って出た。レザー張りの頑丈そうなケースだったが、僅かな隙間に鋏《はさみ》を差し込んで梃子《てこ》にすると、あっけないほど簡単に錠が壊れた。中は衣類が大半だった。

「たいした物持ちだな。カクテル・ドレスもあるじゃないか」

望月が感心したように呟いた。

しかし、レセプションのときに着ていた薄紫のイブニングは見当らなかった。そのとき持っていたバッグも見当らない。

これで、水島陽子が正装のまま消えたことがはっきりしたわけである。念のためベッドのシーツをめくったが、遺書はなかったし、小さな手鏡が形見のように残っていただけだった。

「海に飛込んで自殺しようという人物がハワイの観光案内の本を二冊も持ってくると思いますか」

矢野は彦原に言った。

彦原は暗い顔をして、返事をしなかった。

31

水島陽子の自殺説が吹っ飛んだ。

船客部長のジョージ・山本も、さすがに異常な事態をさとった模様で、あらためて船内を捜索し、次第によっては船員や一般乗客のキャビンも調べてくれることを約束した。もちろんその前に、洋上大学側としても、参加者全員のキャビンを点検しなければならない。

「えらいことになったらしいな」

薄暗い喫煙室でひとりポツンとしていた砂井安次郎が、通りかかった矢野を呼び止めて言った。

「彦原さんと毛利さんが、マスター・キーを持った船客部長といっしょに、各部屋の設備に注文をつけるという名目でまわってますよ。砂井さんの部屋も当然調べられる」

「トイレか浴槽に、水島陽子の死体が押し込んであると思っているのかな」

「そう思わなくても、一応調べるべきでしょう」

「そうだね。徹底的に調べたほうがいい」

「砂井さんの推理はどうですか」

「まだ推理は早いよ。資料が揃っていない。しかし、さっき黒木さんにちょっと聞いたが、自殺じゃないことは確かだろう。彼女はハワイ市内の観光や買物を愉しみにしていたに違いない」

「すると他殺ですか」

「ほかに考えられない」

「犯行の動機は何だろう」

「動機なんかいくらでもあるさ。作ろうと思えば、いくらだって考えられる」

「例を挙げてくれませんか」

「しかし、現実と小説は違うからな。現実をなぞるような小説は愚作だし、小説を真似たような犯罪はかならず失敗する。推理小説の謎は論理によって解明されねばならないが、現実の犯人は論理を無視してとんでもない飛躍をする。ぼくは実際の事件を推理して、当った試しがない」

「だから今度も、当らなくて構わない。そう思えば気楽でしょう」

「気楽でもないぜ。ぼくも容疑者の一人だからな」

「砂井さんが容疑者――？」

「そうじゃないか。あんただって容疑者だ。この船に乗っている者は全員容疑を免れない。殺人がおこなわれたとすれば、犯人はかならずこの船の中にいる。なぜなら、水島陽子の死は船が港を出て一昼夜以上経ってからだし、今も太平洋を航行中だ。つまり船というのは海に閉ざされた密室で、被害者を海に沈めたとしても、犯人も海に沈まない限り逃げ場がない。犯人は絶対この船にいるよ。しかもハワイへ着くまで、まだ六泊ある。犯人には相当辛い六日間だと思うな。気が弱かったら、気が狂うね」

「しかし、図々しい奴だったらどうですか」

「ご馳走を腹いっぱい食って、適当な運動をして日光浴をして、殺したい奴が消えたのだから精神も安定して、とても健康になるだろうな」

「犯行の動機に話を戻してください」

「水島陽子は美人だった。薄紫のイブニングもいちばん目立っていた。とすると、同性に嫉妬されたということがいちばんに考えられる。プライドの高い女だったら、反感をかったことも考えられるし、彼女を口説き損って恥をかいた野郎がいたかも知れない。しかし、ここで推理小説的発展を考えると、やがて第二の殺人が起こる。犯行がそう計算通りにゆくはずはないから、犯行に気づいた者が第二の被害者になるという順番だな。でも、この手はさんざん使い古されていて、もう陳腐《ちんぷ》になってしまった」

32

水島陽子の他殺説が濃くなったせいか、砂井安次郎は活気がでてきた。いきいきした口調で、顔色も、バーの隅っこでふさぎ込んでいた一昨夜あたりに較べると、見違えるように元気そうだった。躁鬱病《そううつびょう》の鬱状態から躁状態に移った感じである。現実と小説は違うといっても、とにかく、殺人事件なら彼の専門分野だった。

「すると――」矢野が言った。「第二の殺人は起こりませんか」

「いや、ぼくは推理小説の話をしたので、推理小説では使い古された手でも、現実のほうはそんなことにこだわる必要はない。第二の殺人がおこなわれるとすれば、それは第一の殺人事件の容疑を免れるためと考えるのが自然で、推理小説の常套《じょうとう》を真似る形になる。それを貶《けな》したって仕様がない。犯人が分っていたら、事前に注文をつけたいところだがね」

「それじゃ、やはり第二の殺人は起こりますか」

「起こるんじゃないかな。起こりそうな予感がする。駒津ドクターに聞いたけど、あんたと黒木さんが見つけたという血は、せめて血液型くらい検査しておくべきだった」

「なぜですか」

「内地の両親に問合わせれば、水島陽子と同じ血液型かどうか分った」

「でも、ベランダに落ちていたのはほんの数滴で、殺人事件の血だなんて考えられなかった」

「血の多少は問題じゃない。例えば頭を殴《なぐ》られた場合、顔まで血まみれになるようなのは案外傷が浅くて、むしろ一滴の血も流れないほうが脳内出血などのために死んでしまうことが多い。ちょっと刺されただけでショック死することもある。この際、数滴の血といえども見逃せない」

「ベランダの板を削ってみますか」

「もう遅いよ。駒津ドクターに聞いてすぐ見に行ったが、血の痕《あと》はほとんど分らないくらいだった」

「犯人が消したのだろうか」

「そうとは限らない。わざわざ消さなくても、あの辺は日光浴の溜り場になっている。僅かな血の痕など自然に消えてしまう」

しかし、と砂井はつづけた。黒木と矢野が数滴の血に気づいて匂いを嗅いだのは今朝の二時過ぎだが、そのとき血が乾いていなかったということは、滴《したた》り落ちてからさほど時間が経っていないことを示していた。つまり、その血が水島陽子の血で、事件の発生を裏づけるものなら、彼女は折戸玲子に姿を見られた昨夜十一時頃から、午前二時頃までの間に殺されたことになる。しかも、血の落ちていた場所がデッキの手すりに近いということは、死体が海に投げ込まれた可能性を強めている。

「そうすると――」矢野は言った。「水島陽子の死体は見つかりませんか」

「まあ見つからないね。太平洋の底に沈んでいる。これが地上なら、死体がなければ単なる失《しっ》踪《そう》事件として片づけることも出来る。彼女はもう子供ではない。どこへ行こうと自由な年齢に達している。だが、ここは海に囲まれた船の上だ。船内にいなかったら、海に沈んだとしか考えられない。とすれば、これは死体のない殺人事件で、目撃者でもいない限り犯人は分らない」

「目撃者待ちですか」

「その目撃者が、第二の被害者にならなければいいと思っている。昨夜のパーティはあれだけ人が集まっていたのだから、見ていた者がかならずいるに違いない」

「でも、昨夜はとても寒かった。外に出て、風に吹かれたくなるような陽気じゃなかった」

「しかし、ぼくらはベランダに出たじゃないか」

「砂井さんは酔っていたからですよ。ぼくは寒くて震えそうだった。あのときだって、砂井さんとぼくのほかは、ベランダに人影がなかった」

「あれは何時頃だったろう」

「一時は過ぎてましたね」

満月に近い銀色の月が、中天に浮かんでいたことを矢野は憶えている。そして砂井が、「あんまり長く月を見つめていると気がへんになる」と言った西洋の俚諺《ことわざ》も憶えていた。

銀色の月は不吉の前兆である。

砂井は憮然《ぶぜん》としたような表情で天井を仰いだ。

矢野はその横顔を眺めて、不精ひげが伸びているのに気がついた。

「ひげを伸ばすんですか」

「駒津ドクターのひげを見て思いついたんだが、せっかくの海外旅行だから、まず、ひげで気分を変えようと思った」

「ひげで気分が変わりますか」

「気分なんて、実につまらないことでひょこっと変わる。男のひげは、女の化粧と同じかも知れない」

「それで、どんなふうに変わりましたか」

「まだ変わらないよ」

砂井は右手の甲で顎《あご》をこすった。意外に濃いひげで、駒津ドクターや田浦カメラマンより似合いそうだった。

33

矢野と砂井が話しているところへ、デザイナーの及川弥生が入ってきた。フランスの三色旗のような縦縞のパンタロンをはいて、ブラウスもかなり派手な柄だった。誰かを探しに来た様子で、矢野たちのほうに軽い会釈をしたが、室内を見まわすと、すぐに出て行った。

「美人だな。スタイルも申し分ない」

砂井がうしろ姿を追うように眺めて呟いた。

「でも――」矢野は言った。「レズだという噂がある」

「ほんとかい」

「黒木に聞いた話ですけどね。男装の秘書と夫婦のように暮らしているらしい」

「信じられないな。ぼくの聞いている話では、ある財界人がパトロンになっている」

「一般に知られている財界人ですか」

「いや、いわゆる有名人ではない。その人は病身のおくさんがいるので、彼女は日蔭の存在に甘んじているという話だった。ひところは熱烈に愛し合い、心中未遂事件を起こしたこともあるって聞いた」

「それほど情熱家には見えませんね」

「心中未遂はむかしの話さ。十年前の彼女はもっときれいだったに違いない。レズなんて嘘だよ。黒木さんの話はいつもオーバーで、時どきピントが狂っている」

「水島陽子と桐山さんの噂はどう思いますか」

矢野は話を変え、昨夜の水島陽子について、桐山久晴のキャビンにいたのではないかという黒木の推理を伝えた。

「その推理もどうかと思うな。噂は大分派手なようだが、桐山さんは生真面目《きまじめ》なひとだよ。わるく言えば小心で、よく言うなら律義なひとだ。だから水島陽子に対する態度も、桐山さん自身は当り前の親切のつもりで、批難されるとは考えていなかったに違いない」

「しかし、桐山さんは心理学者でしょう。周囲のひとの気持が分らなかったのだろうか」

「分らなかったんじゃないかな。経済学者が金儲けの名人でなくて構わないように、心理学者も他人の心理を見抜く達人である必要はない。他人の学説を教えるだけなら、それで間に合う」

「甲斐靖代の話によると、桐山さんは水島陽子の着つけを手伝い、彼女の名前を呼びつけにしている」

「その話はぼくも聞いた。だが、それも桐山さんにしてみれば当り前の親切かも知れない」

「呼びつけも親切ですか」

「それは少し違うな」

「桐山さんと水島陽子は、以前から知合いだったと思いませんか」

「うむ」

砂井は考え直すように、腕を組んだ。

そこへ、今度は噂の当人、桐山久晴が現れた。白いスラックスに真っ赤なポロシャツを着て、落着かない様子だった。

しかし彼も、矢野たちに軽い会釈をすると、すぐに立去ってしまった。

「及川さんと待合わせていたのだろうか」

「まさか――」

砂井は首を振った。

34

彦原たちのキャビン点検は、徒労に終ったようだった。水島陽子は依然行方不明である。

「夕食の間に一般乗客の部屋を、そのあとで船員の部屋も調べてもらうことにしましたよ」

彦原はますます憂鬱な顔で言った。

「どこを探したって無駄だね。水島陽子は海に沈んでいる」

19番テーブルで、分厚いステーキを頬張りながら黒木が言った。

矢野も同じ意見だった。

田浦は、一般乗客か歌手の部屋が怪しいという意見を変えなかったが、水島陽子の生存は期待できなくなっていた。

夕食が終ると、今夜は催し事がなかった。船内新聞によれば、ラウンジでアメリカ映画があり、踊りたい者にはエメラルド・ルームで音楽を演奏しているという程度だった。

矢野はキャビンに戻り、スポーティな服装に着替えてからラウンジを覗いた。

映画は恋愛ものらしく、客席はほぼ満員だったが、日本語の字幕がないので、矢野の語学力では台詞《せりふ》の半分も聞きとれなかった。もともと映画を見る気はなかったし、すぐにラウンジを出て、バーへ行った。

砂井が珍しくテーブル席にいて、陣内左知子ら数人の生徒と飲んでいた。色っぽい様子はなく、水島陽子失踪事件の情報を集めているようだった。とすれば、砂井は水島陽子の他殺説が濃くなってから、俄然張り切り出したのである。

矢野は混んでいるバーを素通りして、エメラルド・ルームに入った。

キャビンにこもっていても退屈なせいか、ここも人が溢れていた。フロアを半円型に囲んだテーブルは満席で、壁際に立っている者も多かった。女同士で踊っている者が多いのは、男が少いためだった。洋上大学の参加者だけをみても、女性百人以上に対して男は十二人に過ぎなかった。

矢野はつぎつぎにダンスを誘われたが、これは明らかに男不足のせいだから、モテている気分になれないで、つとめて水島陽子の情報を集めた。

しかし、みんな好奇心のかたまりのように喋ってくれたが、大した収穫はなかった。

生きている水島陽子の姿を、最後に見た者は折戸玲子だった。その時刻が十一時頃という点

は何人も証言する者がいて、

「急に気持がわるくなったみたいだったわ」

と庄野カオリが言い、

「そういえば、顔が青かったわね」

と有田ミツ江も言った。

この二人の言葉は、エレベーターの近くで水島陽子に会ったときの、折戸玲子の印象とも一致していた。

矢野は踊り疲れたというより、華やかな女性の匂いに疲れたようだった。

プロムナードに出て、デッキ・チェアに足を投げ、しばらくぼんやりした。

ぼんやりしながらも、水島陽子のことが頭を離れなかった。いくら考えても、彼女が消えたということが納得できなかった。折戸玲子が彼女と最後に会ったとき思ったように、そのとき彼女が外へ出たのは船酔いかシャンパンのせいだとすれば、吐気のために船から落ちたのではないかという有田ミツ江の説が有力になる。

しかし、矢野がデッキの手すりにもたれて確かめた感じでは、船が烈しく揺れていたにしても、相当体を乗り出さないと海に落ちる危険はなさそうだった。それに、数滴の血痕も疑問のままである。陣内左知子のように、彼女が監禁されているという説も頷けない。

矢野はバーへ行き、空席がないので、立ったままウイスキーを飲んだ。五杯飲んだが、いっこうに酔ってこなかった。

砂井がいたテーブルは、砂井が消えて、生徒たちだけで熱心に話しこんでいた。

別のテーブルでは、黒木と田浦が生徒に囲まれていた。

矢野はどのテーブルに加わる気もしなかった。何となく落着かなくて、プール・サイドのベランダへ出た。

及川弥生が酔ったような足どりで現れたのは、それから間もなくだった。

「こんばんは――」

矢野は挨拶をした。彼女の意見も聞いてみたかった。

ところが、彼女は矢野の声が聞えなかったのか、矢野の方を振向きもしないで行き過ぎようとした。

「及川さん――」

矢野はもう一度声をかけた。

彼女はやはり聞えないようだった。

矢野は、おかしいと思った。足がふらついていて、顔色もよくなかった。

しかし、矢野は深く考えないで、彼女のうしろ姿を見送った。

そのときベランダにいたのは、矢野だけではなかった。快い風が吹き、空には大きな満月が浮かび、海は夜光虫がきれいだった。だからあちこちに人がいて、やや離れた手すりに有田ミツ江がいたし、その向うには駒津ドクターがひとりポツンと海を眺めていた。

矢野は少し感傷的になって、冷酷な恋人のことを思い出した。

空も海も風も、そういう感傷に相応《ふさわ》しい晩だった。

「夜光虫がきれいですね」

矢野はひと恋しいような、慰めてもらいたいような気分に誘われて言った。

しかし、有田ミツ江も物思いに耽《ふけ》っているのか、聞えないらしかった。

矢野はがっかりして、自分が恥ずかしくなり、二度と同じ言葉を言う気にならなかった。

駒津ドクターも物思いに耽っている様子である。感傷は彼に似合わないが、似合うから感傷的になるわけではない。

矢野は手すりを離れた。感傷に溺れている場合ではなかった。船内捜索が終り、何らかの結果がでたはずだった。

矢野はAデッキに下りることにした。

35

矢野はAデッキのロビーに下りた。

事務局の窓口デスクのソファに、団長の彦原と事務局長の毛利がしょんぼり腰を下ろしていた。口をきく元気も、顔を上げる元気もないという様子だった。

「砂井さんを見ませんか」

矢野は彦原のとなりに腰をかけた。

彦原は矢野のほうを見ないで、無言のまま首を振った。

「桐山さんは」

「――――」

彦原はまた首を振った。

「その後、一般の乗客や船員の部屋を調べてもらえましたか」

矢野は、聞きたかった本題に入った。

「船客部長がすっかり調べてくれた。念のためだと言って、共用のシャワー・ルームやトイレ、それからエコノミー・クラスの部屋まで調べてくれた。だが、水島陽子はどこにもいない」

「例の歌手はどうでしたか」

「あの歌手は女房といっしょにいる。初めて聞いたが、売店の女が彼の女房で、疑わしい点はないらしい」

売店の女が歌手の女房というのは、矢野も初耳だった。三十歳がらみの、ニコニコと愛想のいい太った女である。肉感的で、美人ではないが、不美人でもなかった。言われてみれば、矢野は売店を手伝っている歌手の姿を見たことがあった。

売店は日用雑貨のほか酒、煙草なども扱い、夜の八時頃には閉店する。専属バンドの歌手をしている亭主とは擦《す》れ違いの生活だった。

しかし、夜のステージでも、バンドマンと違って、歌手の出番は僅かだった。

「あの歌手は、昼間は何をしているのだろう」

「詳しいことは知らないが、事務長の下で働いているそうです。アメリカ本土にいればテレビやナイトクラブの仕事があるのに、海と船が好きでこの船に乗っているというくらいだから、わるい男じゃないでしょう。非常に愛妻家だという話も聞いた」

彦原はそう信じているように言った。

だが、矢野はそう単純に信じなかった。愛妻家というのは、往々にして恐妻家だった。女房に頭が上らないだけで、夫婦仲がいいとは限らない。外見は羨しがられるほど円満でも、腹の底から憎み合っている夫婦が少くないのである。

外見はいっさい信用できない。

それに、あの歌手にテレビやナイトクラブの仕事があるというのも疑問だった。あんな下手くそな歌では、場末のクラブでも使ってもらえず、食いつめた末にこの船の仕事にありついたとしか思えなかった。

「とにかく――」矢野は話を戻した。「もう水島陽子は絶望ですね。行方不明になってから一昼夜経ってしまった。これから、どうするつもりですか」

「どうしたらいいか考えている」

「考えることはないでしょう。死体が見つからなくても、ここは陸地と違う。自殺する理由がなければ、殺されたに決まっている。犯人を捕える以外にない」

「殺されたなんて、そう脅《おど》かさないでくれないか。私は心臓が弱くて、医者に興奮を禁じられている」

「興奮することはありませんよ。むしろ冷静になってもらわないと困る。彦原さんは団長ですからね。団長が興奮したら、生徒たちもみんな興奮する。集団ヒステリーを起こす危険がある」

「そんなふうに言うから、心臓がキュウキュウ痛くなってくる。もっと穏やかに話してくれないかな。私はジュースを一杯飲んだきりで、昼飯も晩飯も食べていない」

「船客部長はどう言ってますか」

「沿岸警備隊《コースト・ガード》に無電を打ってくれた」

アメリカのコースト・ガードはミッドウェー島のほか、ハワイのホノルルに第十四管区本部があって、緊急事態が発生したときはヘリコプターで飛んでくるし、日本人に関係のある事件なら、日本の海上保安庁へもテレックスで通報される。しかし投身者が出たような場合、船長の判断で予定通りハワイへ直行すると決まれば、コースト・ガードのヘリコプターは飛んでこないし、付近を航行中の船舶に無線で捜索を依頼しても、広大な太平洋の真っただ中で、その効果は期待するほうが無理と知るべきだった。

むろん、状況によっては海上保安庁のヘリも飛んでくるが、犯人が捕ったような場合は、海上保安庁の飛行機がハワイまで身柄を引取りにくる。

「船長は、ハワイへ直行することに決めたそうですよ。引返したって、水島陽子の死体が見つかるわけじゃありませんからね」

と彦原は言った。

36

矢野は彦原が気の毒になった。団長の責任は重いが、彼にしても、まさかこんな事件が起こるとは予想しないで、百人の若い女性との海外旅行を愉しみにしていたに違いなかった。

「くよくよしても仕様がありませんよ」

矢野は初めて慰めの言葉を口にした。

映画が終ったらしく、生徒が三、四人ずつかたまってロビーに下りてきた。キャビンへ引揚げる者もいるし、またエレベーターで上ってゆく者もいた。

「実につまらない映画だった。途中で眠ってしまったよ」

学長の望月伊策が矢野たちの前にきて言った。

つづいて高見沢梢が現れたが、彼女はキャビンにいた様子で廊下のほうから姿を見せ、

「消えた女の子は見つかったの」

と彦原に聞いた。

「いえ」

彦原が事情を説明した。

その間に、桐山久晴や砂井安次郎、黒木と田浦もやってきた。みんな落着けないで、何となく一か所に集まっている感じだが、水島陽子の行方を心配するというより、ひとりだけその場

を離れると、噂の対象にされそうで離れられないという雰囲気だった。

「きれいで、まだ若かったのに、可哀想なことをしたわね」

高見沢梢は、早くも故人を悼《いた》むように言った。彼女は最初から自殺説で、「あたしも十九か二十歳くらいの頃は、よく死にたいと思っていたものよ。死への憧《あこが》れね。分るわ、あの子の気持――」と勝手にそう決めこんでいたのだ。黒木に言わせれば、高見沢は少女趣味が抜けないばあさんだった。

「今夜はもう寝るかな。昨日も一昨日も、ろくに眠れなかった」

砂井が疲れたように呟き、煙草を揉消して帰りかけた。

庄野カオリがドレスを盗まれたと言ってきたのは、そのときだった。

庄野カオリ、東京出身の二十二歳、髪を染め、痩せぎすで不健康な感じだが、その魅力は矢野も黒木も認めていた。都会的な退廃をともなった魅力である。

同じ色気でも、水島陽子は冷たい色気、有田ミツ江はさわやかな色気、三輪桃子は成熟したような色気、庄野カオリは暗い色気だった。小柄な甲斐靖代は愛らしいし、折戸玲子の女っぽい色気も捨て難い、と矢野は思っていた。

矢野の女性に対する好みはかなり幅が広いのである。大女の陣内左知子だって、色気が皆無とは思っていない。太い脚も悪くないと思っていた。

しかしそれらの色気の中で、三輪桃子の眼も誘いをかけているようで気になるが、庄野カオリの色気がいちばん挑発的な感じだった。といっても、実際に矢野を挑発しているわけではなく、それくらいは矢野自身も心得ていた。

「ドレスを盗まれた——?」

望月伊策が驚いたように聞返した。

「着替えをしようとして気がついたんです。ドレッサーのハンガーに掛けておいたのが、なくなっていました」

「どんなドレス」

「白いカクテルです」

「いつ気がついたの」

「たった今です」

「ほかの場所にしまってあるんじゃないのかい」

「いいえ、昨日の晩餐会とレセプションのとき着たきりで、あとはハンガーに掛けたままでした。きょうのお夕飯から戻ったときも、ちゃんとハンガーにかかっていたんです」

庄野カオリの夕食は遅番だった。夕食を済ませ、キャビンに戻ったのは九時頃だろうという。それから同じキャビンの有田ミツ江といっしょにエメラルド・ルームへ行った。その前にドレッサーを覗いたが、確かにカクテル・ドレスはハンガーに掛っていたというのだった。

「ほかになくなっていた物は」

「カクテル・ドレスだけです」

でも——、と庄野カオリは言った。正装用のドレスは一着しか持ってこなかったので、それを盗まれると、明日からのパーティに出席できなかった。

「そいつは弱ったな。出るとき、鍵をかけたのかい」

「鍵はあたしも持ってましたけど、有田さんがかけたはずです」

「有田くんは何も盗まれなかったのだろうか」

「知りません」

「有田くんはまだ帰ってないの」

「はい」

「彼女なら、さっきPデッキのベランダにいましたよ。呼んできましょう」

矢野が言った。

「ぼくもいっしょに行こう」

黒木は矢野よりも早く、エレベーターに向った。

37

有田ミツ江はベランダの手すりにもたれ、駒津ドクターと肩を並べていた。最前矢野が見たときは、数メートル離れていた二人だった。

「ちょっと部屋に帰ってくれませんか」

矢野が有田ミツ江に言った。

「いたいんです」

「どうしたんだい」

駒津ドクターが代わりに聞返した。

「泥棒が入ったらしいんです」

「またかい」

「庄野さんのドレスが紛失した。それで、有田さんも紛失した物があるかどうか、調べてもらいたいんです」

「それはすぐに調べたほうがいい。大事件だ」

駒津ドクターが先に立ち、有田ミツ江と矢野、黒木がつづいた。

Aデッキに下りるまでの話で、有田ミツ江は確かに鍵をかけたと言った。

キャビンは有田ミツ江と庄野カオリの二人部屋だった。鍵は同室の二人が一個ずつ、ほかは事務長が保管しているマスター・キーしかないはずである。

Aデッキのロビーでは、望月伊策たちが待っていた。

「大勢で行っても仕様がない。有田くんと庄野くん、あとは私と彦原さんでいい」

望月伊策がそう決めようとした。

ところが、高見沢梢が反対した。

「男の方は女性の部屋を見るものではありません。男性に見られたくない物もあります。立会う人が必要なら、あたしが立会います」

「立会うというわけじゃありませんよ。学長の責務として、心配だからついてゆくだけです。

「それなら、ここで待っていても同じじゃないかしら」

高見沢梢は譲らなかった。横槍を入れているようだが、筋が通っていた。望月や彦原がついて行っても、役に立たなかった。

望月は渋い顔をしたが、結局高見沢の主張が通って、有田ミツ江と庄野カオリの二人がキャビンへ行った。

残った連中の間に気まずい空気が漂い、望月と高見沢は顔をそむけ合っていた。

彦原が体を小さくしているのは、おそらく、留守中に講師や生徒のキャビンを点検したことが高見沢梢にバレたら、大へんなことになると怯《おび》えているせいだった。

やがて、有田ミツ江と庄野カオリが戻ってきた。二人とも緊張した顔色だった。

「きものがなくなっていました」

有田ミツ江が震えるような声で言った。昨日の晩餐会に着ていた中振袖で、明るい朱地に大輪の花模様が浮かんでいるきものだった。ファッション・ショウのような華やかさの中で、ひときわ目立っていたきものである。

「ほかには？」

望月が聞いた。

「きもの一枚だけです」

帯や襦袢《じゅばん》、小もの類も整理簞笥《だんす》にしまっておいたが、それらは盗まれていなかった。草履《ぞうり》も盗まれていない。彼女がパーティの装いに持参したきものは、盗まれたその一着きりだった。

「どうせ盗むなら、なぜきものだけではなく、帯から草履までそっくり持っていかなかったのだろう」

望月が呟くように言った。

「一揃いそっくり盗んだって、この船の中じゃ着られませんよ。泥棒の目的は所有欲じゃない。有田さんにきものを着られなくするためなら、帯まで盗む必要はないでしょう」

桐山が口を挟んだ。

桐山に言われなくても、矢野もそう考えていた。庄野カオリのドレスも、同じ目的のために盗まれたとみて間違いなかった。乗船第一夜は折戸玲子が財布を盗まれたが、その盗難に較べると、今度は全く性質が異なっている。

「厭な泥棒だな」

砂井安次郎も、今度はさすがに面白がっていなかった。

庄野カオリは泣きそうな顔で唇を噛《か》みしめ、有田ミツ江も泣き出しそうな顔だった。

そこへ大きな足音をさせて、旅行代理店の曾根がやってきた。

「砂井先生の部屋がおかしいですよ。水が廊下に流れている」

曾根が言った。

「ぼくの部屋から水だって――?」

砂井が驚いたように聞き返した。砂井のキャビンは、バスがないが、シャワーや洗面所はついている。

しかし、シャワーや洗面所の栓《せん》を止め忘れたとしても、水が廊下に溢れるということは考えられなかった。

「わからないな。水道管が故障したのだろうか」

砂井は矢野と黒木のほうを見て、誘うように言った。

38

砂井安次郎のキャビンの前は、絨毯《じゆうたん》がびしょびしょに濡れて、ドアの隙間から水が溢れていた。

「ほんとうだ――」

砂井は信じられないように呟き、把手《ノブ》をまわそうとした。

しかし、ドアは錠《じよう》がかかっていた。

「変だな」

砂井はまた独り言のように呟いて、ポケットから鍵を出した。

「シャワーの栓があけっ放しだったんじゃないですか」

矢野が聞いた。

「そんなことはない。きょうは一度もシャワーを使わない。それにシャワーなら、排水孔に水が流れる」

砂井は鍵穴に鍵を差し込んだ。

錠のはずれるカチッという音がした。

砂井がドアをあけた。

室内は明りがついていた。湯けむりが漂っていたが、エア・コンディションがきいているので、見通せないほどではなかった。床は全面びしょ濡れだった。

「やはりシャワーですよ」

黒木が言った。

奥のシャワー・ルームは防水カーテンがかかっていて、シャワーの降りそそぐ音が聞えた。シャワー・ルームといっても、せいぜい一メートル四方のタイル張りに過ぎないが、同じタイル張りの一郭に、トイレと洗面所が併設されている。

狭いキャビンは一目で見渡せた。粗末な二段ベッドの二人部屋が、砂井の個室だった。

「誰がシャワーなんかひねったのかな。無断で入ったやつがいるに違いない」

砂井はしきりに首を傾けたが、ベッドの下段に、無断で侵入した者の物らしい衣類が投げ出してあった。いずれも女物で、ブラジャーもパンティも脱いであった。

「失礼ですが、部屋を間違えたんじゃありませんか。水が廊下に出て、迷惑がかかっています」

砂井は紳士的に言ったつもりだろうが、何となく間が抜けて聞えた。

カーテンの向こうから応答はなかった。

「かまいませんよ。かりに誰がいても、遠慮することはない。放っておけば、ほかの部屋まで水浸しになってしまう」

黒木がじれたように言った。

「しかし――」砂井は声を低くした。「相手は女性だからな。間違いに気づいて、出たくても出られなくなっているのかも知れない。ぼくらはいったん外へ出ようか」

それもそうだな、と矢野は思った。女性がシャワーを浴びていたとすれば、裸の全身を見られることになる。

だが、砂井はうっかり矢野と黒木をつれてきてしまったが、その女性は砂井に関係のある女で、シャワーを浴びながら砂井の帰りを待っていたのかも知れなかった。矢野たちがついてきたから、出られなくなったのではないか。

そう考えると、矢野はこのまま外へ出てしまうのは惜しい気がした。まさかと思うが、現に下着まで脱ぎ捨ててあるのだ。女がいることは間違いない。

「外へ出るにしても、シャワーを止めさせなければ駄目ですよ。シャワーが止まらなくなって、排水孔もつまって、困っているのかも知れない」

矢野は期待のために、心臓がドキドキした。

「うむ」

砂井はまだためらっているようだった。ためらいながら、いっしんに考えをまとめている眼つきだった。

「砂井さんが厭なら、ぼくがやりますよ。シャワーを止めるだけで、覗きたいわけじゃない。返事もしないんだから、仕様がないでしょう」

黒木は同意を求めるように砂井を見た。

砂井の顔に不安そうな影がさした。

しかし彼は、ようやく決心がついたらしく、シャワー・ルームのカーテンに近づくと、やはりためらうように矢野たちのほうを振返ったが、勢いよくカーテンを引いた。

矢野は思わず息をのんだ。

砂井も黒木も、愕然《がくぜん》としたように動かなかった。

裸の女が、膝を抱えるような姿勢で横向きに倒れ、全身をシャワーに打たれていた。

矢野は、白い裸身が眩《まぶ》しかった。

39

砂井安次郎がシャワーを止めた。

女の顔は、濡れた髪に隠れていた。腋の下に豊満な乳房が覗き、肩から腰に流れる曲線は胴のあたりで形よくくびれていた。

「及川さんじゃないか」

黒木がかすれたような声を挙げた。

砂井が、指先で女の髪を払いのけた。

及川弥生に間違いなかった。眼を閉じ、唇を軽く開いていた。

シャワーの水が溢れたのは、彼女の体が排水孔をふさいだせいだった。

「及川さん――」

砂井が肩を揺った。透きとおるような白い肩だった。

「死んでますよ」

黒木が言った。

矢野もそう思った。眠っている顔色ではなかった。

「でも、体がまだ温い。駒津ドクターを呼んでくれ」

砂井は及川弥生の肩から手を放した。興奮を抑えた声だった。

黒木が駒津ドクターを呼びに行った。

「及川さんは酒を飲みますか」

矢野は砂井に聞いた。

「割合飲む。食事のときしか知らないが、葡萄酒一本くらいは軽いようだった」

「それじゃ酔っ払って、シャワーを浴びているうちに心臓麻痺でも起こしたのだろうか」

矢野は、Pデッキのベランダで及川に会ったときの様子を話した。酔ったような足どりで、矢野が声をかけたのに、振向きもしなかったのだ。

「しかし、いくら酔っていても、ぼくの部屋に入るなんてどうかしている」

及川弥生のキャビンは、砂井の左となりだった。そのとなりが、桐山久晴のキャビンである。

「同じようなドアが並んでいるから、部屋を間違えたのかも知れない。部屋のつくりも同じですか」

「見たことはないが、似たようなものじゃないかな。桐山さんの部屋は、ここと全く同じだからね。違っていれば、酔っていても気がついたはずだ」

「しかし及川さんは、どうやってこの部屋の錠をあけたのだろう。鍵は砂井さんが持ってましたね。余分な鍵があったんですか」

「いや、ぼくは一本しか預っていない。さっき入るときに使った鍵がそれだが、盗まれて困るような物はないし、少しでも大事な物はスーツ・ケースにしまって鍵をかけてある。だから、寝るときとシャワーを浴びるとき以外はいちいち錠をかけなかった」

「すると、誰でも勝手に入れたわけですか」

「勝手に入る者がいるなんて、考えもしなかった。寝るときに錠をかけるのは、用心のためではなく、気分を落着かせるために過ぎない。あんただって、いちいち錠をかけているかい」

「かけませんね」

言われてみれば、矢野も寝るときのほかは滅多に錠をかけなかった。生徒は、事務局の指示にしたがっていちいち錠をかけているようだが、Aデッキのキャビンは洋上大学の参加者で占め、掃除係のキャビン・ボーイを除けば、外来者の出入りがない。いわば身内の者ばかりで、アパートやホテルと違い、施錠の必要を感じなかったのである。出航第一夜に折戸玲子の財布が盗まれたという事件があったが、それは彼女の思い違いで、どこかに置き忘れたのだろうと矢野は思っていた。むろん、庄野カオリのドレスと有田ミツ江のきものが盗まれたと分った現在は、その考えを改めなければならない。

とにかく、矢野が不用心で、一応鍵を持ち歩いているが、出入りのたびに錠をかけないでいることは事実だった。

とすると及川弥生も同様で、錠のかかっていない隣室へ間違って入り、その間違いに気づかないまま錠をかけ、シャワーを浴びているうちに急病で意識を失い、排水孔がふさがれてシャワーの水が廊下に溢れたという過程が想像できた。

ドアは頑丈そうなスチール製だが、自動ロックではなかった。内側から錠をかけるときはツマミをまわし、外側からの場合は鍵を用いる。

いずれにせよ、シャワーの水が溢れるに至った過程は想像できたが、矢野はいっこうに釈然としなかった。

小さな整理箪笥の脇に大型の白いスーツ・ケースが並び、ドレッサーはカーテンがしまっていた。実に殺風景な部屋である。

黒木が駒津ドクターをつれて戻った。

黒木に事情を聞いたらしく、駒津は深刻そうな顔で入ってきたが、裸で倒れている及川弥生を見ると、あらためて驚いたようだった。

しかし、さすがに彼は医者だった。すぐに及川の瞳孔《どうこう》を調べ、脈をとったが、表情が次第に難しくなった。

「遅かったようですな」

駒津は吐息をつくように言った。

「心臓麻痺ですか」

砂井は聞いた。

「うむ」

駒津は唸った。

そのとき、及川弥生の頭部に気がついたのは矢野だった。濡れた髪が分れて地肌の透けている一部が、赤黒く腫《は》れてみえたのだ。

矢野に指摘されて、駒津が頭頂部に近い左側の後頭部をしらべた。大きな瘤《こぶ》が、赤黒く腫れ上っていた。

「心臓麻痺じゃありませんね。頭を打って、内出血してますよ」

駒津は、腫れ上った部分を見つめたまま言った。

「脈はないんですか」

砂井が、自分で確かめるように及川の手をとって聞いた。

「ありません。体温は少し残っているが、この頭の傷が原因としたら、手当てをしても無駄かも知れない。とにかく、やるだけのことはやってみます。静かに、及川さんをベッドへ移しておいてください」

駒津は急ぎ足で去った。

彼のキャビンは筋向かいだった。

40

及川弥生が脱ぎ捨てた衣類やハンドバッグを上段のベッドに置き換えると、砂井の発案で、彼女の体にタオルをかけた。

それから、矢野が彼女をうしろから抱き起こし、砂井と黒木が足のほうを持ってベッドへ運んだ。力を失った彼女の体は、ぐったりして、意外に重かった。

運び終ったところへ、駒津ドクターが戻ってきた。

青白い腕に、注射が何本も射たれた。

しかし、すべて徒労らしかった。横向きに倒れていた体の下部は、すでに薄紫色の死斑があらわれかけていた。

「駄目ですね。太平洋の真ん中ではどう仕様もないが、かりに脳外科の病院へ運んでも、やはり手遅れだったでしょう。どうも、たいへんなことになってしまった」

駒津は沈痛な表情だった。

「死因は頭の傷ですか」

砂井が聞いた。

「外から見ただけでは分りません。解剖しないとね」

「それじゃ解剖しますか」

「わたしは解剖なんか出来ませんよ。第一、その必要がないでしょう」

「いや、頭の傷で死んだとしたら、ちょっと問題ですね。ここはぼくの部屋です。だから変に騒がれたくないが、及川さんが殺されたとすれば、黙っているわけにいかない」

「殺された――?」

駒津はギクッとしたように聞返した。

矢野もギクッとした。

「さっきから考えているが、どこへ頭をぶつけたのか分らない」

「シャワー・ルームの、タイルの壁じゃないのかね」

「タイルの壁に、自分でぶつけたくらいで、こんな死ぬほどの怪我をすると思いますか」

「それじゃ、どこへぶつけたのだろう」

「それがぼくには分らない。及川さんはうずくまるような恰好で、ちょうどシャワー・ルームいっぱいに倒れていた。裸で、シャワーも出しっ放しだったし、ほかでぶつけたということも考えられない。とすると、自分で頭をぶつけたのでなければ、誰かに殴られたと考えるしかない。しかも相当に強い力で、鈍器のような物でいきなり殴られたに違いない」

「ほんとですか」

「仮説ですよ。晩飯のあと、ぼくはずっとPデッキにいたので、及川さんがぼくの部屋に入ったなんてことは全然知らなかった。錠をかけておかなかったから、多分部屋を間違えたのだろうと思ったが、それも怪しくなってきた」

「どういうふうに怪しいですか」

「分らない。それが分れば、頭の傷の疑問も解決する」

「しかし――」矢野が口をはさんだ。「及川さんが殺されたとして、その場合、犯人はどうやって逃げたんですか。内側から錠がかかっていたんですよ」

「ことによると、及川さんの鍵でここのドアもあくのかも知れない。とすれば、外側からその鍵をまわしても同じように錠がおりる。それをまず調べよう」

砂井は上段ベッドのハンドバッグに手を伸ばした。

黒革のハンドバッグだった。財布やコンパクトなどに混って、鍵が見つかった。キャビン・ナンバーを刻んだプレートがついていて、及川のキャビンの鍵に間違いなさそうだった。

しかし、その鍵は砂井のキャビンに通用しなかった。

「念のため、本当に及川さんの鍵かどうか、となりの部屋で調べてくれないか」

砂井は意外そうに言った。

矢野は鍵を受取り、黒木といっしょに隣室へ向った。

及川のキャビンも錠がかかっていなかった。ドアをあけ、鍵穴に鍵を差込むと、錠に内蔵されている掛金が、間違いなく出たり引っ込んだりした。

矢野は、ついでに室内をゆっくり眺めた。砂井のキャビンと同じつくりで、やはり二段ベッドがあり、整理箪笥の脇に砂井と同じような白いスーツ・ケースが置いてあった。

41

「及川さんの部屋の鍵に間違いありません」

矢野は砂井安次郎のキャビンに戻って報告した。

「おかしいな。そうすると、犯人はどうやって錠をかけたのだろう。錠をかけて逃げたのは、及川さんが自分で怪我をして死んだと見せかけるために違いない」

砂井は、及川の死を殺されたものと決め込んでいるようだった。

しかし矢野は、そう簡単に人が殺されてたまるかと思っていた。昨夜から行方不明の水島陽子に、いよいよ他殺の疑いが濃くなっている最中である。もし及川弥生も殺されたとすれば、洋上大学の参加者が二晩つづけて殺されたことになる。

「転んで頭を打ったんじゃないかな」

黒木も他殺説に疑問を投げた。

「いや——」砂井は確信があるように言った。「この傷は転んだ程度の傷じゃない。駒津さんもそう思いませんか」

「外見はそれほどでもないでしょう。肝心なのは頭の内部で、打ちどころが悪ければ、もっと軽そうな傷で死ぬことも珍しくない。わたしは産婦人科と内科が専門で、頭のほうは分りませんけどね」

「しかし、注射をしてくれたじゃないですか」

「あれは葡萄糖です」

「葡萄糖が頭に効きますか」

「普通の葡萄糖じゃありません。濃厚葡萄糖液です。脳圧を低下させ、出血病巣のかたまった血を吸収する。強心作用もあるし、脳内出血などによく使われる薬です」

駒津ドクターはグルノジンという薬品名を言った。

「とにかく――」砂井は話を戻した。「及川さんの部屋も錠がかかっていなかったそうだけど、彼女がぼくの部屋に入って、なぜその間違いに気づかなかったか。それがどうも納得できない。たとえ室内のつくりが同じで、似たようなスーツ・ケースが置いてあっても、他人の部屋だったら気がつくはずじゃないかな」

「それは酔っていたせいかも知れない」

矢野が言った。

「確かに彼女は酔っていたかも知れない。だが、べろべろに酔ってたわけではなかった。その証拠に、ちゃんと下着まで脱いで、シャワーのコックをひねっている」

「すると、砂井さんの部屋だということを、承知の上でシャワーを浴びていたというんですか」

黒木が聞返した。

「そうじゃない。おそらく、下着まで脱がしたのは犯人の失策だった。部屋を間違えたように見せかけるつもりで、そんなに酔っていなかった証拠を残してしまった」

「しかし、なぜ下着を脱がせる必要があったのだろう」

今度は矢野が聞いた。

「シャワーを浴びさせるためだね。シャワーを浴びさせるには、下着をまず脱がさないとおかしい」

「シャワーを浴びさせる必要もあったんですか」

「もちろんあったに違いない。ぼくの推理では、及川さんの体で排水孔をふさぎ、シャワーの水を廊下へ流れ出させるためだった。そうすれば誰かが騒いで、及川さんの死体を発見するという段取りになる。この場合、シャワーの水が廊下に溢れるまでの時間が問題で、早過ぎても遅過ぎてもいけない。犯人はその時間を計算して、その間にアリバイを作ろうとしたんだ。しかも犯人は、他殺がバレたときのことも考え、そのときはぼくに疑いをかけさせるつもりで、途中だれかに見られる危険を冒《おか》してまでこの部屋に死体を運んでいる」

「大胆だな」

「大胆かつ相当に慎重だが、その危険を考えれば、そう遠くから運んだのではないということは言える。厭な想像だけどね」

確かに厭な想像だった。

彦原と毛利のいる事務局はロビーの近くで、砂井のキャビンから大分離れていた。砂井のキャビンは及川弥生のキャビンのとなりで、その向うが桐山久晴である。

そして筋向かいに駒津ドクターと望月伊策のキャビン、矢野や黒木、カメラマンの田浦なども割合近くだった。高見沢梢のキャビンは廊下を迂回した反対側で、旅行代理店の曾根たちのキャビンもやや離れている。同じ廊下に面して生徒のキャビンも並んでいるが、生徒はみんな二人部屋か四人部屋に二人ずつ入っていて、砂井の推理にしたがって犯行の条件を個室にしぼると、及川弥生のキャビンに近い講師や矢野たちに容疑がかかりそうだった。

矢野も黒木も駒津ドクターも、しばらく三人とも黙ってしまった。

42

砂井も黙ってしまったが、バスタオルを掛けただけの死体を前に置いて、いつまでも黙っている場合ではなかった。

「どうしますか」

駒津ドクターが砂井に聞いた。困ったような顔だった。

「みなさんにお任せしますよ。ぼくはどのように疑われても仕様がない立場ですからね。ただし、ぼくが殺したのでないことは信じて欲しい。晩飯のあと、いったん服を着替えに戻ったが、すぐPデッキへ上った。バーで飲んでいた時間はだれかに聞けば分ると思う。ここのロビーに下りてからも、水が溢れていると知らされるまで部屋に戻っていない」

砂井は複雑な表情だった。怒りと困惑が混っているような表情である。

「その点はわたしも同じです」

「ぼくも同じだな」

駒津と黒木が先を争うように言った。

互いに弁解し合っているようだが、矢野も同様だった。

ダイニング・ルームで食事をするときは、かならずネクタイを締め、上着を着ていなければならぬというのが船内のマナーだった。だから夕食後はいったんキャビンに戻り、軽装に着替えるのである。現に駒津ドクターと黒木がアロハで、砂井は下級船員が着るような横縞の丸首シャツ、矢野は青いポロシャツだった。

「学長の望月さんと、団長の彦原さんに知らせなければならないでしょう」

砂井が言った。

「そうですね。望月さんと彦原さんには知らせなければならない」

駒津がオウム返しに答えた。

そのとき、ドアをノックして望月伊策と彦原が入ってきた。砂井たちが戻らないので、様子を見にきたらしかった。

「噂をすれば影ですね。今、呼びに行くところでしたよ」

駒津はほっとしたように言った。

望月も彦原も、及川弥生の死顔を見て愕然としたようだった。

砂井が事情を話した。

「ほんとに殺されたのかね」

望月が砂井に聞いた。砂井のほうを見ないで、望月の眼は及川弥生の死顔を見つめたままだった。

「断言はできないが、ぼくはそう思います。むろん自殺ではないし、ぼくの部屋で死んでいたというのが気にくわない」

「気にくわなくても、間違って入ったなら仕様がないでしょう」

「間違って入ったのかどうか、それが第一に疑問です。頭をぶつけた場所も分っていません」

「しかし、この部屋の鍵は砂井さんが持っていたというのに、まさか死人が錠をかけられるわけはないし、犯人はどうやって外側から錠をかけたのかな」

「それもまだ分りませんが、この部屋は二段ベッドで、本来は二人部屋でしょう。つまりもう一本鍵があるはずです。そのもう一本とマスター・キーが厳重に保管されていて、ほかに合鍵がないとすれば、かなり厄介な密室殺人ですね。犯人は相当頭のいい奴だ」

「密室殺人なんて、そんな推理小説みたいな見方はよしてくださいよ。人を殺すのに、わざわざ密室にする必要などないじゃないか。砂井さんがどう考えようと自由だが、話がこんがらかってしまう。面白がっては困る」

「別に面白がっていません。犯人は必要があって密室をつくった。そのことを言っているに過ぎない」

「どんな必要ですか」

「シャワーを浴びているうちに、転んで死んだように見せかけるためですよ。シャワーを浴びるのに、錠をかけておかなかったら怪しまれます」

すでに、船自体が海に囲まれた密室だった。その船内のキャビンにおいて、さらにドアを閉ざした殺人がおこなわれたとすれば、二重の密室殺人だった。

矢野はそう思ってキャビンを見まわした。

出入口は、廊下に面したスチール製のドアがあるだけだった。窓はないし、エア・コンディショニングの通気口は金網が張ってあって、かりにその金網を外したところで、赤ん坊も通れない狭さだった。犯人の出口はドアしかないのだ。凶器が見当らないが、犯人が持ち去ったか、犯人の部屋に置いたままになっているに違いない。

「どうしたらいいでしょうか」

彦原がへばったようなひそひそ声で、望月に聞いた。

「弱ったな」

「全く弱りました」

「大事件だよ」

「大事件です」

「生徒に知れたら大変だ。大騒ぎになる」

「大騒ぎになりますね」

「事務長《パーサー》や船客部長に知れたってまずい」

「その通りです」

「ひどいスキャンダルだ」

「ひどいスキャンダルです」

「わたしの口真似はいけないよ。団長としての彦原さんの意見を聞きたい」

「私は学長のご意見を伺いたいんです。何しろ初めてのことで、どうしたらいいか分りません」

「わたしだって、こんなことは初めてだ」

「弱りましたね」

「全く弱った」

今度は、望月が彦原の口真似をしていた。

43

間もなく午前二時だった。

しかし、ロビーには残された連中がいて、戻ってこない望月たちを待っているはずだった。

ぐずぐずしていると、また誰がやってくるか分らなかった。

望月と彦原との話合いは、結局、生徒を動揺させないため、取り敢《あ》えず事態をおだやかに収拾する方向で一致し、矢野や黒木にも了解を求めた。遺体をこのままにしておいたのではスキャンダルの噂が広まるから、まず遺体を及川弥生自身のキャビンへ運び、駒津ドクターの手当ての甲斐もなく死亡した形にしたいというのである。

「死因は何にするんですか」

矢野が望月に聞いた。

「客が船内で死んだとなれば、船医も死因を知りたがるだろうし、そこまで嘘をつく気はない。駒津先生の診断によると脳内出血で、その通りみんなに知らせます」

「滑って転んで脳内出血ですか」

「そう解釈してもらうほかないでしょう。はっきりした証拠もないのに、殺されたらしいなんてことは言えない」

「シャワーの水が溢れた点をどう説明しますか。砂井さんの部屋から水が出たことは、みんなに知れてますよ」

「シャワーのことと及川さんが亡くなられたことは、別個の事故として切り放すしかない」

砂井はシャワーを止め忘れて外出し、その間に排水孔がつまったことにする。及川弥生のほうはシャワーに無関係で、転んだ拍子に頭を打ったことにするのだ。

「すると、裸ではまずいでしょう」

「どっちにしても、裸では気の毒だ。服を着せます」

「髪が濡れてますね」

「髪くらいは洗ったことにしてもいい」

「殺人の疑いはどうなりますか」

「それは後まわしにして欲しい。とにかく今は、生徒を動揺させたくない」

「しかし、死体を動かしたりしていいんですかね。東京だったら、捜査一課が飛んでくる事件だ」

「それは分っている。だが、ここは東京じゃないし、日本でさえない。アメリカ船の中だということを考えてくれないか。かりに殺人らしいと騒いでも、生徒を含めた洋上大学の全員が、アメリカ人の船長や航海士に取調べられる。そして日本へ知らされ、生徒の家族にも心配をかけることになる」

「已むを得ませんね。起きてしまった事件を、揉消すわけにはいかない。殺された及川さんが可哀想だ」

「揉消そうというんじゃありませんよ。日本語の通じないアメリカ人に調べさせるより、もし殺人事件なら、わたしたちのほうが犯人を捕えやすい。事件を表沙汰にするのは、そのあとでも遅くない。それに生徒たちは、今度のハワイ旅行をどれほど愉しみにしていたか知れない。その愉しみを壊したくないんだ」

「しかし、どうやって犯人を捕えますか」

「まだ、そこまでは考えていない」

「考えてください」

望月は眉間に皺を寄せた。

「こういう案はどうでしょう」彦原が口をはさんだ。「講師団と、事務局から私と毛利、それに矢野さんと黒木さんも加わって頂いて、捜査本部をつくる」

「そいつは悪くないな」

それまで黙っていた黒木が、ふいに横合いから賛成した。

望月はますます渋い顔になった。おそらく、矢野も黒木も週刊誌の記者だから、あとで何を書かれるか心配なせいだった。

しかし、彼は彦原の提案に反対しなかったし、矢野も代わりの案があるわけではなく、生徒のためを考えれば望月の主張もいちいちもっともで、他殺かどうかも分らないのに、事件を表沙汰にする必要はないという気がしてきた。

「捜査本部をつくるなら、ぼくも及川さんを移すことに異議はありません」

矢野は、望月のほうを見て言った。

44

矢野と黒木が賛成したので、過失死を装わせるため、及川弥生の遺体を彼女自身のキャビンへ移すことに決った。他殺だったら犯人の思う壺だろうが、ほかに名案は浮かばなかった。疑われても仕様がないと言っている砂井安次郎は、発言権がないと思っているのか黙ったままだった。

むろん、遺体を移すことによって、この際いちばん救われるのは砂井である。意見を求められたところで、反対はしなかったに違いない。

「ロビーには誰が残ってたかな」

望月伊策が彦原に聞いた。

「高見沢先生と桐山先生、それに曾根さんと、うちの毛利や田浦がいました。生徒も、まだ眠れないとか言って、反対側のソファに五、六人だべってましたね」

「生徒に知られるのはまずい」

「盗難に遭った庄野カオリと有田ミツ江、それから折戸玲子もいました」

「あれはたいへんなお喋りだ」

「陣内左知子もいたようだった」

「彼女はうるさいほうのナンバー・ワンだぜ」

「弁護士の娘で、彼女も弁護士を志望しているそうです。頭がよくて、力もありそうです」

「とにかく、妙な噂が立たんようにしなければならない。取敢えず彦原さんは、ロビーへ戻ってくれないか。そして、砂井さんの部屋から出た水について説明してもらう。シャワーの排水孔がつまっていたと言えばいい」

「なぜつまったのか聞かれますね」

「ゴミのせいだ」

「どんなゴミですか」

「どんなゴミでもいい」

「それでは困ります。聞かれたら、具体的に答えないと変に思われる」

「脱脂綿などはどうだろう。あれはつまりやすい」

「砂井先生は男です。シャワー・ルームで脱脂綿を使いますか」

「使わんかな」

「私は使いません」

彦原は砂井のほうを見た。

砂井は憮然とした表情で黙っていた。

「タオルならどうですか」駒津ドクターが口をはさんだ。「バスタオルではなく、手拭《てぬぐ》いのほうです。使ったまま、その場に落としておいたことにすればいい」

「シャワーを出しっ放し、タオルも使いっ放しですか」

望月は気に入らないようだった。

「だらしがないけど、仕様がないでしょう。ねえ、砂井さん」

駒津は砂井の同意を求めた。

「ぼくはどうせだらしのない男です。無精で怠け者で忘れっぽくて、シャワーを出しっ放しという経験はないが、水道を出しっ放しにしておいておふくろに文句を言われることは珍しくない。しかし、タオルでは排水孔がつまらないでしょう。水を通してしまう」

「いや、水は通るけれど、つまることはつまりますよ。タオルを通る水より、シャワーから出る量のほうが多かったら外へ溢れる。タオルを通りたくても、全部の水は通りきれない。ごく自然な物理現象で、排水孔はつまらざるを得ない」

「それじゃ試してみましょうか」

砂井は納得しないようだった。

「待ってくれないか」望月がいらいらしたように言った。「今はそんな悠長《ゆうちょう》な場合じゃありませんよ。わたしは駒津ドクターの案で結構だと思う。ここにいる六人が、排水孔のつまった原因をタオルだったと認めるなら、それは既成事実として動かせない。まさか、自分の部屋で試す奴はいないだろうし、どうしても砂井さんが試したければ、あとでお試しになればいい」

「そうですね。及川さんをとなりへ移すほうが先決問題です」

彦原も焦《あせ》るように言った。

矢野も試す必要はないと思ったし、黒木も異論を唱えなかった。

砂井はまた発言権を失ったように、おとなしく口を噤《つぐ》んだ。

彦原がロビーへ戻ることになった。

「排水孔がつまっていただけで、たいしたことはなかったと言えばいいわけですね」

「及川さんのことは内緒だ。よろしく頼みますよ。わたしたちは、ここで酒を飲んでいるということにしよう」

「そんなことを言って、高見沢先生や桐山先生がここへ来たらどうしますか」

「講師は来ても差支えない。いずれ事情を説明して、捜査本部のメンバーに加わってもらわねばならんからね。大切なのは、生徒に知れないようにすることだ。もしロビーに残っている生徒がいたら、とうに消燈時間を過ぎている。部屋へ帰らせてくれ」

「すると生徒がいなかったら、高見沢先生たちに事情を話して構わないんですか」

「構わない。うっかり隠したりすると、高見沢女史はあとがやかましいし、桐山さんはじきにヘソを曲げる。事情を話した場合は、事務局で待ってもらってくれないか。及川さんを移したら、わたしたちも事務局へ行く」

「曾根さんや、うちの毛利と田浦がまだ残っていると思いますけど」

「事務局の関係者に知られるのは已むを得ないが、今夜の集まりには遠慮してもらいたい」

「しかし、毛利は私と同じ部屋です。除外されたら、寝るところがありません」

団長の彦原と事務局長の毛利、この二人のキャビンが事務局なのである。捜査本部を事務局に置くとすれば、毛利を除外するわけにいかなかった。

「うむ――」

望月は渋い顔をして、残る三人のうち、毛利だけ加わることを認めた。

彦原が出て行った。

45

「まず洋服を着せなければならないが――」望月が言った。「駒津さんにお願いしましょうか。お仕事で馴れていらっしゃる」

「わたしは馴れてませんよ。患者の服を脱がせるのは馴れているが、仏さんに服を着せたことはない。その必要があるときは、たいてい遺族か看護婦がやる」

「しかし、女性の体は見馴れてるでしょう」

「患者なら見馴れている。ヨチヨチ歩きの子供から、ヨボヨボの婆さんまで診察する。いかに若くて美人でも、患者なら平気です。産婦人科を二十年もやってますからね。だが及川さんは、わたしがここにくる以前から死んでいた」

「それは少し違う。死にかけていたが、死んではいなかった。だから注射を射ってくれたんじゃないんですか。わたしはそう聞いている」

「わたしより、望月さんこそ俳優でしょう。実に見事な演技を、わたしは何度も拝見している。まさしく名優ですね。どんな役でも、たとえ仏さんに服を着せる役でも、その人物になりきってやれる」

「舞台なら、どんな役だってやります。しかし、ここは舞台でも稽古場でもない。人間が本当に死んでいる。芝居をしろと言っても無理だ。お医者さんにとっては、死人は物体と同じでしょう。服を着せるくらい、何でもないじゃないですか」

「そんなことはない」

望月も駒津も、互いに気がすすまない作業を押しつけ合っているようだった。

結局、矢野、黒木、砂井の三人も加え、五人がかりで服を着せることになった。

着つけの順序を間違えぬように、そういうことは五人ともよく心得ているらしく、どうやらパンタロンまで無事にはかせたが、駒津ドクターの手当てを受けた上で死亡した形をとるので、ブラウスは着させないままにしておくことにした。

「ネックレスをしていたはずだな」

一息ついたところで、黒木が呟いた。金のネックレスである。

「バッグにしまったんでしょう」

望月が言った。

「下着まで乱雑に脱ぎ捨てて、ネックレスだけバッグにしまったんですか」

黒木が言返した。

「そいつはおかしい」

砂井がバッグを調べた。

矢野もいっしょになって覗いたが、ネックレスは見つからなかった。

「ないね」

シャワー・ルームの周辺を探しまわっていた黒木が言った。

床にも落ちていなかった。念のため、及川弥生を動かしてみたが、やはりネックレスはなかった。

矢野はブラウスを取上げた。サテンのようなすべすべした生地の、かなり派手なブラウスである。矢野はネックレスがボタンに引っかかっていないか見るつもりだったが、ネックレスはなかった代わりに、意外な発見をした。長袖の左の肩が、すり切れたように白く光っていたのだ。

「これをどう思いますか」

矢野に言われて、ほかの四人の眼が集注した。

すり切れた個所は、オレンジ色の模様が太い曲線を描いていて、余計に白っぽく目立った。デザイナーで、人一倍服装に気をつかっているはずの及川弥生が、こんなすり切れたブラウスを着ていたとは思えなかった。

「転んだときにこすったのかな」

望月が言った。

「及川さんは裸で倒れてたんですよ」砂井が反論した。「シャワーを浴びながら倒れていたのに、なぜブラウスがすり切れたんですか。このブラウスは濡れていない」

「転んでからブラウスを脱ぎ、そしてシャワーを浴びているうちに死んだのかも知れない」

「しかし転んだといっても、頭に死ぬほどの打撲傷を負っている」

「本人は死ぬと思っていなかったのかも知れない。わたしの父は七十八で死んだが、絶対に死なんぞ、と言ったのが最後の言葉だった」

「望月さんのお父さんの話をしているんじゃありません。及川さんがどこで転んだのか、それを説明できますか。金のネックレスも失《な》くなっている。やはり、彼女はこの部屋で死んだんじゃありませんね。どこか別の場所で服を着たまま殺され、それからここへ運ばれて服を脱がされたんですよ。このすり切れたブラウスが犯行を証明している。ネックレスは犯人の部屋に落ちているか、犯人が持っているに違いない」

「しかし、犯人はどうやって逃げたのかね。ちゃんと錠がかかっていて、鍵は及川さんのバッグに入っている」

「その点は謎《なぞ》です」

「謎じゃ仕様がない」

「仕様がないことはありませんよ。これで殺されたことがはっきりした」

話が振出しに戻ってしまった。

46

押問答をしている場合ではなかった。

望月に頼まれて、矢野が見張り役に立った。

廊下は薄暗く、ひっそりと静まり返っていた。

彦原は出て行ったきり戻ってこない。

矢野はＯＫのサインを送った。

及川弥生の遺体を、望月と駒津ドクターが両脇から肩にかついだ。

「重いな」

呟いた声は駒津だった。

矢野は及川のキャビンのドアを、半開きにしておいた。

黒木がまず廊下に出てきた。万一に備え、前方を遮蔽《しゃへい》する役目だった。遺体のうしろにつづいた砂井は、後方を遮蔽する役目である。実際に人が通りかかったら隠しきれないと矢野は思ったが、しかしそんな用心は無用なくらいで、隣室のドアからドアへ、遺体の移動は簡単に終った。

遺体をベッドに運ぶと、望月と駒津はほっとしたように顔を見合わせ、

「これで一段落だな」

望月が言った。

砂井が、自分の部屋に転がっていた及川の赤いサンダル・シューズをベッドの下に揃え、ハンドバッグも箪笥の上に置いた。

矢野は室内を歩きまわったが、事件の形跡はなく、ネックレスも依然見つからなかった。シャワー・ルームは乾いていたし、洗面台も乾いていた。

「この部屋で殺されたのではないらしいな」

砂井も室内を見まわして言った。

しかし、事務局へ引揚げて善後策を相談しようという望月に対し、砂井はその前に室内を点検したいと言った。

「なぜですか」

望月は不機嫌だった。

「捜査の第一歩です。被害者の部屋を調べるのは当然でしょう。いずれ調べることになるなら、早いほうがいい」

「砂井さんは、殺人事件に決めてしまっている」

「ぼくが決めなくても、はっきりしたじゃないですか」

「わたしは慎重に考えたい」

「望月さんの立場は分ります。学長として、殺人事件なんか起きてもらいたくない。洋上大学のスケジュールを、無事平穏に終らせたい。当り前ですね。ぼくも講師の末席につらなっている以上、同じ気持です。若いきれいな生徒に囲まれ、ハワイへ着いたらワイキキの海岸で泳ぎ、夜はクラブでフラダンスを見たい。しかし、生徒の水島陽子が行方不明になり、今度は講師の及川さんが死体となって見つかった。慎重に、なんて言っている場合じゃありません」

「すると、水島陽子の行方不明と及川さんの死は、関係があるというのかね」

「あるとは言えないが、ないとも言えません。あるかも知れないし、ないかも知れない。分らない場合は、悪いほうの事態を予測して対処すべきです。及川さんをここに移したのも、われわれの手で捜査するためだったはずです。望月さんが積極的になってくれないなら、船客部長に話して捜査してもらうしかない」

「そいつは困る」

「だったら、今ここでやれるだけのことをやっておけば、あとでみんなと相談するときの資料になると思いませんか」

「この部屋を調べて、いったい何が見つかるというんですか」

「それは調べてみないと分らない」

「しかし、死者にもプライバシーがある」

「そんなことを言うなら、ぼくらはもうプライバシーを侵している。ハンドバッグを覗いてしまった」

砂井は珍しく頑強だった。

47

砂井安次郎が頑張り通して、及川弥生のキャビンを調べることになった。

しかし、整理箪笥からスーツ・ケースの中まで調べたが、収穫はゼロに近かった。さすがに著名なデザイナーだけあって、イブニング二着にカクテル・ドレスも二着、スカート、ブラウス、スラックスそのほか、ブルネットのかつらが一つと靴は三足、ブローチやブレスレットなどアクセサリーの類も相当高級な品ばかりだった。値段も張りそうだが、センスも洗練されていた。宝石箱には、真珠のネックレスや猫目石の指輪、翡翠《ひすい》のイヤリングもおさまっていた。しかし、肝心の金のネックレスは見つからず、乱暴がおこなわれたような形跡も見当らなかった。

「やはり無駄でしたな」

望月伊策が先見を誇るように言った。

「無駄じゃありませんよ」砂井は言返した。「金のネックレスが紛失していることがはっきりしました。肩のすり切れたブラウスを着ていたことも、いよいよ腑《ふ》に落ちなくなった。これだけの衣裳を持っていた及川さんが、なぜあんなブラウスを着ていたのか。それは死ぬ直前まで、どこもすり切れていなかったことを示している。そう思いませんか」

「結論を出すのはまだ早い」

「部屋は荒らされていなかった。盗まれた物もないらしい。ドレッサーも箪笥の中も、きれいに整頓されていた。血痕なども見当らない。ということは、及川さんの死んだ場所がここではないことをも示している」

「死んでいたのは砂井さんの部屋だった」

「違います。死体が見つかったのはぼくの部屋だが、死んだ場所は違う。ほかで殺されてから、ぼくの部屋に運び込まれた」

「また同じ話ですか」

「同じ話じゃありません。さっきの話のつづきです。及川さんのスーツ・ケースは、ぼくのよりひとまわり大きい。しかし彼女が酔っていたなら、ぼくの部屋に入っても気づかなかったということは考えられる。室内のつくりが同じで、スーツ・ケースの色や形も同じ、航空会社のナイロン・バッグにいたっては全く同じですからね。だが、シャワーにトイレ、洗面台も同じ一郭にあるが、彼女の洗面所の棚には化粧瓶《びん》がならんでいる。ぼくの方の棚には歯ブラシと歯磨きしかない。これはたいへんな違いだ。いくら酔っていても、及川さんは女性です。洗面所の棚にある香水などの瓶を見れば、服装と同様に化粧にもかなり神経をつかっていることが分る。その及川さんが他人の部屋に入ったら、間違いに気づかないはずがない。気づかなかったとすれば、すでに彼女は死んでいたからです」

「でも、及川さんはシャワーを浴びながら死んでいた。化粧品の棚なんか見なかったのかも知れない」

シャワーと洗面台との間には便器があって、両者の距離はやや離れている。

及川弥生が酔っていたとすれば、砂井の説にも一理あったが、望月の反論にも一理あった。かりに、及川弥生のキャビンで犯行がおこなわれたと仮定しても、室内が整頓されていた点は、犯人が犯行の痕跡を消すために整頓したかも知れないのである。盗まれた物の有無については、犯行の動機如何によるので、この際さしせまった問題ではない。

「とにかく――」望月が言った。「ここで議論していても始まらない。多分、事務局で高見沢さんたちが待っている。ひとまずここを出ましょう」

「及川さんをどうしますか」

駒津ドクターが聞いた。

「駒津さんにお任せします」

「わたしに任せられても困る。わたしは無宗教で、坊さんじゃない」

「しかし、及川さんの主治医だった」

「主治医としては、死亡診断書を書けば終りです。自然死ではないから、本当は死亡診断書ではなく、死体検案書でしょうね。内地だったら、警察へ届け出なければならない。勝手に死体を動かしただけでも処罰ものですよ」

駒津ドクターは、そのような法律があると言った。

48

刑法によれば、検視を経ないで変死者を葬った者は罰金か科料に処せられる。

さらに軽犯罪法では、正当な理由がなくて変死体または死胎の現場を変えた者は拘留か科料に処せられる。

ここで変死というのは、老衰、病死などの自然死ではないもの、あるいはその疑いのあるものを広くさして、犯罪にもとづく疑いのない縊死《いし》や路上の凍死なども含まれている。検視者は検察官か、検察官の命令を受けた司法警察員などである。医師法では変死という言葉を用いていないが、「死体または妊娠四月以上の死産児を検案して異常があると認めたときは、二十四時間以内に所轄警察署に届け出なければならない」として、医師の届出義務を定めている。この法文における異常死体は変死体と同じで、まさに及川弥生の死体がこれに該当していた。他殺ではないとしても、とにかく自然死ではない。

「今ごろそんなことを言ったって、困るじゃないか」

望月伊策は口をとがらせた。

「及川さんを砂井さんの部屋へ戻しましょうか」

駒津ドクターが言った。

「冗談じゃありませんよ。せっかく運んだのに、なぜ最初に言ってくれなかったんですか」

「よく考えている余裕がなかった。気持が動転してましたからね」

「それじゃ駒津さんの責任だ」

「わたしの責任だとおっしゃるなら、死体をもとへ戻します」

「そいつは困る」

「だったら、わたしは知りません」

駒津も口をとがらせた。

望月は慌《あわ》てて失言を取り消した。

「あとをお任せすると言ったのは、全責任を負っていただくという意味じゃありません。適切な処置をお願いしただけです。駒津さんが坊さんじゃないことは承知しています」

「当直の航海士《オフィサー》に知らせればいいんじゃないのかな。その後の処置は船長がやるでしょう。ここは日本ではないし、駒津さんも船客の一人に過ぎない。法律関係のことは、船が所属している国の法律に従わさせられるはずですよ。公海上の外国船は、外国と同じです」

砂井が言った。

「なるほど」望月はいいことを聞いたというように頷いた。「すると、軽犯罪法なんか気にする必要はないわけか」

「しかし、それに代わるような法律があるかも知れない。死体を移したことが分ったら、やはりまずいでしょう」

「それじゃ同じことじゃないか」

「同じと考えれば間違いない。人間が住んでいる世界で、犯罪に対する考えは、どこの国でもそう変わらないでしょう。アメリカの法律も同じだと思いますね。変死体を、勝手に動かしても構わないなんて国はありませんよ」

「うむ――」望月は苦しそうに唸った。「已むを得ない。当直の航海士に知らせよう。砂井さんが行ってくれますか」

「それは望月さんが行くべきでしょう。学長の義務だ」

「こんなときだけ学長か」

「部屋もぼくらより上等なはずです」

「それほど上等ではない。ほんの少しだ」

「ほんの少しより上等です」

砂井は妙なところで意趣返しをしていた。

「しかし――」望月は形勢を不利とみたように話を戻した。「航海士に会っても、わたしは英語が苦手だ。ターザン程度にしか喋れない」

「ターザンなら立派です。ぼくなどは、西部劇に出てくるインディアンの酋長よりひどい」

ターザンもインディアンの酋長も、似たようなものだった。及川弥生の死因を説明するという難役はこなせない。

駒津ドクターも英会話は不得手、矢野も黒木もインディアンの酋長を笑えなかった。

「船客部長を起こして、通訳してもらうほかありませんね」

砂井が言った。

ほかに名案はなさそうだった。洋上大学のメンバー百余人に対し、日系二世の船客部長《パーサー》ジョージ・山本は事務長の役目を代行している。いずれは彼の厄介にならなければならないのである。

「もう午前三時か」

望月は腕時計を眺め、憂鬱そうな顔で出て行った。

49

航海中の外航船では、オフィサー（航海士）、エンジニア（機関士）、オペレイター（通信士）が三直制をとり、四時間交替で当直にあたるのが一般の慣例だった。

0時─4時、12時─16時が二等航海士、二等機関士、二等通信士。
4時─8時、16時─20時が一等航海士、一等機関士、通信長。
8時─12時、20時─24時が三等航海士、三等機関士、三等通信士。

という時間割で、むろん当直勤務員はほかにもいるが、船長と機関長は定時当直をおこなわない。そして時差を調整する時刻は、乗客に影響のない午前二時に二等航海士が時計の針を動かす慣例で、セントルイス号も例外ではなかった。

望月伊策が船客部長を起こしに行ったのが午前三時過ぎだった。時差を調整すれば午前四時過ぎ、当直は二等航海士から一等航海士に交替して間もなくである。

望月伊策は、五時近くなって、一等航海士、船客部長といっしょに戻ってきた。一等航海士は、田浦の撮った写真に及川弥生と睦《むつま》じそうに写っていた男だった。年は四十歳前後、瞳の色は濃い青、背が高くて鼻も高かった。潮焼けした顔はいかにも海の男という感じである。

一等航海士も船客部長も、及川弥生の変わり果てた姿を見ると沈痛な色を浮かべ、瞑目《めいもく》して十字を切った。

しかし、一等航海士はそれほど悲しそうではなく、及川弥生が死ぬまでの経過をつぎつぎに質問した。

船客部長の通訳つきだが、医学上の質問が多いので、ほとんど駒津ドクターひとりで答えねばならなかった。及川に電話で呼ばれ、駒津が駆けつけたときは意識も遠くなりかけていて、手当てをしたが間に合わなかったという答えである。もちろん、砂井のキャビンで裸で倒れていたことは内密だから、駒津は時おり望月や砂井のほうを心細そうに眺めていた。

「どこで頭を打ったんですか」

「知りません。彼女は転んだと言ってましたが、軽い怪我のつもりでいたのだと思います。頭の怪我は、急に容態が悪化することがあります」

「体が冷たくなっていますね」

「そうですか」

「触ってごらんなさい」

「冷たいですね」

「死んでから大分経っている。なぜすぐに知らせなかったんですか」

一等航海士の質問は鋭かった。

「それは――」駒津ドクターは最初から狼狽《ろうばい》気味だった。「突然こんなことになって、望月さんたちと相談していたからです」

「何を相談していたんですか」

「どうしたらいいか分らなかったんです」

「もっと早く知らせてもらいたかった」

「わたしもそう思います。もっと早くお知らせすればよかった。気がつかなかったんです」

「彼女のパスポートを拝見できますか」

「どうぞ――」

望月が代わって答えた。

及川弥生のパスポートは、スーツ・ケースに入っていた。

望月がパスポートを探す間に、一等航海士は船客部長に命じて、電話で事務長と船医を呼ばせた。

一等航海士は甲板部の指揮者だが、船長の補佐役として船内の規律を取締る職務も担当していた。犯罪が起これば、捜査の現場責任者である。乗客の死に対し、質問が詳細にわたるのは当然だった。

しかし、彼は駒津の回答に時おり首をかしげたり眉をしかめたりしたが、犯罪の疑いは抱かないようだった。

やがて、事務長につづいて、船医もやってきた。金髪のずんぐりした女医である。レセプションのとき、厚化粧をして、金ピカのブレードをつけたイブニングを着ていたので、矢野が歌手と間違えそうになった中年の女だ。

彼女は及川弥生の死体を見ると、大仰にびっくりした態度を示し、それから別人のように冷

静な態度になって死体を診察した。船客部長の説明を聞きながらの診察で、

「脳内出血のようね」

とあっさり言った。

駒津ドクターと同じ意見で、駒津はほっとしたようだった。

「及川さんはクリスチャンですか」

船客部長が望月に聞いた。

「さあ、どうでしょう」

「仏教なら、仏教のようにしなければならない」

「何をするんですか」

「葬式です」

「船の中で葬式をやるんですか」

「船の外ではやれないでしょう。死体が腐ってしまいます」

一日か二日なら氷詰めにしておけますが、ホノルルへ着くまで、まだ五日もある。

「火葬場があるんですか」

「そんなものはありません。水葬です」

「それは可哀想だ」

「なぜですか。土葬よりいいと思いますけどね。死者への礼儀はちゃんと守ります。クリスチャンなら讃美歌を歌える者がいる。お客の中に牧師さんもいるかも知れない。仏教の信者なら、

読経《どきょう》くらいは必要でしょう。乗組員ではないから、弔辞はそちらで用意していただきます」

「いつ葬式ということになりますか」

「腐りやすいから、早いほうがいいですね。きょうの午後、明るいうちに済ませたい」

「遺族を呼んでもらえませんか。彼女には弟がいるはずです」

「無理ですよ。太平洋の真ん中では仕様がありません」

「通夜もせずですか」

「通夜は、あなたがたがなさったでしょう。亡くなってから、大分経っていると聞きました」

船客部長は非情な口ぶりではなく、それが普通のしきたりのように言った。

50

一等航海士や船客部長たちは、一時間ほどで立去った。及川弥生の死因などについて、不審を持った様子はなさそうだった。

「葬式か」

望月伊策は溜息のような声で呟いた。

望月、砂井、駒津、矢野、黒木の五人で事務局へ行くと、高見沢と桐山、彦原、毛利が待っていた。望月たちが遅れた理由については、連絡役の彦原からほかの者に報告してあった。

彦原の提案で事務局に捜査本部を設け、ここに集まった九人で及川弥生の死因を究明する手《て》筈《はず》だったが、今はそれどころではなかった。一睡もしないまま、すでに五時半を過ぎている。

しかし、みんな興奮気味で、キャビンへ帰って眠ろうという者はいなかった。

「きょうは休講ですな。講義の代わりに、及川さんが亡くなられたことを生徒に説明しなければならない」

望月が言った。

「どんなふうに説明するんですか」

桐山久晴が聞いた。

「砂井さんのシャワー・ルームで倒れていたことは、あくまで内緒です。この点だけはみなさん了解していただきたい。及川さんの名誉、洋上大学の名誉、さらには日本人の名誉にかかわるし、生徒を大混乱におとしいれる。やはり一等航海士や船客部長に納得してもらったように、及川さん自身の部屋で病死したと説明する以外にない。転んで頭を打ち、急に容態が悪化して、駒津さんの手当ても間に合わなかった、そう話す以外にないでしょう」

「葬式はどういう具合にやりますか」

「こまかいことはまだ船客部長と打合わせなければならないが、たぶん昼食後ということになる」

「無宗教でやるか仏教でやるか、あるいはキリスト教の流儀でやるかを決めないとまずいでしょう」

「そのことは船客部長にも言われた。及川さんの宗教を知ってますか」

「ぼくは知りません」

ほかの者も知らなかった。

しかし、読経もなし讃美歌もなしで、海に沈めるのは可哀想だと高見沢女史が言った。宗派は分らなくても、日本人だから、仏式でやればいいという意見だった。

「でも――」彦原が口をはさんだ。「南無阿弥陀仏か南無妙法蓮華経か、宗派によっていろいろ違いがあります。浄土宗や浄土真宗なら南無阿弥陀仏、日蓮宗なら南無妙法蓮華経です」

「だいぶ詳しいようだけど、彦原さんはどっちの信者ですか」

「私はどっちの信者でもありませんが、子供の頃、お寺に預けられたことがあって少し知っているんです。般若心経《はんにゃしんぎょう》なら、短いお経ですから、今でも憶えています。意味はまるっきり分りませんが、非常にありがたいお経だと聞いていました」

日本の仏教では「般若心経」はむかしから「金剛般若経」とともに大乗仏教の精髄を示す経典として読誦《どくじゅ》されていた。難解だが、浄土宗以外のほとんどの宗派に重んじられている。

「色即是空《しきそくぜくう》、空即是色《くうそくぜしき》か」

桐山も、般若心経についてその程度のことは知っているように言った。サンスクリットの原本を唐の三蔵法師玄奘《げんじょう》が訳したもので、観音菩薩が弟子に悟りの道を示したものだといわれている。色即是空の色は、むろん女色の色ではない。

「よし――」望月が大きく頷いた。「彦原さんがお経を読めるなら申し分ない。葬儀は仏式でやりましょう。宗派にかまっている場合じゃありません」

「お棺はどうするの」

高見沢が聞いた。

「棺桶屋はいないが、乗組員に大工《だいく》がいます。その大工が作ってくれる」

「祭壇もいるわね」

「祭壇はいらんでしょう。祭壇を作っても飾る物がないし、お線香もあるかどうか分らない。詳細については、彦原さんに船客部長と相談してもらいます。なにしろ水葬の経験なんてありませんからね。船のしきたりに従うより仕様がない」

「しかし——」今度は砂井が言った。「及川さんを水葬にしてしまうと、犯罪の重要な証拠を海に捨てることになりかねない」

望月は迷惑そうな顔をした。

51

事務局のキャビンには、ソファ一脚と、椅子は二脚しかなかった。ソファに駒津、桐山、砂井が窮屈そうにならび、望月と高見沢が椅子に腰を下ろしていた。

矢野と黒木はベッドに腰かけ、彦原と毛利は立ったままだった。

砂井安次郎は、及川弥生を水葬する前に、遺体を解剖すべきだと主張した。死亡時刻を推定するため、そして、死因をさらに確かめるためという理由だった。

「解剖しなくても――」望月はうんざりしたように言った。「死んだ時間の見当は大体ついているでしょう。矢野さんが、Pデッキのベランダで及川さんに会ったというのは、昨夜の何時頃ですか」

「十二時近かったと思います」

矢野は及川に会ったというより、声をかけたが返事もされなかったので、彼女を見たと言ったほうが正しい。

矢野はそれから間もなくAデッキに下り、ロビーで彦原や毛利と水島陽子の行方について話していた。

やがて、映画を見終った望月伊策が現れ、つづいて高見沢梢が廊下のほうから現れ、彦原が水島陽子の行方を探した結果について説明している間に、桐山久晴、砂井安次郎、黒木、田浦がつぎつぎとエレベーターから下りてきた。偶然の集まりだったが、そこへ、庄野カオリがカクテル・ドレスを盗まれたと言ってきた。室内を調べると、庄野カオリと相部屋の有田ミツ江も正装用のきものを盗まれていることが分った。

砂井のキャビンから水が溢れていることを旅行代理店の曾根が知らせてきたのは、その盗難さわぎの最中だった。そこで、砂井は矢野、黒木を誘って自分のキャビンへ戻り、そしたら、及川弥生が全裸で倒れていたのだ。すぐに駒津ドクターを呼んだが、手遅れだったのである。

「映画が終ったのは何時頃ですか」

今度は矢野が望月に聞いた。

「何時頃だったかな。時計を見なかったが、それより、彦原さんはずっとロビーにいたわけでしょう」

「ずっとでもありません。十時半頃からです」

「及川さんを見かけませんか」

「見ました。矢野さんがくる十分くらい前ですね。私は毛利とふたりでロビーにいましたが、及川さんはエレベーターを下りて、まっすぐご自分の部屋へ行ったようだった」

「エレベーターから下りてきたのは、及川さんひとりですか」

「三輪桃子がいっしょでしたね。どっちが先だったか憶えていませんが、及川さんと三輪桃子はキャビンの方向が違います。それで三輪くんは自分の廊下のほうへ消え、及川さんはわたしのいるほうへきました」

三輪桃子はE組の生徒である。男を誘うような眼をして、やや下ぶくれの、矢野が大人っぽい色気を感じている女だった。

「そのとき、及川さんの様子は普通でしたか」

「今思えば、少し変だった気がします。ことによると、あれは幽霊だったのかも知れない。私が挨拶をしたのに、返事もしないで、私の前をすうっと通っていった」

「しかし、ちゃんと見たんでしょう。だったら幽霊じゃない」

「でも、顔が青いようで、影が薄かったような気がする」

「そうですね」毛利も言った。「体がふわふわ浮いているみたいで、ほんとに幽霊だったかも知れない。足が見えなかったような気がする」

「気味のわるいことを言わんでくれよ。この世に幽霊なんかいるわけがない」

「そんなことないわ」高見沢梢が望月に言返した。「わたしは霊の存在を信じています。母が亡くなったとき、わたしは旅行中でしたが、母がわたしの枕もとに坐って、涙を流して泣いていました。わたしは夢を見たのではありません。なぜ泣くのか理由を聞こうとしているうちに、母の姿は消えてしまいました。あとで分ったけど、それがちょうど母の死んだ時刻だったんです。その後も、わたしは亡くなった母に三度も会っています」

「まあ待ってください」望月は閉口したように眉をしかめた。「高見沢さんの経験を否定するつもりはありませんが、彦原さんと毛利さんが見たのは、生きている及川さんだったということにしましょう。その時刻以後、ほかに及川さんを見たひとはいませんか」

「――――」

いないようだった。

「すると」望月が言った。「及川さんが死んだのは、昨夜十二時頃から午前一時頃までの間ということになる。及川さんの死体を見つけて、黒木さんが駒津ドクターを呼びにきたのが午前一時を少し回ったくらいだった。そのとき、わたしは時計を見たので憶えているが、一時五、六分過ぎですよ。砂井さんがおっしゃるように、かりに及川さんの死体がほかの部屋から運ばれたとすれば、裸にしたりシャワーの排水孔をふさぐように倒したり、その手間が三十分はかかる。そしてさらに、シャワーの水が廊下へ溢れるまでに、やはり三十分はかかるに違いない。

そう考えれば、他殺か事故死かいずれにしても、及川さんの死は彦原さんと毛利さんが彼女を見た直後、つまり十二時頃ということになり、死亡時刻がそこまで分っているなら、なにも解剖する必要はないでしょう。死因についても、駒津ドクターと船医のふたりが診察して、ふたりとも脳内出血という診断をしている」

望月はとうとうと喋った。抑揚をつけて、まるで舞台に立っているようだった。

52

矢野は、黒木が駒津ドクターを呼びに行った時間を憶えていなかった。

しかし、そのとき腕時計を覗いたのは望月だけではなく、彦原も午前一時五、六分過ぎだったと言った。

そして駒津ドクターも、及川を診察したときの所感を望月に聞かれると、

「そうですね、どこで生死の境に一線を引くか問題ですが、医者の常識で言えば、死亡とみなされる状態から三十分は経っていたでしょう」

と答えた。

たとえ他の場所から運ばれたのではないにしても、及川弥生は深夜の十二時から約三十分の間に死んだのである。

「しかし――」砂井はまだ解剖にこだわっていた。「死亡時刻は望月さんのお説どおりとして

も、死因のほうは疑問ですね」

「頭を打ったんじゃないというんですか」

望月はまたふくれっ面になった。

「いや、脳内出血は確かでしょう。ぼくも頭の傷を見ました。だが、脳内出血を起こさせた原因が分っていない」

「どこかにぶつけたんですよ」

「そうは言い切れません。ぶつけた場所が不明ですからね。過《あやま》ってどこかにぶつかったのか、誰かにどこかへぶつけられたのか、あるいは、誰かに何かをぶつけられたのか、この三つはそれぞれ大きな違いです」

「その違いが、解剖すれば分るというんですか」

「知りません。ぼくは法医学者じゃない。ただ、ほかの部分も解剖すれば、もう少し何か分るかも知れない」

「無理を言わんでくださいよ。一等航海士たちが、せっかく穏かに引揚げてくれたのに、船医に解剖を頼んだりしたら、たちまち怪しまれてしまう。われわれの手で真相を追及することにしたのだから、それでいいじゃないですか。砂井さんが法医学者じゃないのは分っているが、船医だって法医学者じゃない。あの女医は内科と小児科が専門で、解剖できるかどうかさえ疑問だ」

「分りました。それじゃ、ぼくはこの辺で引きさがります」

「引きさがるって？」

「みなさんの捜査に遠慮します」

「なぜですか」

「及川さんの死体はぼくの部屋で見つかった。しかも、ドアには錠がかかっていた。ぼくは当然容疑者で、その容疑者が捜査陣に加わるわけにいきません。他人の捜査より、自分のアリバイを立てなければならない」

「アリバイがないんですか」

「あるつもりですが、証明してくれる人がいないかも知れない」

「十二時から三十分くらいの間ですよ」

「ぼくは十一時近くまでバーにいた。陣内左知子たちと飲んでいたから、その点は彼女らに聞いてもボーイに聞いても分ると思う。そのあと、ベランダに出てしばらく風に吹かれたが、それから先は図書室でぼんやりしていた。中背の外人が備えつけの雑誌をめくっていたけれど、その外人は、ぼくと入違いに出て行ってしまった。だから、図書室ではほとんど一人きりだった。ぼくは外人の顔をよく憶えていないし、外人もぼくの顔なんかろくに見なかったと思う。そのうち、映画が終ったらしく廊下のほうが賑やかになり、ぼくは眠くなったので部屋へ帰ることにした。エレベーターで黒木さんや田浦さんといっしょになったが、ロビーに下りてからのことはみなさんがご承知のとおりです」

「それなら、立派にアリバイがあるじゃないですか。ロビーには、十時半頃から彦原さんと毛利さんがいて、十二時頃からは矢野さんもいた。及川さんのあとを砂井さんが追ってくれば、彦原さんたちが気づいたはずだ」

「そうとも言えませんね。おそらく、彦原さんたちは事務局の窓口デスクを置いたロビーに、職務上いたに過ぎない。人の出入りを見張っていたわけじゃないでしょうし、階段を利用すれば、彦原さんたちに見られないでだれの部屋へでも行ける」

「砂井さんに犯行の可能性があったというんですか」

「あったことになりますね。ぼくが望月さんの立場なら、まず第一にぼくを疑います」

「犯行の動機は何ですか」

「そんなこと知りませんよ。ぼくは及川さんを殺したなんて言っていない」

砂井は、望月を突放すように言った。

53

犯行の動機は別として、砂井に犯行の可能性があったということは、ほかの者にも当てはまることだった。

そのことにいちばん早く気がついたらしいのは、桐山久晴である。

「十二時頃なら、ぼくはエメラルド・ルームにいましたね。むろん特定のパートナーがいたわけではないが、生徒が大勢いたし、一般の客も女性が多かった。つぎつぎに誘いを受けて、踊り疲れたくらいです。それでロビーへおりたら、望月さんや高見沢さんがいて、水島陽子の話をしていた。それから及川さんの死体が見つかるまで、ぼくは一歩もロビーを離れていない」

桐山は言い終ると、反応をみるように一同を眺めた。

「わたしはずっと映画会のラウンジにいたな」望月伊策が促されたように言った。「退屈して途中から眠ってしまったが、このところ寝不足だったせいもあって、ほんとによく眠った。眼が覚めたら、ちょうど映画が終っていた。及川さんには、夕食のとき会ったきりですよ。その後は擦違ってもいない」

「途中で眠ったとおっしゃいますが、どの辺からですか」

駒津ドクターが聞いた。

「駒津さんも映画を見てたんですか」

望月は鼻白んだように聞返した。

「見てました。わたしも退屈したけれど、途中までは面白かった」

「アラン・ドロンが若い女に水をぶっかけたでしょう。あの辺までは憶えている」

「それじゃ、まだ初めのほうですね。わたしはあのシーンが面白かった」

「アラン・ドロンという役者は大根ですすよ。女もひどい大根だった。わたしはすぐ退屈した」

「アラン・ドロンが大根かどうか知らないが、わたしはあの若い女優が気に入りましたね。セクシーで、なかなかいい味があった」

俳優の評判をしていても仕様がなかった。

「駒津さんは終りまで見ていたんですか」

砂井が聞いた。

「いえ、わたしは一時間くらい見て、だんだんつまらなくなったので、あとはベランダに出てぼんやりしていた。十二時頃なら、ベランダにいたはずです。生徒の有田ミツ江とお喋りをしていたから、彼女に聞けば分るでしょう。そこへ、盗難事件が起きたというので、矢野さんと黒木さんが呼びにきた。及川さんには会っていない」

駒津がベランダにいたことは、矢野も知っていた。初めに見たときはひとりポツンと海を眺めているようだった。つぎに黒木を呼びに行ったときは、手すりにもたれて有田ミツ江と肩を並べていたのである。

「映写室で、となりの席に誰がいたか憶えていますか」

砂井の質問が望月に移った。

「まるで訊問《じんもん》だね」

望月は厭な顔をした。

「この際、みんなはっきりさせておいたほうがいいと思います」

「残念だが、わたしが行ったときは映画が始まっていた。うしろの隅のほうの席に坐りましたよ。ほかに空いてる席がなかったようなんでね。となりに誰がいたか憶えてないし、暗くて顔も分らなかった」

「しかし、映画が終ったときは明るくなったでしょう」

「さっきも言ったように、眼を覚ましたら映画が終っていた。ぞろぞろ出て行くところで、となりはもう席を立っていたような気がする」

「高見沢さんは如何ですか」

「わたしは自分の部屋で仕事をしていたわ。ホノルルに着いたら、すぐ航空便で送らなければ間に合わない原稿があるのよ。気晴らしにロビーへ出てみなさんに会うまで、閉じこもりきりだったわ」

「彦原さんと毛利さんは、十時半頃からロビーにいたわけですね」

「そうです。それまでは船客部長の部屋で、乗組員や一般乗客の部屋を調べた結果とか、コースト・ガードに無電を打ってくれたとか、そういう話を聞いていました」

「ロビーにいて、怪しいと思ったことはありませんか」

「怪しいといえば、やはり及川さんです。どうも幽霊だったような気がしてなりません。私の前をすうっと通って行ったけれど、声をかけても聞えなかったようだし、足音を聞かなかったような気がする」

「そうですね」毛利も言った。「わたしも今それを思い出そうとしてたんですが、足音がしなかったと思います。青い顔をして、幻のように通り過ぎていった。今考えると、ゾッとします」

「きっと幽霊よ」高見沢梢も言った。「幽霊に間違いないわ。及川さんは、もっと前から死んでいたのよ。ところが、誰も死体を見つけてくれないので、早く見つけてもらいたくて彦原さんたちに知らせに現れたんだわ」

「すると、ぼくがベランダで会った及川さんも幽霊だろうか」

矢野は気味が悪くなってきた。幽霊の存在など信じたことはないが、矢野が声をかけたときも、及川弥生は振向きもしないで行ってしまったのだ。

「駒津さんは会いませんでしたか」

矢野は駒津に聞いた。矢野が及川に会ったとき、駒津もベランダにいたのである。

「いや——、わたしは気がつかなかったな」

駒津は首をかしげた。

「科学者の末端につながる一人として、ぼくは幽霊の存在を否定します。しかし、みなさん睡眠不足の上に、日常の次元を異《こと》にした船の生活で疲れていらっしゃる。幻覚をみたとしても不思議ではない。あらゆる感覚が普通じゃないんです。死体を移動させるなんて考えることが、まさにその証拠ですね。われわれはもっと冷静になる必要がある」

心理学者の桐山は、きざな口調で、自分だけ冷静なように言った。

誰も、何とも答えなかった。

54

桐山の余計な発言で、座がしらけてしまった。

深夜十二時前後のアリバイについては、砂井と同様に望月も高見沢も、それぞれアリバイがあるようだが、証人がいないという点からいえば、アリバイはないようなものだった。桐山にしても、監視されていたわけではないから、ダンスパーティの会場を一時抜け出すことは可能だし、駒津ドクターも全く可能性がなかったとは言い切れない。女性のキャビンに、もっとも正当な理由で出入りできるのは医者の駒津である。

午前六時半、第一回の捜査会議ともいうべき秘密の集まりは、しらけた空気のまま一応解散した。

洋上大学事務当局の彦原と毛利は、到底まだ眠るどころではないが、講師たちは自分のキャビンへ引揚げた。

「眠いより、腹がへったな」

黒木が矢野を誘った。

Pデッキのプロムナードでは、六時から七時までモーニング・コーヒーのサービス・タイムだった。

みんな夜が遅いから朝寝坊で、せっかく用意したプロムナードのテーブルも、客は数えるほどしかいなかった。矢野と黒木は、コーヒーとチーズ・ケーキをセルフ・サービスでテーブルへ運んだ。

「及川さんが死んだなんて、信じられない。素晴しい天気だぜ」

矢野が言った。

空は紺青に晴れわたり、雲ひとつなかった。紺碧の海はどこまでも遥かにひらけ、朝の太陽を眩《まぶ》しいくらいに反射していた。窓から入ってくる風も快適だった。

「このまま、一生こうして海の上にいたいな」

黒木はのんきなことを言った。

「及川さんの事件をどう思う」

矢野がチーズ・ケーキを頬張りながら聞いた。

「他殺だね。砂井さんの説に賛成だ。あんな自殺の仕方はないし、事故死というのもおかしい」

黒木はうまそうにコーヒーをすすった。

「しかし、錠がかかっていたんだぜ」

「それは犯人が工作したのさ」

「どうやって？」

「今は分らないが、研究してみるよ。とにかく、砂井さんの他殺説は理路整然としていた」

「不思議だね」

「何が不思議なんだ」

「砂井さんの推理小説というのは、あんまり理路整然としていないじゃないか。論理がとんでもない飛躍をしたり、探偵役の主人公もそう頭のいいやつは出てこない。読者の意表を衝《つ》くため無理してこしらえたようなストーリーが多くて、犯人や被害者の心理も作者だけ納得しているようなところがある。つまり小説から作者を判断すると、作者の頭は論理的なようで論理的ではなく、頭もいいほうじゃないし、人間の心の動きもよく分っていない。その砂井安次郎が、及川さんの事件では、実に論理的だった。小説もあの調子でやればいいと思ったくらいだ」

「それにしても、頑強に他殺説を主張していた」

「及川さんの部屋を調べると言ったのも彼だった。反対されたけど、及川さんを解剖すべきだと言ったのも彼だった」

「しかし、彼自身は本気で他殺だと思っているのかな」

「どういう意味だい」

「面白がっているんじゃないか、という気がしないでもなかった」

「そんなことはないだろう。死体が見つかったのは砂井さんの部屋だ。それが他殺ということになれば、ますます変な眼で見られることになる」

「しかし、少し変わった人間は、変な眼で見られることを喜ぶぜ」

「砂井さんが変わってるというのか」

「小説を書いているなんてのは、大抵少し変わっている」

「そういえば少し変わってるな。煙草の煙を耳から出したりする。耳から煙草を吸えないかと聞いたら、それは出来ないと言った。でも、何とか耳から煙草をのもうとして、大分苦心したらしい。無精なくせに、凝《こ》り性なところもある。弥次馬根性もかなり強い」

「いつも原稿用紙の上だけで殺人事件を扱っているので、実際に死体にぶつかり、嬉しくなってしまったということはないかな」

「それで他殺説を考え出したのか」

「自分が容疑者のナンバー・ワンになって、やや得意な感じもあった」

「そうでもないだろう」

まさか——、と矢野は思った。

「葬式まで、ひと眠りするか」

黒木が大きなあくびをした。

ボーイがテーブルを片づけ始めていた。

遅番の朝食は八時からだった。それまで待つより、矢野も眠気を催していた。

55

矢野はキャビンへ帰った。

床に船内新聞といっしょに差込んであった乗員リストを拾った。

船長以下主な乗組員の氏名、役職と、船客の名前と出身地が印刷されていた。薄っぺらだが金色の表紙で、サイズは葉書くらいだった。

矢野はベッドに入って、乗員リストをめくった。

額の禿上《はげ》った大男のキャプテン（船長）がハーラン・ポッター、つぎが男前のチーフ・オフイサー（一等航海士）テリー・レノックス、パーサー（事務長）ロジャー・ウェイド、そして金髪の女医がリンダ・ローリングという色っぽい名前だった。

船客部長のジョージ・山本はアソシエイト・チーフ・スチュワードという肩書で、士官クラスのびりっけつだった。ボースン（甲板長）やチーフ・コック（調理長）なども別欄に載っているが、歌手や売店の女などの名前は見当らなかった。

船客の氏名は、ページをあらためてＡＢＣ順に並んでいる。洋上大学の参加者も一般の客もごちゃまぜだが、生徒を見分けるのはローマ字つづりの名前で見当がつく。

Miss Mitsue Arita　Kawaguchi, Japan
Mr. and Mrs. Robert Beckman　Ontario, Canada
Miss Sachiko Jinnai　Tokyo, Japan

というふうだが、セントルイス号はホノルル経由サンフランシスコ行きで、リストはホノルルで下船する客とサンフランシスコまで行く客とに区分けされていた。

リストによれば、ホノルルで下船する客は洋上大学の参加者が大半だった。カナダのベックマン夫妻は極めて少数の例外で、例外は他に四人しかいなかった。老齢のベックマン氏は貿易商だが、船旅が好きで、世界周遊旅行の途上だという。ミセス・ベックマンも老齢である。

矢野はリストをぼんやり眺めていた。水島陽子の名前もあったし、及川弥生の名前も載っていた。水島陽子の生死は不明だが、すでに海底に沈んだとみるほかはなく、及川弥生も海底に沈む運命が待っている。横浜港を出航して僅《わず》か四日間で、矢野の身近にいた二人の女が命を絶ったのだ。しかも、死んだ原因さえ分っていない。

矢野は諸行無常という言葉が好きだったが、無常を感じるより、気味の悪さが先に立った。底知れぬ無気味な感じだった。

眼を閉じると、プール・サイドのベランダで会った及川弥生の姿が浮かんだ。

あのとき――、おれは彼女の幽霊を見たのだろうか。

矢野は背中の辺が寒くなって、すぐに眼を開いた。

幽霊なんて、この世にいるわけがない。彦原や毛利や、高見沢梢まで妙なことを言い出すからいけないんだ。おれが見たのは、まだ生きていた及川弥生に間違いない。そんなこと、当り前じゃないか。ばかばかしいことを考えるな。

矢野は何度も自分に呟いた。

しかし眼を閉じると、ベッドの脇に及川弥生が立っているような気がして、眼をあけずにいられなかった。眼をあけても、部屋の隅や、洋服箪笥の蔭あたりに、及川弥生が青ざめた顔で立っているようで、つい起上って周囲を見まわした。ドアが音もなく開いて、彼女の幽霊が現れるのではないか、という気までするのである。

矢野はすっかり怯《おび》えていた。

56

いつの間にか、矢野はうとうとしたらしかった。

乱暴にノックをする音で眼を覚ました。起上って錠をあけると、
黒木がスーツを着て、ネクタイまできちんと締めていた。

「まだ眠ってたのか」

「昼飯か」

矢野は頭がぼんやりしていた。

「飯は終ったよ。もうじき二時だぜ。デッキ・ランチのテーブルも片づいてしまった」

「そんなに眠った憶えはないけどな」

「憶えはなくても二時になる。早く支度をしろよ。姿が見えないから、迎えにきた」

「どこへ行くんだ」

「葬式さ」

「葬式？」

「寝ぼけてるなら、頭から水をかぶったほうがいい。及川弥生の葬式に決まってるじゃないか」

「そうか——」

矢野はうっかりしていた。寝ぼけていると言われても仕様がなかった。幽霊の幻想に怯え、眠れないと思いながら、いつの間にか眠っていたのである。

「ぼちぼちみんな集まっている」

黒木はキャビンに入った。

「どこで葬式をやるんだ」

矢野は顔を洗った。顔を洗うといっても、眼の周囲を水で濡らすだけだった。

「アッパー・デッキのベランダでやる。それから水葬だ」

上甲板《アッパー・デッキ》はファースト・クラスでも上等のキャビンが並んでいるが、艫《とも》（船尾）の方はエコノミー・クラスのベランダとプールだった。

それで「Pデッキのベランダじゃないのか」と矢野は聞いた。

「いや」黒木は首を振った。「お棺は艫から海へ流すそうだが、するとPデッキではまずい」

地上二階に相当するデッキは、アッパー・デッキの中央部に階を重ねている。したがって、Pデッキの最後部から棺《ひつぎ》を下ろしても、エコノミー・クラスのベランダに着いてしまうのだ。といって、デッキの舷側《げんそく》から海へ落とせば、棺桶がスクリューに巻込まれる危険があった。

葬儀は二時開始の予定という。

「忙しいな」

「だから、早くしろと言っている」

「きみは眠ったのか」

「少し眠ったが、変な夢を見て起きてしまった」

「変なって？」

「及川さんの幽霊が出た」

「どこに出たんだ」

「夢の中だよ。真っ青な顔をして、部屋の隅に立っているみたいだった。ぞっとして眼を覚ましたが、気味が悪くて仕様がない。眼をつぶると、部屋の隅に及川さんが立っているような気がするんだ。それで気分を変えにロビーへ行ったら、望月伊策や彦原氏たちが船客部長とがやがや揉《も》めていた」

「また事件か」

「そうじゃない。この船の専属バンドが葬式の音楽をやらせてくれというんだ」

「それは結構じゃないか」

「百ドル出せっていうんだぜ」

「そいつは高い。サービスじゃないのか」

「三十分で百ドルだ」

ベートーベン『英雄』第二楽章の葬送に、ショパンのピアノ・ソナタ第二番第三楽章の葬送を前後にはさんで、これがワン・セット約三十分に編曲されているらしかった。葬送行進曲のサンドイッチである。船内で結婚式を挙げる者のためには、ワーグナーの『ローエングリン』やメンデルスゾーン『真夏の夜の夢』から採った曲が用意されているという。

「しかし――」矢野はひげを剃りながら言った。「あの連中にそういう演奏が出来るのかい」

「自信があると言っていた」

「船客部長が言っても意味がない」

「バンド・マスターが言ったのさ。トランペットを吹いていた男がバンド・マスターで、ラテン、ウェスタンからロックに至るまで何でもこなせるが、葬送行進曲がいちばん得意そうな口ぶりだった」

「ピアノはどうするんだ。エメラルド・ルームから運ぶわけにいかないだろう」

「トランペットで代用するらしい。ピアノより、トランペットのほうが悲しい音を出せると力説していた」

「とにかく百ドルは高いな」

「ピアノとドラムが抜けるから、四人で百ドルの勘定になる」

「彦原さんのお経があれば、下手くそな音楽なんかいらないじゃないか」

「おれもそう思った。望月伊策も同じ意見だった。ところが、例によって高見沢梢が横槍を入れた。及川さんの死を葬うのに、たかが百ドルの出費を惜しむのかというわけだ。この一言で彦原氏が参ってしまった」

彦原にしてみれば、洋上大学事務当局としての責任があった。及川弥生を講師に招聘《しょうへい》しなかったなら、彼女は不慮の死を遂げなかったに違いないのである。とすれば、死因は何であったにしろ、彼女の死に対する責任の一半はファニー化粧品にあるのだ。ファニー化粧品の資産、利益、あるいは洋上大学にかけた費用からみても、百ドルという額はたかが知れているはずだった。そうでなくてさえ責任を問われる不祥事が重なっている際、講師の葬儀を粗末に扱ったという批難は耐え難いに違いない。

「すると、彦原さんは承知したのか」

「已むを得ない感じだったな。葬式の準備をしなければならないし、ぐずぐず言い合っている時間もなかった。バンド・マスターはニコニコして引揚げたよ。値切れたと思うが、三十分で百ドルなら羨しいようなアルバイトだ。ことによると、及川さんはバンドの連中に殺されたのかも知れない」

「葬式の演奏で稼ぐためか」

「うむ」

黒木は真顔で頷いた。

57

アッパー・デッキは、ファースト・クラスとエコノミー・クラスとの間を金網で仕切られていた。

しかし両者に通じる金網のドアがあって、ファースト・クラスの側から鉄製の閂《かんぬき》を外《はず》すことは簡単で、閂をはずさなくても、金網によじ上れば容易に通行できた。

矢野は急いで服装を整え、黒木といっしょにアッパー・デッキへ行った。

エコノミー・クラスのベランダに通じる金網のドアは開放され、洋上大学の参加者以外に、外人の一般乗客や船員も大分集まっていた。

葬儀委員長は学長の望月伊策、司会は事務局長の毛利である。

及川弥生の遺体は、イブニング・ドレスの正装をさせ、高見沢梢が化粧をしてやった。そして白木の棺に納められ、棺はさらに白布で蔽《おお》われていた。

「化粧をした顔が実にきれいだった。まるで生きているみたいだったな」

と黒木は言った。遺族に渡すため、髪や爪の一部は切取ってあるという。

「戒名はつけなかったのか」

矢野が聞いた。

「つけなかった。彦原さんが戒名のつけ方を知っていると言ったが、故人の意思に反するかも知れないというので砂井安次郎が反対した。彦原さんは金をとるわけじゃないが、坊主の商売道具に過ぎなくなっている戒名などつけないほうがましだ」

「そんなことを言えば、お経だって商売道具だろう」

「商売にしているのは葬式坊主だけだ。彦原氏は坊主じゃない」

「しかし、及川さんがクリスチャンだったら、お経なんか聞きたくないだろう」

「死んでしまえば色即是空さ。あらゆる宗教は生きている人間のためのものだ。死んでしまったら用はない。葬式だって、仏式でやろうが無宗教でやろうが、死んだひとには関係ないね。

生残っている連中の気休めに過ぎない」

黒木は悟りきったようなことを言った。

そこへ、バンド・マスターを先頭に四人の楽団員が現れて整列した。ステージで演奏するときの服装と違い、四人ともダーク・スーツを着て、表情まで沈痛なようだった。トランペット、クラリネット、トロンボーン、ベースの順である。

棺の右側に望月伊策たち講師四人と、洋上大学の事務局関係者が並び、左側には船長や一等航海士らが並んでいた。望月たちは喪服の用意がないので普通のスーツだが、船員は制服だった。

しかし生徒たちは、ハワイ旅行のつもりだから、持参した正装はパーティ用だけで、普段着も派手な服が多かった。彼女らは午前中の講義のとき及川弥生の死を聞かされていて、葬儀が始まる前からハンカチを眼にあてている者がいた。

「これより、及川弥生先生の葬儀をおこないます」

司会の毛利が一歩前に出て言った。よくとおる声だった。

ざわめいていたのが、しんと静まり返り、望月伊策の咳《せき》払いが聞えた。

空は一片の雲もなく、太陽がじりじり照りつけていた。

船長は両手をうしろに組んで眩しそうに空を仰ぎ、一等航海士は考えごとをしているように横を向いていた。桐山久晴と高見沢梢は両手を前に組んで俯いたきり、砂井安次郎は誰かを探すように生徒たちのほうを眺め、駒津ドクターの眼は白い棺に注がれていた。

「ここに集まった連中の中に、及川さんを殺した犯人がいるはずだな」

矢野が黒木に囁《ささや》いた。

「やはり、犯人はバンドマンかも知れない」

「まだそんなことを考えているのか」

「意外な動機ということがある」

黒木は真面目にそう思っているようだった。矢野はそれより、この葬儀の参列者の中に、及川を殺した犯人と、水島陽子を消した人物がいるに違いないと考えていた。

58

葬儀は司会者の開式の挨拶に始まって、葬儀委員長の弔辞、それから読経、献花、喪主挨拶、閉式という段取りだった。線香がないので、焼香はおこなわれない。その代わり、船内からありったけの花を集めてあった。バラやらカーネーションやら、色も形もとりどりである。

彦原が独声《どくしょう》する般若心経は字数にして僅か二百六十二字、抑揚をつけて引伸ばしても三分か四分もあれば終ってしまう。そこで献花の間を葬送行進曲でつなぎ、最後をまた彦原の読経で結ぶことになっていた。彦原は読経のほかに、洋上大学旅行団の団長として喪主の挨拶もしなければならない。

「葬儀委員長望月伊策先生に弔辞をお願い致します」

毛利はおごそかに言った。

望月伊策が中央に出た。歩き方からして芝居気たっぷりだったが、弔辞を読む台詞《せりふ》まわしも芝居気を感じさせた。

しかしさすがにベテランの俳優だけあって、弔辞の内容は空疎な決まり文句の羅列でも、途中で声をつまらせたりして、生徒の間から嗚咽《おえつ》を洩らす声があちこちに聞えた。

だが、望月をさすがというなら、坊主になりそこなったという彦原の読経もさすがだった。

「摩訶般若波羅蜜多心経《まかはんにゃはらみたしんぎょう》
観自在菩薩《かんじざいぼさつ》行《ぎょう》深般若波羅蜜多《じんはんにゃはらみた》……」

音吐朗々である。相次いで起こる事件に頭を抱えていた彼とは別人のようだ。数珠《じゅず》の代用に木の実のネックレスを生徒から借りて首にかけ、時おり変なふうに調子が外れるが、荘重で悲痛なひびきがあった。

読経が終ると、葬送行進曲の伴奏つきで献花がおこなわれた。講師、船長たち、事務局員、生徒の順で、配られた一輪ずつの花を棺に捧げる。

庄野カオリの眼は泣き腫らしているようだった。

有田ミツ江の頬も涙に濡れ、陣内左知子や今中千秋も泣いていた。

三輪桃子も泣きそうな顔だった。

しかし、折戸玲子はケロッとした様子で、甲斐靖代もあまり悲しそうではなかった。

金髪の船医や、水島陽子との仲が怪しかった歌手も花を捧げた。

棺がさまざまな花で埋まっていった。

専属バンドの演奏は下手だったが、トランペットはいかにも物悲しげに低音を震わせていた。

矢野も少し悲しくなった。

葬儀の式次第が終了すると、棺にチェーンがかけられた。赤錆《さ》びたチェーンは、棺を沈めるための錘《おもり》だった。

合掌してから、矢野も黒木も加わって棺を担いだ。

「安らかに眠るのよ」

高見沢梢が声をかけた。

望月伊策の合図で、棺は海に落とされると、たちまち視界から消えた。

みんなが競い合うように、ベランダに散っていた花を拾って海へ投げた。

セントルイス号は長い汽笛を鳴らしながら、棺の投下点をゆっくりと一周した。長音三声といって、死者を悼《いた》む汽笛だった。別れがつらくてたまらないように、長く尾を引く汽笛は悲しい余韻を残した。

嗚咽が泣声に変わり、一人の泣声がさらに多くの泣声を誘った。献花のときはケロッとした様子の折戸玲子までが、涙をぼろぼろこぼして手ばなしで泣いていた。

矢野も本当は泣きたい気持だった。それほど悲しいわけではないが、泣けば重苦しい気分が救われる気がした。

しかし、男で泣いている者はいなかった。望月も桐山も砂井も駒津ドクターも、そして彦原や毛利たちも、及川弥生が消えた海を憑《つ》かれたように見つめていた。

59

セントルイス号は棺の投下点を一周すると、進路をふたたび南へ向けた。

「可哀想に、及川さんも海の底か。海底墓地だな」

黒木がしんみり呟いた。

「及川さんも？」

矢野は聞いた。もと言ったのがひっかかった。

「そうじゃないか。水島陽子も海の底だ。彼女は花束さえ投げてもらえなかった。そして今頃は、海の底で眠っている。霊前をおとずれる者もいない。彼女の霊を慰める者がいるとすれば、魚たちだけだろう」

「うむ」

矢野は気まずく頷いた。葬式の感傷に浸って、水島陽子の失踪事件が念頭から消えていたのである。黒木に較べ、記者根性に欠けると言われても仕様がなかった。水島陽子が失踪して、すでに三十数時間を経過しているのだ。船内にいなければ、海底に沈んだとみる以外になかった。

矢野と黒木が話しているところへ、砂井安次郎が近づいてきた。出航以来、せっかくの海外旅行だからひげで気分を変えると言って伸ばし出した無精ひげが、かなり濃くなっていた。似合わないことはないが、どことなく滑稽な感じだった。

「大分伸びましたね」

矢野は砂井と視線が合ったので言った。及川の死を話題にすることはタブーのような気がしていた。容疑者を自認している砂井への遠慮で、ひげの話なら差障《さしさわ》りないと思ったのだ。

しかし、矢野の遠慮は的外れだった。

「葬式の前にひげを剃るつもりでいたが、剃れなくなってしまった」

砂井は顎のひげをこすった。

「なぜですか」

「事件の目撃者を恐れ、人相を変えたと思われるかも知れない。ぼくは容疑者だからね。これ以上疑われたくない」

「でも、砂井さんが殺したわけじゃないでしょう」

「もちろんぼくは犯人じゃない。しかし、証拠をつきつけられない限り、犯人が犯行を否定するのは当り前だ。かりにぼくが殺《や》ったとしても、自分から犯人だなんて言いやしない。頭がどうかしていれば別だがね。あるいは、良心の呵責《かしやく》に耐えきれなければ別だ。葬式が無事に終って、犯人はほっとしているに違いない」

「犯人の心当りはありますか」

「ないけれど、犯人がこの葬式に列席したことは確かだと思う。犯人としては、及川さんの水葬を最後まで見届けたかったはずだ。これで、及川さんは事故死ということで片づいたことになってしまった」

「しかし、事故死というのは対外的な措置で、事務局で朝まで会議していた九人はそう思っていない。及川さんを海に葬っても、事件まで葬ったわけじゃない。捜査はまだこれからじゃないですか」

「そのためには、やはり及川さんを解剖すべきだった」

「なぜですか」

黒木も質問に加わった。

「今朝、部屋へ帰ってからいろいろと考えたんだ。そしたら、ふっと浮かんだ考えがあった。及川さんが裸で倒れていた理由について、ぼくの推理は矢野さんにも黒木さんにも聞いてもらった。シャワーを浴びているうちに転倒して頭を打ったように見せかけるため、それから、及川さんの体で排水孔をふさぎ、シャワーの水を廊下へ溢れさせて死体を発見させるため、そして、その間にアリバイをつくるために違いないと推理した。この偽装工作は、死体現場を密室にしたこととも関連している。ところが、昨夜十二時頃という犯行時刻を疑ってみると、たいへんなことに気がついた」

「何だろう」

矢野は首をひねった。

「昨夜十二時頃、矢野さんがベランダで会ったというのは、本当に及川さんだったろうか」

「人違いだというんですか」

「昨夜の様子を思い出して、よく考えてくれないか。深夜で、しかも明るい場所ではなかった」

「いや、たしかに及川さんでしたね。素晴しい満月が出ていたし、マストの明りもさしていた。及川さんに間違いありませんよ」

「しかし彼女は、矢野さんが声をかけても返事をしなかった」

「及川さんは酔っているようだった。それに、ぼくは大声で呼んだわけじゃない。そのとき見たのが及川さんだということは、間もなくロビーへ下りた姿を、彦原さんと毛利さんも見ている」

「だが、彦原さんが声をかけたときも、彼女は返事をしなかった」

「聞えなかったからじゃないのかな」

「ぼくはそう思わない。彦原さんも毛利さんも、そのとき見かけた彼女を幽霊のようだったと言っている」

「すると、ぼくや彦原さんたちが見たのは、砂井さんも及川さんの幽霊だというんですか」

「幽霊に近い人物、つまり死んだと思われている人物だな。ことによると、水島陽子だったかも知れない」

砂井は意外なことを言った。

「水島陽子――？」

矢野は思わず聞返した。

黒木も狐につままれたような顔をしていた。

60

矢野と黒木、砂井が立っているうしろを、船長や一等航海士たちにつづいて、四人のバンドマンが退場した。

しかし、物珍しそうに集まった一般客の外人やエコノミー・クラスの客たちは、いっこうに立去る気配がなかった。一団となって泣声をあげている洋上大学の生徒に関心をそそられているせいらしかった。折戸玲子のように手ばなしで泣いている者もいれば、友だちの胸に顔を埋めている者もいた。

だが、泣きたい気持に誘われた矢野の感傷は、とうに吹っ飛んでいた。

「水島陽子は死んだはずじゃないんですか」

矢野は騙《だま》されているような気がした。

「水島陽子が生きているというんですか」

黒木も信じられないという表情だった。

「いや──」砂井は首を振った。「及川さんと違って、水島陽子は死体が見つかっていない。イブニング・ドレスのまま行方不明になってから三日目で、当然死んだとみるのが常識だろうが、断言は出来ない」

「しかし――」矢野が言った。「海に落ちたら、死体が見つからなくて当り前でしょう」

「海に落ちるところを見た者はいない」

「それじゃ船内にいるというんですか」

「あくまでも仮説に過ぎないが、生きているとすれば、船から外へは出られない。別人の名義で一室を借りているか、誰かの部屋に隠れている可能性がある」

「でも、水島陽子の行方については、一般の乗客や船員の部屋まで探したはずですよ」

「そんなことは当てにならない。探したといっても、警察が捜索令状を持ってやるような内地の捜査とは訳が違う。容易に逃げ隠れ出来る」

「しかし旅券《パスポート》の問題があるでしょう」

「旅券だって当てにならない。発行のとき身元を確認するわけじゃないし、渡航手続きに必要な書類は戸籍抄本一通と、あとは本人の写真だけだ」

戸籍抄本は、僅かな手数料さえ払えば誰でも区役所の窓口で入手できる。写真も、旅券を発行する機関に出頭した本人の顔と同じならいいので、戸籍抄本や旅券申請書に記載されている人物と同一人かどうかは確かめられない。他人になりすまして海外へ出ることは難しくないのだ。それに船の場合は、税関を通って乗船したあとでも、見送り人が自由に乗船下船できるから、本人名義と別人名義と二通の旅券に正規の手続きを整えることが可能だった。

「つまり、一人を投身自殺したように見せかければ、もう一つの旅券で別人として旅行できる」

「飯はどうするんですか。ホノルルへ着くまで、まだ五日間ある。食堂へ行けば知った顔に会ってしまう。といって、五日も絶食は無理でしょう」

「その心配はない。ボーイに頼めば果物を持ってきてくれるし、共犯がいれば、そいつが餌を運んでくる」

「待ってくださいよ」黒木が口をはさんだ。「水島陽子が生きていると仮定して、それが及川さんの死とどういう関係がありますか」

「さっきも言ったように、矢野さん、彦原さん、毛利さんの三人が見た及川さんは、実は水島陽子の変装だったかも知れない。だから、声をかけられても、聞えないふりをして行ってしまった」

「なぜそんな真似をしたのだろう」

「その時刻に、及川さんが生きていたように見せかけるためだと思う。及川さんを裸にしたのも、変装用の服が必要だったせいじゃないかな。水島陽子も及川さんも、髪が長くて、背も同じくらいだ。年齢は大分違うが、彫《ほ》りの深い顔立ちがちょっと似ているし、薄暗い所で化粧をしていれば、派手な服の印象も手伝ってごまかせないことはない。話をするわけでもなく、すっと通り過ぎるだけだからね。まだ思いつきの段階だが、この推理が正しければ、及川さんはもっと早い時間に殺されている。それを十二時以降に死んだと思わせるように、水島陽子が変装したんじゃないかな。むろん、その目的はアリバイのためだろうが、そう考えれば、彦原さんや毛利さんが及川さんを幽霊のようだったと言ったのは当っているし、彼女はもっと前から死んでいたと言った高見沢女史の言葉も的を射ている」

「及川さんがロビーに現れたとき、いっしょにエレベーターから下りてきた三輪桃子の話を聞きましたか」

「聞く機会がなかった。あとで聞いてみる」

「水島陽子が生きていて及川さんに変装したとすれば、及川さんを殺した犯人は別にいるということになりますか」

「共犯の可能性が濃いが、そうとは限らない。水島陽子自身が犯人かも知れない」

「犯行の動機は何ですか」

「分らない」

「分らなくては困る」

「困るのはぼくのほうだ。ぼくはみんなに疑われている。あんたや矢野さんに疑われても、已むを得ないと思っている」

「話がややこしくなってきましたね」

「ややこしいなんてものじゃない。奇々怪々だよ。そんなことを考えていたら、ついに一睡も出来なかった。そうでなくても、及川さんの死体が横たわっていたベッドに寝るのは、決していい気持じゃなかった」

「それはそうでしょう」

黒木が頷いたが、矢野も同感だった。

同感されて、砂井はかえって憮然としたようだった。眼を細くして空を仰ぎ、溜息のような息をした。

生徒たちの間から、悲鳴が聞えたのはそのときだった。喉《のど》の奥から絞《しぼ》り出したような、かん高い悲鳴だった。

61

悲鳴があがると同時に、生徒たちの泣声がピタッとやみ、一瞬、いっさいの物音が絶えたかに思えた。

不気味な緊張をはらんだ静寂だった。

しかし、静寂はすぐざわめきに変わった。

駒津ドクターの大きな体が、生徒を押分けるように入っていった。

矢野も黒木も人垣をわけた。

三輪桃子が倒れていた。太陽に照りつけられながら、顔の色が真っ青だった。

——また殺人か。

矢野は反射的にそう思った。

「テンカンかな」

弥次馬の呟く声が聞えた。

「日射病だろう」

という声も聞えた。

駒津ドクターが深刻そうな顔をして、三輪桃子の脈をとったり、口の中を覗いたりしていた。

「どうしたんですか？」

恐る恐るという口調で、駒津ドクターに声をかけたのは望月伊策だった。

「心配ありません。及川さんが水葬された模様を見て、ショックを受けたのでしょう。気を失っただけのようです」

駒津ドクターが顔を上げて答えた。

「口を動かしてますね」

「生きていれば口くらい動きます」

「何か喋っているんじゃないですか」

「そうかな」

駒津は、三輪桃子の口もとに耳を近づけた。

しかしそのとき、今度は三輪桃子をやや離れて囲んでいた最前列のうちの一人が、突然崩《くず》れるように倒れた。

庄野カオリだった。痩せぎすで、その美貌は不健康な感じだが、矢野がいちばん挑発的な色気を感じている生徒である。有田ミツ江とともに、昨夜の盗難事件の被害者だ。

駒津ドクターはさすがに驚いたらしく、あわてたように庄野カオリのほうへ移った。

ところが、庄野カオリを診察する間もないうちに、今度は庄野カオリの近くにいた甲斐靖代がうずくまるように倒れた。水島陽子と同じキャビンだった小柄な生徒である。

倒れたきり、庄野カオリも甲斐靖代も身動きをしない。

駒津ドクターはいっそう慌てるばかり、望月伊策も彦原も、おろおろしているばかりだった。

いくらショックを受けたといっても、つづけさまに三人も気絶した光景は尋常ではなかった。葬儀のとき、一人の泣声が周囲の泣声を誘発したように、今度はあちこちで怯えたような悲鳴が起こった。

「どうしたらいいの」

高見沢梢まで興奮した眼つきで、今にも悲鳴をあげかねなかった。

「こういう連鎖反応は、心理学でも精神医学でも容易に説明できます。一種の集団ヒステリーですな。放っておけば静かになる」

心理学者の桐山久晴だけが、のんきそうな様子だった。

しかし、気絶した三人はぐったりと伸びたまま、他の生徒の悲鳴は子供のような泣声をまじえ、ますます高まっていた。

矢野はその光景を、呆然《ぼうぜん》と眺めていた。

62

三輪桃子、庄野カオリ、甲斐靖代の三人がつづけさまに気を失った。つい最前まで、及川弥生の葬儀が粛然とおこなわれていたデッキの一隅は、たちまち大混乱に陥った。若い女性ばかりの百人近い集団が、いっせいに悲鳴をあげ、泣き喚《わめ》き出したのである。

「みなさん静かにして——。どうか静かに、何でもありませんから——」

望月伊策や彦原がけんめいに宥《なだ》めようとするが、混乱はひどくなる一方だった。

「助けて——」

という金切り声まで聞える。

「今にも集団虐殺《ぎやくさつ》されるみたいだな」

矢野の横で、黒木があきれたように呟いた。

矢野は呆然としながらも、こういう光景は滅多に見られないと思い、むしろ面白がっていた。生徒たちのヒステリー的症状は、ビートルズが来日したときの熱狂に似ていた。女性の生理が、男性の生理と異っていることを示す徴候の一つだった。

「陣内左知子まで興奮している」

カメラマンの田浦は、ここぞとばかりシャッターを切っていた。

そのうち、

「うるさい！」

突然大声で怒鳴《どな》る者があった。駒津ドクターだった。ドラム罐《かん》を鉄棒で叩きつけたような凄じい声だった。

矢野はびっくりしたが、生徒たちも驚いたらしかった。

途端に悲鳴も泣声もピタッとやみ、気持のいい風が渡っていった。まるで狐が落ちたようで、泣き喚いていた女たちはポカンとした顔をしている。

駒津ドクターは真っ赤な顔で、まだ怒鳴りたそうに女たちのほうを見ていた。

駒津ドクターがもう一度怒鳴るか、女たちがまた泣き出すか、矢野は興味しんしんで見守っていた。

ところが、そのどちらも起こらないうちに、気絶していた三輪桃子が眼を覚ました。駒津ドクターの大声が響いたせいか、意識を回復したのである。腑《ふ》に落ちない表情で周囲を見まわし、それから欠伸《あくび》を嚙み殺すと、恥ずかしそうに起上った。

「大丈夫ですか」

彦原が聞いた。

「はい」

三輪桃子は低い声で頷いた。

しかし、庄野カオリと甲斐靖代は依然倒れたきり動かなかった。顔面蒼白である。

「人工呼吸をしなくていいんですか」

望月伊策が駒津ドクターに言った。

「その必要はありません。気を失っているだけで、ちゃんと息をしているのに、人工呼吸をしたって仕様がない。それより、このふたりをわたしの部屋へ運びましょう。手伝ってください」

「水をぶっかけたらどうかな」

「無茶を言っちゃいけない。安静が第一です。水をぶっかけて心臓麻痺を起こしたらどうしますか」

「しかし、わたしは水をぶっかけて息を吹返させた経験がある」

望月伊策と駒津ドクターがそんな言い合いをしている間に、気の早い黒木が、プールからバケツで水を汲んできた。

駒津が彼を抑えようとしたが、その暇はなかった。バケツの水は、まず甲斐靖代の顔にぶちまけられた。

「うーん」

甲斐靖代は体を海老《えび》のように曲げて唸り、大きなクシャミをして、眼が覚めた。

「どうです。わたしの言ったとおりでしょう」

望月伊策は得意そうだった。

駒津ドクターは自尊心が傷ついたようで、水をぶっかけて意識を回復させるのは医学に対する冒瀆《ぼうとく》であると言いたそうだった。

二杯目の水は矢野が運んできた。今度は庄野カオリの番だった。水を浴びると、庄野カオリは唸らなかったが、川から上った犬のように全身を震わせ、それから、ぱっちりと眼を開いた。

「みなさん、葬儀は無事に終りました。解散してください――」

彦原が手を振りながら、ありったけの声で叫んだ。

63

集団ヒステリーの症状を呈した生徒たちに対し、駒津ドクターが凄じい声を張上げて怒鳴ったのは、見事なほど効果的な対症療法だった。どうなることかと思われた混乱が、一瞬にしておさまったのである。

とすれば、気絶した庄野カオリと甲斐靖代に水をかけて意識を回復させたことも、駒津ドクターは不服かも知れないが、とにかく効果覿面《てきめん》の治療法に違いなかった。

意識を回復した三人は友だちに肩を支えられ、ほかの生徒たちも毒気を抜かれたようにぞろぞろと引揚げていった。

「水をぶっかけるなんて、よく思い切ってやったな」

矢野は黒木に言った。矢野が二杯目のバケツを運んだのは、黒木の行動に促されたせいだった。黒木に負けていられぬという意識もあったが、矢野らしい軽率に過ぎなかった。

「おれが思いついたわけじゃない。砂井安次郎に言われて、ろくに考えないでやってしまった。気絶したら、水をぶっかけるのがいちばんだと言われたんだ」

「それなら、彼が自分で水をかければよかったじゃないか」

「そうはいかない。砂井さんは及川弥生殺しの容疑者だということを自覚しているから、動きがとれないようだった」

「しかし水をぶっかけて、意識を取戻したからいいが、もし心臓麻痺を起こしたらどうするつもりだったんだ」

「そんなことは考えなかった」

「駒津ドクターはそれを心配していたんだぜ」

「きみだって、庄野カオリに水をぶっかけたじゃないか」

「きみが成功したのを見て、大丈夫だと思ったからさ。最初に、きみが甲斐靖代に水をぶっかけたときは、ヒヤッとしたくらいだった。砂井さんはそこまで考えなかったのだろうか」

「自信があったんじゃないかな」

「その自信の根拠を知りたいね。気を失っているだけと分っていたら、心臓麻痺で死ぬかも知れない危険を冒《おか》してまで、水をぶっかけなくてよかったはずだ」

「何か疑ってるのか」

「どうも釈然としない。きみが水を汲みに行ったとき、三輪桃子は眼を覚ましていたのか」

「いや、まだ駒津ドクターが怒鳴る前だった。プールのそばまで行ったら、すごい怒鳴り声が聞えて、急に静かになった」

「とすると、きみが水を汲みに行った時点では、三人とも気絶していたわけだな。砂井さんに頼まれて行ったのか」

「そうじゃない。おれの勝手だった」

「催眠術をかけられた、という気はしないか」

「おれが砂井さんにかい」

「もちろん」

「なぜだ」

「あくまでも仮定だが、及川さんの水葬にショックを受けて倒れた三人が、しかもこのカンカン照りの太陽の下で、水をぶっかけられたら心臓麻痺で死ぬ危険があった。だから、もし砂井さんが、その危険を承知の上できみに水をかけるように仕向けたとすれば、善意を装った殺人の教唆《きようさ》になる。幸いに誰も死ななかったが、かりに死んだとしても、きみは善意でやったことだし、砂井さんも疑われないで済む」

「砂井さんが、おれに催眠術をかけて、三人を殺そうとしたというのか」

「三人か、そのうちの一人が目的だったかは分らない」

「おれは催眠術にかかった憶えなんかないぜ。第一、砂井さんはそんな器用な人じゃないだろう」

「おれもそう思う。だが、人は見かけじゃ分らない。彦原氏が、あんなに読経がうまいなんて誰も知らなかったじゃないか。スリの名人が相手にすられたことを気づかせないように、催眠術の名人も、相手にそれを気づかせないようにやれる。そう思わないか。ことによると、きみはまだ催眠術にかかっているのかも知れない。眼がぼんやりしている」

「よせよ。気味がわるくなってきた」

「催眠術とまでいかなくても、暗示をかけて行動させることはできる。いずれにせよ、思い通りにならなくたってもともとで、砂井さんが疑われることはない」

「きみは、本気でそう考えているのか」

「まさかとは思うがね」

「おれより、砂井さんについてはきみが詳しいはずじゃないか」

「うむ」

その通りだった。矢野は砂井安次郎の連載小説を担当したことがある。いっしょに酒も飲んだし、飯を食ったことも一度や二度ではない。四十歳近くなってまだ独身でいる理由は知らないが、大体の気心は分っているつもりだった。酒とギャンブルの好きな怠け者で、推理作家のくせに世事にはうといほうである。図々しいようで案外気が小さく、細心なようで間が抜けている。女性に冷淡かと思えば時折そうでもなかったり、とにかく原稿用紙の上ならいざ知らず、実際に人を殺せるような男とは思えなかった。

「おれは催眠術にかかっていない。暗示にもかからなかった。これだけは断言する」

黒木は真剣に考えていたらしく、しばらくしてから、抗議するように言った。

64

矢野はいったんキャビンに帰り、軽装に着替えると、黒木と待合わせて甲斐靖代のキャビンへ行った。水をかけたことを謝《あやま》って、ついでに、集団ヒステリーのその後の様子を見てまわるつもりだった。

黒木が146号室のドアをノックした。三日前までは水島陽子もいたキャビンで、今は甲斐靖代の一人部屋になっている。

返事が聞えなかった。

錠がかかっていた。

葬儀の会場に残った者はいないはずだから、水に濡れた服を着替え、また出かけたのかも知れなかった。

「留守だよ。庄野カオリのところへ行こう」

矢野が言った。

庄野カオリにバケツ一杯の水をかけたのは、矢野だった。

庄野カオリのキャビンは146号のならびで、今度は矢野がノックをすると、同室の有田ミツ江がドアをあけた。

庄野カオリは半袖のセーターとGパンに着替えていたが、髪は乾いてなかった。痩せぎすな少年のような体つきで、胸も薄いが、Gパン・スタイルの彼女はかえって色っぽく見えた。ただし、化粧を落とした顔色は、それも一種の魅力であるにせよ、いかにも不健康な感じだった。遊び相手なら庄野カオリ、結婚の対象なら有田ミツ江だな——、矢野はひそかにそう思ったことがある。有田ミツ江が料理や編物をしている姿は想像できるが、庄野カオリのそういう姿は想像できなかった。

「謝りに来たんです」矢野は頭をかいた。「水をぶっかけたりして、風邪をひきませんか」

「平気よ。とても気持がよかったわ。素敵な夢から覚めたみたいだった」

「夢を見てたんですか」

「全然憶えがないのよ。眼が覚めるときは、体がふわっと浮くような感じだったわ」

「気を失うときはどうでしたか」

「急に体がしびれたような感じで、あとは憶えてないわ」

「悲しいとか怖いとか、そういう感情に追いつめられたせいじゃないのかな」

「そうでもなかったみたい。自分でもよく分らないのよ」

「前にも気絶したことがありますか」

「初めてだわ」

「それじゃびっくりしたでしょう」

「びっくりしたのは有田さんたちよ。あたしは前後不覚で、何も知らなかったわ」

「しかし、理由がなかったら気絶するわけがない」

「それは、やはり及川先生のお葬式のせいね。海に沈められるなんて、とても可哀想で、すごいショックだったわ。及川先生が殺されたというのは、ほんとなの」

庄野カオリは意外なことを言った。

「そんな噂《うわさ》、だれに聞いたんですか」

矢野は驚いて聞き返した。及川弥生の他殺説は、秘密になっているはずだった。

「みんながそう言ってるわ」

「みんなって？」

「あたしたちみんなよ。変ね。矢野さんや黒木さんは聞いてないの」

「うむ」

矢野は曖昧《あいまい》に頷いて、黒木のほうを見た。

黒木は視線をそらしてしまった。

庄野カオリだけではなく、有田ミツ江も真っすぐに矢野を見つめ、返事を待っているようだった。

「デマじゃないのかな」矢野は已むを得ず一人で相手になった。「及川さんが転んで頭を打ち、急に容態が悪化して亡くなったことは、講義のときに聞いたはずじゃないのかい」

「でも――」庄野カオリが言った。「ほんとうは殺されたんじゃないの」

「誰に殺されたというんだろう」

「水島さんを殺した犯人と、同じ犯人らしいという噂だわ」

「ちょっと待ってくれよ」矢野は驚くばかりだった。「きみたちの間では、水島陽子も殺されたことになっているのか」

「違うの？」

「ぼくは知らない」

「水島さんがいなくなったのは、この船に乗った翌《あく》る晩だった。だからきょうで三日目ね。生きているなら、見つからないなんて変だわ」

「それはきみの言う通りさ。彼女は海に落ちて死んだかも知れない。だが、死んだかも知れぬということと、殺されたということとの間には大変な違いがある。確か有田くんは、水島陽子は過って海に落ちたという説だった」

「でも、もしかすると、殺されたのかも知れないわ」

有田ミツ江も庄野カオリ同様、噂を信じている様子だった。

65

矢野は噂の出所が気になった。及川弥生の死因について、殺されたという噂が広まっていたなら、葬儀場における生徒たちの異常な興奮も理解できぬことはなかった。気の弱い者が、恐怖のあまり気絶したとしても無理はない。及川弥生だけではなく、水島陽子も殺されたという噂なのだ。

しかし、庄野カオリも有田ミツ江も、その噂を誰から聞いたという個人名は思い出せなかった。及川弥生の死を知らされた講義のあと、がやがや喋っている連中にまじって聞いた噂らしかった。

「しかし――」矢野は言った。「水島さんも及川さんも殺されたという場合、いったい原因は何だろう」

「言えないわ」

庄野カオリが答えた。

「なぜ」

「ただの噂ですもの」

「噂でも想像でも構わない。こうなったらぼくも率直に話す。騒ぎが大きくなると困るからほかの生徒には内緒にして欲しいが、水島さんは一昨日の晩から行方が分らない。船客部長の協力を得て、倉庫や船員の部屋まで調べたがとうとう見つからなかった。過って海に落ちたか、さもなければ、何者かに海へ突落されたとしか考えられない。そのどちらかという疑いは、半分半分なんだ。海に沈んだことは確かだろうが、過失か他殺か決め手がない。しかし及川さんは違う。頭を打って死んだらしいが、金のネックレスが紛失している。裸で倒れていたのに、ブラウスの肩がすり切れていた。殺されてから裸にされたという疑いが濃い」

「裸で死んでいたの」

庄野カオリと有田ミツ江が、ほとんど同時に聞いた。

彼女らが講義のとき聞かされた及川弥生の死因は、転んで頭を打ったということまでだったのだ。

「うむ」

矢野は喋り過ぎたと気づいて、やや曖昧に頷いた。話に熱がこもって、うっかり口が滑ったのである。黒木のほうを見ると、「軽率な奴だな」という顔をしていた。

しかし、いったん喋った以上は仕様がなかった。

「絶対に内緒だよ」

矢野は念を押した。

「でも――」庄野カオリが言った。「なぜ裸にしたのかしら」

「分らない。とにかく、今の話は事務局と講師しか知っていない。それをきみたち二人に話したのは、真相を究明するために協力者が欲しいからだ。もちろん、きみたちが話してくれることは、ぼくらもほかの者に喋らない。ぼくらが真相を知りたいのは、週刊誌の記者だからではなく、同じ船に乗り合わせた洋上大学のメンバーの一人として、腕をこまねいていられないからです。そうだな、黒木」

「うん」

黒木は気のない返事をした。

「協力してくれますか」

矢野は庄野カオリと有田ミツ江に視線を戻した。

「いいわよ」

庄野カオリはあっさりした口調だった。

「あたしたち、何をすればいいのかしら」

有田ミツ江は心細そうだった。

「まずいちばんに欲しいのは情報です。どんな噂でも集めてもらいたい。例えば、水島陽子と桐山久晴講師との関係について、いろんな噂があることをぼくらは知っている。おそらくきみたちも聞いているはずだ。ぼくらは事務局側の人間と見られているかも知れないが、決してそんなことはない。遠慮なく話してくれないか」

「遠慮するわ」

庄野カオリが言った。

「どうして」

「無理よ」

「なぜかな。協力すると言ってくれたばかりじゃないか」

「――――」

庄野カオリは黙ってしまった。

有田ミツ江も口を閉じていた。

矢野はまた失策に気がついた。女が二人以上いる場合は、それぞれ敵同士と見なさなければいけないことは取材技術の初歩だった。互いに相手を牽制《けんせい》して、さらに女はお喋りだという通念があるから、かえってそう思われたくないために口が堅くなるのだ。

「分りました」矢野は急いで話を変えることにした。「それじゃ、今後の協力をお願いするだけにします。重要な情報が入ったときは教えてください」

「はい」

有田ミツ江が素直に言った。

庄野カオリは黙ったままだが、機嫌を損ねた様子ではなかった。

「ところで、盗まれたドレスやきものは見つかりましたか」

「いえ」有田ミツ江が首を振った。「まだです」

「今夜のパーティに着る物は、代わりがあるんですか」

「ありません」

「そいつは弱ったな。庄野さんは」

「あたしも、正装用のドレスはあの一着しか用意して来なかったのよ。パーティは欠席するわ」

「しかし、パーティの前に晩餐会がある」

「普通のスーツでは駄目かしら」

「駄目ってことはないだろう。ぼくなんか、タキシードをつくる金もないし、最初から一張羅のスーツで通している」

「平気ですよ」黒木が口を挟んだ。「ことによると、及川さんの葬式のあとだから、パーティは中止になるかも知れない」

「そうだな。今夜はパーティどころじゃないはずだ」

矢野も調子よく口を揃えた。

しかし、庄野カオリと有田ミツ江は元気がなかった。かりに今夜のパーティは中止されても、船内の催しは毎晩のようにあって、そのたびに、同じ年ごろの仲間が華やかに着飾っているのに、正装を盗まれた彼女ら二人だけは普段着でいなければならないのである。

矢野は二人に同情し、泥棒を憎んだ。そして、このように陰険な泥棒は、女性に違いないと思った。

66

「ヘマだったな」

廊下へ出ると、黒木がからかうように言った。

「ヘマなことはないさ。あの場で桐山の悪口を聞けないのは分っていた。しかし、彼女らはおれたちを信用しなかったわけじゃない。各個撃破であたれば、きっと喋ってくれる」

「及川弥生が裸で倒れていたことを、ほかへ喋り散らされたら大変だぜ」

「大丈夫だよ。あの二人は口が堅い。庄野カオリだって、見かけは少し頭が弱いようだけど、ずいぶんしっかりしていた」

「だが、女というのは口が軽い」

「それは偏見だね。男でも、口の軽い奴がいくらでもいる」

矢野はそう言ってしまってから、自分のことを言ったような気がした。

そのせいか、黒木の唇がかすかに笑ったように見えた。

「及川さんが殺されたという噂は、誰が流したのだろう」

矢野は話を変えた。

「田浦か曾根さんだろうな。誰が喋っても同じだが、まあ田浦と思って間違いない」

黒木は確信ありげに言った。

及川弥生の死体が発見されたとき、他殺の疑いを内密にする代わりとして捜査本部の設置を提案したのは彦原だが、そのメンバーを九名に限ったのは望月伊策だった。講師四名に事務局側は彦原、毛利と随行の駒津ドクター、それに矢野と黒木である。カメラマンの田浦と旅行代理店の曾根は除外されたのだ。

しかし、田浦と曾根は未明の捜査会議に加えられなくても、ロビーにいて大体の事情は知ったはずだった。

とすれば、田浦も曾根も仲間外《はず》れにされて面白くなかったろうし、そうでなくてさえ田浦なら喋りかねなかった。

もっとも、ロビーには庄野カオリ、有田ミツ江、折戸玲子、陣内左知子などが遅くまで残っていたから、彼女らが事件を嗅ぎつけたとも考えられるが、矢野は黒木の意見に同感だった。

自分も田浦の立場なら、喋ったに違いないと思った。

「ところで——」黒木が言った。「庄野カオリの職業は分ったかい」

「いや」

洋上大学参加者の名簿では、三輪桃子とともに庄野カオリの職業欄も空白だった。

「おれは分ったよ。さっき、きみと話している顔を見ていて、ようやく思い出した」

「思い出した？」

「うん。どこかで見たような気がしていたんだが、やっと分った」

「知り合いだったのか」

「そうじゃない。モデルだよ。ファッション・モデルさ。あまり売れっ子じゃないが、うちの表紙に使ったことがある。一度だけだったがね。それで憶えがあった」

「そのとき、会ってはいなかったのか」

「おれは表紙の担当じゃない」

「きみのところの表紙になった縁があるなら、挨拶くらいしそうなものじゃないのか」

「この船の上は別世界だ。彼女はモデルなんてことを隠して、大財閥の令嬢ということになっているのかも知れない。しかし、ほかの女性誌のグラビアでも、何度か見た憶えがある」

「そう言えば、おれも何処かで見た気がしてきたけど、大財閥の令嬢なら、化粧品会社のコマーシャル旅行に応募しなくても、ハワイなんか自前で行けるぜ」

「例えばの話さ」

「三輪桃子の職業も分ったかい」

「彼女は分らない。かなり色っぽいが、水商売の色気とは違うようだし、といって学生の感じでもない」

「芝居でもやってるのかな」

「何とも言えないね」

「とにかく、この洋上大学の生徒は、支度に金がかかるからそう貧しい家庭の娘ではない。また、ただでハワイへ行こうというくらいだから、そう大金持の娘じゃないことも確かだな」

「うん」

黒木も同意見だった。

話しながら歩くうちに、三輪桃子たちのキャビンにきた。同室の生徒は、ほかに折戸玲子、陣内左知子、今中千秋だった。

黒木がノックをすると、大きな体に似合わず陣内左知子の愛らしい返事が聞えた。

67

三輪桃子と陣内左知子、今中千秋の三人が在室で、折戸玲子は不在だった。

「起きていて大丈夫ですか」

黒木が三輪桃子に言った。やさしい声だった。

「はい。もう何ともありません。ご心配をかけて済みませんでした」

三輪桃子の表情は意外に明るかった。最初に気絶したのが彼女だったが、自然に意識を回復したので、水はぶっかけられていなかった。

「急に倒れたのでびっくりしましたよ。倒れるとき、自分でわかってましたか」

「いえ」

三輪桃子はもじもじした。恥ずかしそうだった。

「悲鳴をあげたけれど、怖《こわ》いことがあったんですか」

「誰かに襲われるような気がしたんです」

「誰かって、誰だろう」

「分りません。及川先生が殺されたという噂を聞いていたので、そのせいかも知れません。犯人があたしのうしろにいて、今にも首を絞められそうな気がしました。怖くて、うしろを振向くことも出来ないで、逃げようと思ったら体も動かないんです。声も出ませんでした。そのうち気が遠くなったようで、あとは憶えがありません。気がついたときは、夢から覚めたみたいでした」

「どんな夢でしたか」

「憶えていません。でも、とてもいい気持でした」

「首を絞められそうな気分はどうなりましたか」

「消えていました。及川先生のことばかり考えていたので、錯覚したのだと思います。あたしは及川先生が大好きでした」

「そういえば、昨夜、きみは及川さんといっしょに帰ったと聞いたけど、ずっといっしょだったんですか」

「いえ、エレベーターで偶然いっしょになっただけです。それまで、あたしは映画を見ていました。おもしろい映画でしたが、頭が痛くなって、途中で出てしまったんです。そしたら、及川先生がエレベーターの入口に立っていました」

「及川さんはひとりでしたか」

「はい」

「変った様子はなかったろうか」

「少しおかしかったみたいです。いつもなら先生から声をかけてくださるのに、あたしがお辞儀をしても知らん顔でした。何か、考えごとをしていたのかしら」

「エレベーターの中でも、知らん顔のままですか」

「あたしの顔なんか見たくないように、横を向いていました」

「そのときいっしょになったのは、確かに及川さんだろうか」

「もちろん先生です」

「つい昨夜のことです。あらためて、よく思い出してくれませんか」

「人違いだったというの」

「そうじゃない。及川さんはそれから間もなく亡くなっている。だから、生きていた時間を確かめておきたいんだ」

「気味が悪くなってきたわ」

「別に気味悪がることはない。及川さんの顔色はどんなでしたか」

「死人みたいに真っ青だったわ」

「足を見ましたか」

「足――？」

三輪桃子は、質問の意味がわからないようだった。

「幽霊なら足がない」

黒木は真面目に言っているようだった。

庄野カオリや有田ミツ江と話したとき、矢野は軽率に口を滑らせたが、黒木の設問のほうは愚劣だった。幽霊に足がないというのは、日本的な怪談の虚構に過ぎなかった。

68

「冗談ですよ。幽霊なんかいるわけがない」

矢野は急いで口を挟み、黒木の失言を訂正した。

「そんなことより――」矢野は言った。「及川さんが殺されたという噂を、誰に聞いたんですか」

「大勢に聞いたわ」

「大勢って？」

「たくさんの人よ」

三輪桃子の返事は言葉の解釈で、誤りではないが、返事になっていなかった。

「きみは？」

矢野は陣内左知子の巨体に向きを変えた。

「あたしも、最初は誰に聞いたか憶えてないわ。デッキ・ランチのとき、何となく噂が流れてきたんじゃなかったかしら」

「あたしは憶えてるわ。となりのテーブルで、折戸さんや甲斐さんが話していたのよ」

今中千秋が答えた。岩手県花巻市の出身で、職業は家事手伝いとなっているが、旅館の娘だった。おとなしくて、色気は足りないが、浮世絵でよく見るような復古的美人である。欲を言うなら、もう少し鼻が高いほうがいい。しかしこの顔で鼻を高くしたら、眼や唇とのバランスが崩れるかも知れなかった。

「そう言えば、折戸さんが見えないな。どこへ行ったんですか」

「美容室よ」

今度は三輪桃子が答えた。何か含むところがありそうな言い方だった。

「殺されたという噂だけど」矢野は話を戻した。「いったい誰に、なぜ殺されたというんだろう」

「分っていたら、あたしが捕えてやるわ」

陣内左知子が言った。

「犯人については、噂が出なかったんですか」

「矢野さんは知らないの」

「ぼくだって、知っていたら捕えてやる。全然知らない。そういう噂があることも初めて聞いた。不思議だね。殺されたという噂の根拠は何だろう」

「あんなに元気だった及川先生が、転んだくらいで死ぬなんて考えられない。水島陽子さんも殺されたって聞いたわ」

「水島さんも」

「そういう噂よ。同じ犯人に殺されたとすれば、この船には殺人狂が乗っているんだわ。ホノルルへ着くまでに、まだ何人殺されるか分らないわね」

「あまり脅《おど》かさないでくれよ。逃げたくても、ここは太平洋の真ん中だぜ。みんな船に閉じこめられている」

「だから、あたしたちが逃げられないように、犯人も逃げられない。犯人はかならずあたしたちの周囲にいるわ。じっと息をひそめて、つぎの獲物を狙っているかも知れない」

陣内左知子は自分が犯人のように、眼を細くして宙を睨《にら》んだ。体が大きいせいもあるだろうが、迫力のある眼つきだった。

「すると、第三の殺人が起こるというんですか」

「その危険は充分ね。犯人はきっと退屈してるのよ。海しか見えない生活に退屈して、それで人殺しを始めたんじゃないかしら。第三、第四、第五、第六、事件はホノルルに着くまでつづくわ」

「それじゃ、犯人は気がおかしくなっているのか」

「もちろん気がおかしくなっているのよ。でも、ふだんの生活は、気がおかしくなっているようには見えない、そういう人もいるって聞いたことがあるわ」

「正常だった者が、初めて海外旅行に出て、毎日海ばかり眺め、他人との馴れない交際に疲れ、そのため突然おかしくなったってことも考えられるな」

黒木がまた余計なことを言った。

「三輪さんはひとりで映画を見ていたんですか」

矢野は話を変えた。矢野のほうから名前を出すわけにいかなかったが、望月伊策のアリバイを確かめたかった。

「ひとりでした」

「ほかにどんな連中がいたか、憶えていますか」

「あたしは途中から入って、途中で出てしまったんです。暗くて、となりのひとの顔も見えなかったわ。犯人も映画を見ていたっていうの」

「そうじゃない。及川さんも映写室にいて、きみより少し先に出たのかなと思ったんだ。夕食のあと、エレベーターの前できみに会うまで、その間及川さんがどこにいたのか知りたかった」

「映写室にはいなかったようね」今中千秋が言った。「あたしは最初から終りまで映画を見ていたわ。始まる前に、駒津先生がいたことは憶えています。でも、及川先生は見えなかったわ」

「ほかの講師も見かけませんか」

「――――」

今中千秋は首をかしげた。望月伊策の名前は出てこなかった。

「陣内さんはバーにいましたね。ぼくが入っていったら、砂井さんたちと賑やかに飲んでいた」

「砂井先生がおごってくれたのよ。でも、あたしたちはジュースだったわ」

「及川さんを見なかったろうか」

「気がつかなかったけど、黒木さんが憶えてないのかしら」

陣内左知子は黒木のほうを見た。彼女がバーにいたとき、黒木も飲んでいたのである。

しかし、彼も及川弥生を見た憶えがなかった。

69

矢野は黒木とロビーへ戻り、それからPデッキへ上って、プロムナードのデッキ・チェアに足を投げ出した。

生徒が三、四人くらいずつあちこちにいたが、矢野が親しい口をきける生徒の姿は見えなかった。

「色っぽいな」

黒木が溜息をつくように言った。

「どの生徒だ」

矢野は煙草に火をつけて聞返した。

「三輪桃子だよ。あの色っぽい眼は普通じゃない。見つめられると、体がすくむような気がする」

「見つめられたのか」

「うむ。会うたびだ」

「気があるらしいのか」

「それがよくわからない」

黒木は悩んでいるようだった。悩んでいるとしたら、すでに惚《ほ》れたことを示している。

しかし、三輪桃子の色っぽい眼つきは、矢野に対しても同様だった。黒木の話を聞いて矢野は憮然としたが、おそらく、彼女の色っぽい眼は誰に対しても同様で、じっと見つめられたように思うのは、そう思う側の錯覚と考えたほうが無難だった。彼女自身は全く無意識かも知れないのである。さもなければ、矢野も黒木もからかわれていることになる。

「彼女は男を知っているぜ。相当に男を知っている女の色気だな」

矢野は忠告のつもりで言った。

そこへ、髪をきれいにセットした折戸玲子が現れた。もっと長かったはずの髪が、耳の下あたりでカールされていた。

「美容室ですか」

矢野が呼止めた。

「あら、よく分ったわね」

「分りますよ。髪を短くしたでしょう」

「今夜のパーティのために、思い切ってカットしたのよ」

「とても似合う」

「そうかしら」

折戸玲子の笑顔は明るかった。色が白くて、男好きのするタイプだった。お高くとまるような感じはないが、その代わり口が軽かった。

「三輪さんや陣内さんに聞いたけど、及川さんが殺されたという噂は本当ですか」

「違うの」

「ぼくは知らない」

「変ね」

「なぜですか」

「あたしはそう聞いたわ」

「誰にですか」

「内緒よ。言えないわ」

「しかし、もうみんなに知れているらしい。ほかの部屋の生徒から水島さんのことも聞いた」

「水島さんも殺されたの」

「ぼくは全然知らないんだよ。びっくりしているくらいだ」

「矢野さんも意外と嘘が下手ね。あたしは田浦さんに聞いたわ」

「でも、それは彼の想像でしょう」

「想像かしら」

「想像に決っている。犯行を目撃した者はいないし、想像ならぼくにも出来る。決して嘘をついたわけじゃなくて、本当のことが分らないから、話さなかっただけだ」

「田浦さんの話は本当みたいだったわ」

「どんな話か聞かせてくれないか」

「犯人は分らないけど、及川先生も水島さんも、同じ犯人に殺されたように聞いたわ」

「その話を聞いて、どう思いましたか」

「怖くて、聞いているのが精いっぱいね。何も考えられなかったわ」

「初めて聞いたときはそうでも、今なら考えられるでしょう。ぼくも黒木も、生徒の間にいろんな噂が飛んでいることを知っている。事件とは無関係かも知れないが、そういう噂の真相も確かめたい。教えてくれませんか。きみから聞いたということは、絶対に秘密にする」

「例えば、どういう噂かしら」

「桐山久晴と水島さんとの関係はかなり有名だった」

「でも、そのことで桐山先生が水島さんを殺したなんて疑うのは気の毒ね。それなら、望月先生も同じだわ」

「望月さんも同じ？」

矢野は驚いて聞返した。

70

生徒たちの噂では、及川弥生は望月伊策の愛人だったというのである。

「ほんとかい」

それまで黙っていた黒木も、さすがに驚いたように体を起こした。

「違ったかしら」

「違うさ。ひどいデマだ」

「それじゃ、望月先生の愛人は誰なの。講師の先生たちは、みんな愛人をつれてきたって聞いたわ」

「驚いたな。どこからそんなデマが流れたんだろう」

「桐山先生は水島さんをつれてきたわ」

「しかし、あの二人が親しかったのは事実としても、桐山さんが彼女をつれてきたなんて、やはりデマだね。団長の彦原氏に聞いたけど、水島さんもきみたちと同じように抽選で選ばれている。以前から知っていたらしいあの二人が、この船でいっしょになったのは偶然に過ぎない」

「そうかしら」

「信じないんですか」

「難しいわ」

「講師全員が愛人をつれてきたとすれば大変なスキャンダルだが、すると、砂井さんの相手は誰だろう」

「駒津先生らしいわ」

「駒津ドクターは男じゃないか」

「だから同性愛ね」

「ますますひどいことになってきたな。高見沢女史の相手も教えてくれないか」

「怒らないかしら」

「怒るもんか。興味津々《しんしん》、こんな面白い話は滅多に聞けない」

「聞いたら面白くなくなるわね」

「まあ言ってくれよ」

「高見沢先生の愛人は、黒木さんか矢野さんか、どちらかって聞いたわ」

「冗談じゃないぜ。これでデマだということがはっきりしたが、ぼくも矢野も、お年寄りのツバメになる趣味はない」

黒木は呆れたように言って、矢野のほうを振向いた。折戸玲子の話のせいか、いくらか矢野を疑うような視線だった。

むろん、矢野は身に憶えがなかった。

「すると——」矢野が言った。「彦原さんや毛利さんはどうなのだろう。やはり、この船に愛人がいるのかい」

「彦原さんたちのことは聞いてないわ」

「とにかく驚いたな。独創性と想像力には敬意を表するが、きみたちはそんな話を信じてるのだろうか」

「矢野さんたちのことは信じられなかった。でも、桐山先生と水島さん、望月先生と及川先生の話は、ことによったらと思ってたわ」

「桐山久晴と水島陽子については、ぼくにもある程度わかる。しかし、望月さんと及川さんについては考えたこともなかった。なぜそんなデマが飛んだのだろう」

「望月先生が、及川先生の部屋から出てくるところを見た人がいるのよ」

「それだけで愛人関係というのはひどいぜ。用があって及川さんの部屋を訪ねたのかも知れないじゃないか」

「レセプションのとき、望月先生が及川先生の肩に寄りかかっている姿を見たひともいるわ」

「それも誤解だな。望月さんは人眼を憚《はばか》らないんだ。平気で寄りかかったり手を握ったり、キスをしようとしたりする。一種の癖だから、咎《とが》めても仕様がない」

「変態みたいな癖ね」

折戸玲子は眉をしかめた。

「三輪さんの職業を知ってますか」

重要な話をしているのに、黒木が急に話を変えた。まだ三輪桃子のことが脳裡を離れないようだった。

「おうちが料亭で、たまにお店を手伝っているって聞いたわ」

「そうか。なるほどね。それで色気があるのか」

「三輪さんに色気があるというの」

「大いにあるじゃないか」

「そうかしら」

折戸玲子は不服そうだった。

三輪桃子も、折戸玲子に対しては含むところがあるような言い方をしていたし、この二人は不仲らしかった。

矢野は聞きたいことが残っていたが、折戸玲子は機嫌をそこねた様子で、通りかかった仲間に声をかけられると、挨拶もしないで行ってしまった。

「駄目じゃねえか。折戸玲子と三輪桃子は仲が悪い。気がつかなかったのか」

矢野は黒木に文句を言った。

「しかし、なぜ仲が悪いのだろう」

「特に理由がなくても、美人同士はライバルさ」

「折戸玲子も美人かい」

三輪桃子に較べたら問題にならない、と黒木は言った。

71

三輪桃子と折戸玲子と、どちらが美人かという判定は主観の問題だった。

「それよりも――」矢野が言った。「ひどいスキャンダルを聞かされたな。おれたちが高見沢女史のツバメだなんて、全く冗談じゃないぜ。どこからそんなデマが生まれたのか、呆れ返って怒る気もしなかった」

「三輪桃子もそんなデマを信じているのだろうか」

黒木は憂鬱そうだった。

「信じているかどうか分らないが、折戸玲子と同じ部屋だから、噂を聞いていることは確かだ」

「ことによると、デマの張本人も田浦じゃないだろうな」

「どうして」

「女性関係で、おれたちは彼のライバルになっているのかも知れない」

「しかし、おれは誰にも惚れてないぜ」

「田浦が誰かに惚れていたら、おれたちをライバルと見るのは彼の自由だ」

「すると、砂井安次郎や駒津ドクターも恋のライバルか」

「そういうことになる」

「考え過ぎだね。デマを飛ばすにしても、田浦はそれほど卑怯な男じゃない。おれたちの信用を失わせるだけではなく、生徒全員を動揺させる悪質なデマだ。桐山久晴と水島陽子の噂がもとで、生徒たちが面白半分に言い出したデマじゃないかな。おれはそう思う」

「だが、折戸玲子は信じてるみたいだった」

「初めは面白半分でも、いつの間にか本当の話として伝わるのがデマの恐ろしいところだ」

「そんなのんきなことを言っていていいのか」

「いいとは思っていない」

「だったら対策を考えよう」

「どんな対策があるんだ。百人の生徒に、おれたちは高見沢女史のツバメじゃないなんて弁解して歩いたら、かえって怪しまれる」

「もちろん、そんな真似はできない」

「デマはもう飛んでしまったんだ。あと怪しまれないように気をつけるしかない」

「念のために聞くが、きみと高見沢女史は何でもないんだろうな」

「当り前じゃないか。妙なことを言わないでくれ」

「砂井さんと駒津ドクターはどうだろう」

「怪しいというのか」

「日本でも欧米でも、小説家とか音楽家にはホモが多い。大体、砂井安次郎がいまだに独身でいるというのがおかしい」

「及川弥生がレズで、今度は砂井安次郎がホモか。話がこみいってきたな。しかし、駒津ドクターはおくさんがいるぜ」

「女房持ちのホモは珍しくない」

「うむ」

矢野は頭が混乱してきた。

及川弥生は砂井安次郎のキャビンで死んだのである。しかも全裸で、出入口のドアは錠がかかっていたのだ。死体発見の状況が及川と砂井の関係に疑惑を抱かせることは、砂井自身が認めている。ところが、その砂井がホモで及川がレズということになれば、普通の男女関係とはまた内容が違うはずで、矢野の頭では理解できそうになかった。

もっとも、及川弥生レスビアン説は黒木が持ち出したマスコミ界の風聞で、砂井安次郎はその風聞を否定している。

「どうだい」

黒木が返事を促した。

「まさかと思うね」矢野はほかに答えようがなかった。「それより、折戸玲子が変だと思わないか」

「どこが変なんだ」

「彼女は美容師だろう。まだ美容師の卵かも知れないが、髪を短くしたければ、自分で出来るはずだ。内地の美容院に較べて三倍以上の料金を取られるという船の美容室へ、無理をして行く必要はない」

「それが変だというのか」

「納得できない」

「いいじゃないか。女にとって、おしゃれは最高の愉しみの一つだ。そうでなくても、自分の金を何に使おうと文句をつけられる筋合いはない」

「自分の金ならもちろん勝手さ。しかし折戸玲子は、乗船した最初の晩に金を財布ごと盗まれている。現在彼女が持っている金は、当座の小遣いとして事務局から借りた僅か百ドルだぜ。美容室なんかで使ってしまったら、ハワイ土産どころか、日用品を買うにも不自由する」

「財布が見つかったのだろうか」

「そんな話は聞いていない」

「変だな」

「だから変だと言っている。折戸玲子は、盗難のことなどきれいに忘れたような顔をしている。

「盗難は彼女の思い違いで、どこかに置忘れた財布が見つかったんだよ。ところが騒がせてしまったので引っ込みがつかず、見つからないふりをしているのかも知れない」

黒木は好意的な解釈をした。

だが、矢野は釈然としなかった。折戸玲子が髪を短くしたことも気になっていた。乗船した夜の十一時過ぎ、Pデッキの手すりにもたれて泣いているようにみえた女、そして桐山久晴に腰を抱かれるような恰好で去った女の影は、髪が長かったのである。

瓢簞《ひょうたん》の川流れみたいに、浮き浮きしてるじゃないか」

72

しばらく黙っているうちに、睡眠不足の黒木が居眠りを始めた。口をあけて、あまりいい寝顔ではなかった。

矢野は黒木を残して、Aデッキへ下りた。

事務局の窓口デスクに、団長の彦原がぼんやりしていた。

「庄野カオリと三輪桃子を見舞ってきましたよ。二人ともすっかり元気になっていた」

矢野は彦原の脇に腰を下ろした。

彦原は反応を示さないで、溜息のような深い息をした。昨夜一睡もできなかった上に、精神的にも参っている様子だった。

「甲斐靖代が留守らしかったけど、どこにいるか知ってますか」

矢野は構わずに聞いた。

「まだ具合が悪いようなので、駒津ドクターの部屋に寝かせてあります」

「水をぶっかけられたせいかな」

「そうじゃないでしょう。及川先生の死が相当にショックだったらしい」

「なぜそれほどショックを受けたのか分りますか。ショックを受けたのは、気絶した三人だけじゃない。おそらく生徒全員です」

「私だって大ショックですよ。及川先生の死はあまりに突然だった」

「ショックはぼくも同様です。及川さんは裸で死んでたんですからね。しかし、そのことは生徒に内緒のはずだった」

「もちろん内緒です。知れたら大変な騒ぎになる」

「その大変な騒ぎが、葬式の直後の集団ヒステリーと思いませんか。一応無事におさまったが、あれで騒ぎが終ったわけじゃない。ほとんどの生徒は、及川さんが殺されたと思っているらしい。そして、水島陽子も同じ犯人に殺されたという噂が流れている」

「ほんとですか」

「嘘をついても仕様がない」

「それは困る」

「もっと困る話もあります。講師連中のスキャンダルが噂になっている。聞いていませんか」

「桐山先生と水島陽子のことですか」

「それだけなら、ぼくも驚かない」

「ほかにもあるんですか」

「講師は愛人同伴で船に乗ったという噂です。桐山さんは水島陽子、望月学長は及川さん、砂井さんは駒津ドクター、この二人は同性愛ということになっている。そして高見沢さんの相手が、ぼくか黒木のどっちかということらしい」

「そんなばかな話がありますか」

「むろんばかな話です。少なくともぼくに関しては、吹き出したいようなデマだ。しかし、噂の当人がいくら大声で笑っても、噂はそう簡単に消えませんね。ばかな噂だが、噂をばかにすることはできない」

矢野は折戸玲子に聞いた話を伝えた。

「私の噂はないでしょうね」

彦原は怯えたように言った。

「彦原さんはまだ大丈夫らしい」

「まだというと？」

「ほかの生徒にも聞いてみなければ断言できない」

「私は絶対に潔白です。裁判所で宣誓してもいい。女房以外の女には、手を触れたこともないくらいだ」

「ぼくは彦原さんを信じてますよ。しかし、人の口に戸は立てられない」

「困ったな。非常に困った」

「悪いことは重なるという諺《ことわざ》もある」

「いちいち脅かさないでくれ。私は心臓が弱くて、医者に興奮を禁じられていることは矢野さんも知っているはずだ。さっきから、心臓がドキドキしている」

「駒津ドクターに頼んで、薬を貰ってきましょうか」

「いや、薬は飲んだばかりだ」

「それじゃ冷静になってください。ばかな噂のもとは桐山さんと水島陽子です。そう思いませんか」

「うむ」

彦原は唸った。

「洋上大学の百人の生徒は、完全に公平な抽選で選ばれたという話だった。確かですか」

「うむ」

彦原はまた唸った。

「隠さずに言ってくれませんか。責めるつもりではなく、事実をはっきりさせたいのです。桐山さんは否定しているが、彼と水島陽子は以前から知合いだったに違いない。とすると、彼と彼女がこの船に乗り合わせたのは本当に偶然かどうか、生徒が疑問を抱くのは当然だと思う。何しろ二十五万通を越える応募ハガキから選ばれたんですからね。偶然ということもあるだろうけど、普通だったら当選しない。それに、もし本当に偶然なら、知合いだったことを隠す必要がない。なぜ隠す必要がありますか。ぼくの考えでは、この偶然には事務局が一役買っている」

「────」

彦原はもう唸らなかった。眉を寄せ、指先で鼻の頭をこすった。

「抽選はインチキだったんですか」

「とんでもない。インチキはありません。九十人は公平に抽選しました。方法は前に説明した通りです」

「すると、あとの十人は」

「それは勘弁してください。業務上の秘密です」

「そうはいきませんね。問題は殺人事件に関係している」

矢野は腕を組み、ついでに足も組んだ。あくまで粘《ねば》るぞという意思を示したつもりだった。

彦原は沈痛な面持で、黙ってしまった。

73

矢野は沈黙を許さなかった。

「あとの十人は、株主や得意先などの縁故《コネ》ですか」

「まあそんなところです」

彦原はしぶしぶ認めた。百人のうち十人は抽選外で、優先的に決っていたのである。しかしその十人の名前については、勘弁してくれと言うばかりだった。

「十人の中に水島陽子が入っていたかどうか、それだけでも教えてもらえませんか」

矢野は食いさがった。

「水島さんは入っていません。しかし、抽選によったとも言えない。彼女の場合は特別でした。応募ハガキを五百通も送ってきたんです」

「彼女一人の名前で五百通ですか」

「そうです。住所も名前も同じだった。それでハガキの山を地方別に分けたとき、同一人物のハガキが五百通もあればどうしたって目につきます。事務局としてはその熱意に打たれたわけで、特別に当選させました。もちろん、桐山先生との関係などは知らなかった」

「彼女のハガキは筆跡も同じでしたか」

「違う筆跡もありましたが、家族が手伝ったのだと思いました」

「桐山さんの字に似てませんか」

「似ていた気もするけど、手元にハガキがないので分りません」

「自分が講師になる洋上大学に参加させるため、桐山さんが手伝ったのかも知れないな」

「しかし、いっしょの船に乗りたかったら、洋上大学の生徒にさせなくてもよかったと思いますね。桐山先生が金を出して、一般の客室に入れてやればいいでしょう」

「そうとも限らない。桐山さんにはおくさんがいる。だから水島陽子の両親をごまかすため、あくまで偶然のように見せたかったということも考えられる。それに、五百通のハガキを書くのは大変でも、自費に較べたらタダみたいな安さだ」

「千通でも大した額じゃありません」

「さらに、講師は旅費がいらないだけじゃない。講義の謝礼も貰っているでしょう。とすると、洋上大学事務当局は、浮気旅行のお膳立をしてやったことになる。その結果が殺人事件だ」

「桐山先生が殺したというんですか」

「そうは言わないが、浮気旅行の途中で、殺意が発生したということは考えられる」

「とにかく私どもは、桐山先生に頼まれて水島陽子を参加させたわけじゃないし、二人の関係は全く想像できなかった。それでも私の責任ですか」

「已むを得ませんね。団長というのは、こういう場合の責任をとるために存在している」

「私の心臓は、ホノルルへ着く前に破裂するかも知れない」

彦原は悲しそうな声で言った。

「水島陽子の家族は、両親と兄姉が一人ずつ、兄は外務省の役人で、父親は会社の重役でしたね。間違いありませんか」

矢野は彦原に同情して、話を変えた。

「間違いないと思いますが、確かめてはいません。ほかの生徒も同様です」

「つまり、水島陽子や有田ミツ江たちが学生というのも、本人がそう言うだけで確かめたわけではない。甲斐靖代が洋裁学校の生徒で、折戸玲子が美容師というのも本当のところは分らない。彼女らの年齢、家族構成その他、身上書の記載はすべて当てにならないとみて構いませんか」

「そう聞かれると困ってしまう。私どもは身上書を信用する以外になかった」

「庄野カオリはファッション・モデルらしい」

「そういえば、そんな感じですね」

彦原は、意外ではなさそうに言った。

74

「それから――」矢野はつづけた。「三輪桃子は料理屋の娘だという話を聞いた」

「私もそれは聞いています」彦原が言った。「甲府では有名な料理屋で、桐山先生が甲府へ講演に行ったとき、県庁の役人に招待されたことがあるそうです。店の名前も憶えていました」

「桐山さんは、三輪桃子とも顔見知りだったんですか」

「いや、店に上ったけれど、彼女とは顔を合わせていません。店は住居《すまい》から離れていて、彼女はたまにしか店を手伝わないらしい。だから、桐山先生が彼女を見たのは、この船に乗ってからです」

「すると、三輪桃子が本当にその料理屋の娘かどうか、証拠はないわけですか」

「証拠はありませんが、郵便が届いています」

「しかし、郵便の宛先に店の名がついていたわけじゃないし、三輪という姓が、その店の経営者の姓だということも分っていないんじゃないのかな」

「おっしゃるとおりです。身上書の職業欄は空欄になっていました」

「料理屋の娘ではなく、その店の女中かも知れないでしょう」

「そんな風に疑えばきりがありません」

「とにかく、身上書の記載は全部でたらめの可能性がある、ということは認めますか」

「いい加減に勘弁してくださいよ。まるで刑事に訊問されているみたいだ。私の立場では、身上書を信頼しているとしか申し上げられない」

「偽名で密出国者が潜りこんでいるかも知れないし、麻薬の運び屋が紛れこんでいるかも知れない」

「また、矢野さんはすぐに脅かすから厭ですよ。もっと人間を信じて、おだやかに考えられませんか」

「しかし、洋上大学の関係者が二人も殺されている」

「真面目にそう考えてるんですか」

「ほかに考えようがないでしょう」

「私はこんな船に乗るんじゃなかった」

彦原はしきりにぼやいた。

「ところで――」矢野は話を変えた。「昨夜の、映画が終った時間は分りましたか」

「分りました。零時二十分過ぎです。船客部長が調べてくれました」

「その時刻まで、望月伊策氏が映写室にいたという証人はいましたか」

「証人だなんて、望月先生も疑うんですか」

「疑います。アリバイがなければ、講師だろうが生徒だろうが、この船に乗っている者はみんな容疑者です。特に望月さんを疑うわけではなく、高見沢さんだって、部屋にこもっていたというけど、それを証明する第三者がいない限り疑いは晴れない。その点は彦原さんも同様です。毛利さんと一緒にいたというが、ふたりで口裏を合わせているかも知れない。疑おうと思えば疑えますね」

「そんなことを言うなら、矢野さん自身はどうなんですか」

「もちろんぼくも、容疑者の一人であることを否定しません。とにかく及川さんと水島陽子を殺した犯人は、かならずこの船の中にいる。これだけは間違いない。だから犯人が捕まるまでは、全員が容疑者であり、犯人以外の者は探偵役を兼ね、もし第三の殺人が起るとすれば、その被害者になる危険に曝《さら》されている」

「私は頭が痛くなってきた」

「心臓じゃないんですか」

「心臓も破裂しそうだ」

「しっかりしてください。砂井さんの部屋の合鍵は、調べがつきましたか」

「ふむ――」彦原は苦しそうな息をした。「もう一本の鍵は、事務長室の鍵箱に保管されています。その鍵箱は厳重な錠がかかっていて、マスター・キーも昨日の午後から使われていない」

「鍵箱の錠をあける鍵は、事務長《パーサー》が持っているんですか」

「そうです。誰にも預けた憶えはないと言っている」

「ほかの部屋の鍵が、たまたま砂井さんの部屋にも合うということはないのだろうか」

「ないらしい。船は古いが、鍵は新しいそうです」

「とすると、犯人は合鍵を使わないで錠をかけたことになる」

「それがいちばん不思議です」

「しかし砂井さんが犯人だとすれば、少しも不思議ではない」

「まさか砂井先生じゃないでしょう」

「分りませんよ。死体が発見されたのは、砂井さんの部屋ですからね。砂井さんじゃないなら、誰が怪しいと思いますか」

「わたしは誰も怪しいなんて思いません。早く犯人が捕まるように、こうなったら神に祈るばかりです」

「彦原さんは仏教徒じゃなかったんですか。葬式のときの読経は実によかった」

「仏教徒というほどじゃありません。こういうときに祈るのは、やはり神さまでしょう。仏さまでは犯人を救ってしまいます」

神と仏の、微妙な使い分けだった。

「折戸玲子の盗難事件はどうなりましたか」

「あのままです。バッグも財布も見つかりません」

「事務局から当座の小遣いに貸した金は、百ドルだけですか」

「ええ」

「それにしては気前よく使ってるようだな。さっき会ったら、今夜のパーティのために美容室へ行ったと言っていた」

「友だちからも借りたんでしょう。千ドルくらいはざらで、二千ドル以上持ってきている生徒もいます」

「及川さんの葬式のあとでも、やはりパーティは予定通りですか」

「船長の代理で、船客部長が了解を求めてきました。うちで借切った船ではないし、事情を知らない一般の客に迷惑をかけることはできません。私どもとしても、これは望月先生に相談した結果ですが、せっかくの機会だし、生徒にはできるだけ洋上生活を愉しく過ごしてもらいたい。むしろこの際、パーティに出席して、厭な出来事を忘れるようにしたほうがいいという望月先生のご意見でした。そうしないと、みんなノイローゼになってしまいますからね。それで今夜のパーティに出席するかしないかは、生徒の自由にしました。矢野さんたちも気の向いたようにしてください」

「講師たちは」

「講師と事務局の者は、及川先生に弔意をあらわす意味で欠席します。晩餐会のほうは、一般のお客さんとのつり合い上、一応正装で出ますがね」

ガイド・ブックや船内新聞によれば、今夜の催しは夜会ということになっていた。フランス語で“La soirée《ラソワレ》”と印刷されている。

しかし夜会とはどういうものか、矢野も彦原も知らなかった。

「船長のレセプションと同じでしょう。ただ、レセプションのときはカクテルをサービスしたけれど、今夜はそのサービスがないというくらいの違いじゃないですか」

と彦原は言った。

75

船長のレセプションが晩餐会とカクテル・パーティをセットにしていたように、夜会も同様らしかった。食事が終ったら、会場をエメラルド・ルームへ移すのである。ただしカクテルのサービスがないから、飲みたい者は自腹を切らねばならない。

「要するに、飯を食ってダンスをするだけじゃねえか」

黒木は面白くなさそうに言った。

ダイニング・ルームの19番テーブルは相変らず矢野、黒木、田浦の三人、ほかは大抵六人掛けで、男の多くはタキシード、女はイブニングかカクテル・ドレスだった。

「駒津ドクターがいないな」

矢野は講師たちのテーブルが気になっていた。水葬された及川弥生の姿が欠けているのは当り前だが、その隣にいるはずの駒津ドクターの姿も見えなかった。

「甲斐靖代の具合が悪いので、部屋をあけられないんだろう」

黒木は気にならぬ様子で、三輪桃子のいる7番テーブルのほうばかり眺めていた。

しかしピンク色のイブニングを着た三輪桃子は、ますます色っぽくてきれいだが、黒木のほうを見ようともしなかった。

その代わり、彼女の向かいにいる折戸玲子が、しきりに矢野たちのほうを気にしているようだった。矢野はすぐに気づいたが、田浦と視線をかわしているらしかった。

黒木の眼は熱っぽく、田浦の眼はとろけそうである。

矢野は葡萄酒をがぶ飲みした。

望月、桐山、砂井、高見沢の講師四人がいるテーブルは、何となく気まずい空気が漂っているようだった。ただ黙々と飲み食いしている。

「昨夜おそく、口笛を吹いていた奴がいるらしい。船客部長に聞いたが、一等航海士が怒っていたそうだ」

しばらくして黒木がいった。

「なぜですか」

田浦が聞き返した。

「航海中に口笛を吹くのは、死霊を招くというのでタブーになっている」

「迷信だな」

「タブーはすべて迷信さ。だが、大自然に対して人間がいかに無力かを知っている者には、決して笑えないのがタブーというものだ。人間はタブーを守ることによって謙虚になる。単なる迷信と違って、航海の安全を祈る気持がこもっている」

「口笛を吹いた奴は分らないんですか」

「分らない。不吉に思って止めさせようとしたら、聞えなくなってしまったそうだ。もちろんそいつは船員じゃない。タブーを知らない奴だ」

「ぼくじゃありませんよ。ぼくは口笛を吹けないし、水泳もできない」

「水泳は関係ないよ」

「そう言えば――」

矢野は思い出した。昨夜おそくプール・サイドのベランダに出たとき、口笛を聞いたような気がした。空には大きな満月が浮かび、海は夜光虫がきれいだった。そのときの矢野は口笛と思わないで、風の音と思っていた。しかしいま思い返すと、口笛かも知れなかった。酔ったような足どりで、及川弥生が現れたのはそれから間もなくである。もし、そのときの彼女が幽霊だったなら、口笛に誘い出されたのかも知れない。

「気味の悪いことを言うなよ」黒木は意外に臆病らしかった。「幽霊なんか出るわけがない」

「しかし砂井さんの説によると、及川さんはもっと以前に殺されている」

「それは水島陽子変装説で、いずれにしても幽霊じゃない。それより――」黒木は田浦に向きを変えた。「あんたは折戸玲子に余計な話をしたろう」

「どんな話ですか」

「及川弥生が殺されたらしいという話さ」

「話してはいけなかったんですか」

「当然だよ。他殺の証拠がないのに、生徒を怯えさせてしまった」

「そうかな。ぼくはそう思いませんね。水島陽子に他殺の疑いがあり、及川さんも殺されたらしい。とすれば、まだ連続殺人の危険があるわけで、生徒に注意させるのが当然じゃないですか」

「しかし、証拠はないんだぜ」

「そんなことを言っている間に、また誰かが殺されたらどうしますか。黒木さんが責任をとりますか」

「ぼくがなぜ責任をとるんだい」

「講師や事務当局も同罪です。事実を隠し、当然注意させるべき義務を怠ったことになる」

「そんな無茶苦茶な理窟はない」

「なぜですか」

「常識の問題だよ」

「ぼくは常識がないというんですか」

「考えれば分るじゃないか」

「分りませんね」

黒木と田浦は言い合いになった。

76

黒木も田浦も譲らなかった。しまいには論争の焦点がずれて、常識とは何か、それは非常識の反対である、といったようなやりとりが繰返された。

矢野は自分の食事が終ったので、仲裁に入った。

黒木も田浦も引っ込みがつかないでいたらしく、ほっとしたように議論を投げた。

講師や生徒たちの姿はとうに消え、矢野たちの食事がいちばん最後だった。

矢野は、和解した黒木と田浦を残してロビーへ出た。ロビーは華やかに盛装した生徒で賑わっていた。

「どうしようかしら」

三輪桃子の声が聞えた。パーティに行くかどうか迷っているのだ。

「あたしは行くわ、せっかくですもの」

そう答えたのは折戸玲子だった。美容室で髪を短くした彼女は、浮き浮きした様子で、グリーンのドレスが似合っていた。

矢野は駒津ドクターと甲斐靖代のことが依然気がかりで、駒津ドクターのキャビンへ行った。

ノックをした。

「どなたですか」

駒津ドクターの太い声がした。

「ぼくです」

「ぼくじゃ分らない」

「矢野です」

「何か用ですか」

「ちょっとお邪魔していいですか」

「よくないね。仕事中だ」

「患者がいるんですか」

「そうだ」

「誰ですか」

「誰でもいい」

「手伝いましょうか」

「あんたでは役に立たない。邪魔になるだけだ」

駒津ドクターは気が立っているようだった。日ごろの彼と違って、全く取りつく島がなかった。

おそらく、室内には葬式の直後に気絶した甲斐靖代がいるはずだった。

矢野はますます気になった。

しかし、ドアがあく気配はなかった。

77

矢野は已むを得ず自分のキャビンに戻り、ポロシャツに着替えた。狭いベッドに足を伸ばし、一時間ほど眠ろうと思ったが、駒津ドクターのキャビンで寝ている甲斐靖代の姿がちらついて眠れそうになかった。意識不明の彼女が、駒津ドクターの巨体に犯されているという妄想だった。

矢野は起上って廊下へ出た。

すると、横縞の丸首シャツに着替えた砂井安次郎が、中腰で、ドアの鍵穴から自分のキャビンを覗いていた。

「どうしたんですか」

矢野が聞いた。

「いや」砂井は顔を上げた。「ちょっと試しているんだ」

「何をですか」

「鍵だよ。及川さんを殺した犯人は、鍵を使わずにどうやってドアの外側から錠をかけたか、それを研究していた」

「分りましたか」

「分らない。この通り、鍵を差込んで左へまわせば、簡単に錠がはずれる。当り前だ。反対に右へまわせば、また錠がしまる。これも当り前だ」

砂井は同じ操作を繰返し、ドアを半開きにして溜息をついた。

あまりに当り前で、矢野が口を挟む余地はなかった。

「しかし――」

砂井は握っていた左手を開いた。耳かきと、小さな爪ヤスリが汗ばんでいた。小指ほどの薄っぺらな爪ヤスリは、女性がコンパクトなどといっしょにハンドバッグに入れている化粧用具の一つだった。

「この使い道を知ってますか」

「爪ヤスリは知ってますよ。爪を切ったあとで使う」

「そうじゃない。泥棒の七つ道具としての使い道だ。プロの泥棒なら、鍵なんかなくても、爪ヤスリか耳かきで大抵のドアをあけてしまう」

「ほんとですか」

「ぼくは前科十三犯の泥棒に会ったことがある。取材のためだったがね。錠前破り専門のベテランらしかったが、前科十三犯というのは十三回も有罪判決を受けたことで、プロとしては自慢できる経歴じゃない。しかし、近頃のようにドライバーで錠をこじあける連中に較べると、さすがにプロだった。実演してもらったが、十個くらいあった錠をつぎつぎにあけてみせた。あけられるなら、もちろん締めることもできる」

「爪ヤスリであけたんですか」

「耳かきでも同じだった。非常に親切な男で、ぼくにも手ほどきをしてくれた」

「憶えましたか」

「憶えたとは言えないが、一般に家庭で用いられている錠がいかに頼りないものかということは分った。時間さえあればどんな錠でもあけてみせる、とその泥棒は豪語していた」

「それで、このドアはどうですか」

「難しいね。さっきから苦心しているが、素人《しろうと》にあけられるような錠ではない」

「とすると、及川弥生殺しは錠前破りの玄人《くろうと》ですか」

「そうとも限らない」

セントルイス号は太平洋航路の定期船だが、母港サンフランシスコからロサンゼルス—ホノルル—横浜—神戸—香港—マニラ—神戸—横浜—ホノルルというコースで巡回している。したがって、以前乗船した際に粘土のようなもので鍵の型を採っておけば、下船してから合鍵を作ることは容易である。特に横浜・神戸間なら旅券がいらないし、船賃も安い。合鍵を作るチャンスはいくらでもあるのだ。

「しかし——」矢野が言った。「そうやって合鍵が作れるにしても、及川さんや砂井さんのキャビン・ナンバーがあらかじめ分っていなければ駄目でしょう。全部の部屋の合鍵をつくるのは無理だ」

「確かに無理だ。彦原さんに聞いたら、洋上大学参加者の船室の割振りは、乗船する一週間前に決っている。一週間前というと、乗員リストについている旅程表を見れば分るが、この船は香港に停泊中で、それからマニラ、神戸を経て横浜に着いた。横浜出港はその翌日だった。そこで、ぼくは船に関する取材のふりをして船客部長に会い、香港から横浜に着くまでの船客名簿を見せてもらった。ぼくの部屋は神戸まで空室だったが、神戸・横浜間は鈴木重子という女性が一人で乗っている」

「若い女ですか」

「六十歳」

「高見沢梢女史と同じくらいですね」

「しかし高見沢さんではない。船客部長はその女の顔を憶えていなかったが、キャビン・ボーイが憶えていた。背が高く、痩せていたそうだ」

高見沢梢は中背よりやや低い。白くふくらんだような顔で、体も太っているほうである。

「でも、六十歳の婆さんが、神戸から横浜まで一人で船旅なんて、どういうつもりだろう。飛行機も電車も便利な時代に、船だったら二日がかりでしょう」

「正午に出港して、横浜に着くのが翌る日の朝だ」

「変な婆さんだな」

「変なことはない。現にわれわれだって船でハワイへ行く。船旅が好きなのかも知れない。あるいは夫を亡くした年寄りで、船旅にはむかしの懐しい思い出があったのかも知れない。いずれにしても、犯人が合鍵を使ったという根拠は極めて薄い。といって、爪ヤスリや耳かきで簡単に操作できるような錠でもない」

「それでは、犯人はどうやって錠をかけたんですか」

「分らない」

「分らなくては困りますよ」

「だから大いに困っている」

砂井はまた溜息をした。いかにも心細く、困り切っているという溜息だった。

78

廊下は生徒たちが往来した。愛想よく挨拶をして行く者もいるが、胡散《うさん》くさい眼で通り過ぎる者もいた。

「中に入ろう」

砂井安次郎が誘った。昨夜、及川弥生が息を引取ったキャビンである。

砂井はベッドに腰をかけ、矢野は小さな椅子に腰を下ろした。もし砂井が犯人なら、こんなふうに話しているところを、及川弥生は突然襲われたのかも知れない。矢野はそう思うと落着かなかったが、及川弥生と違って、力なら痩っぽちの砂井に負けないと思い返した。そう思い返せば、むしろ砂井の容疑をさぐる絶好の機会だった。砂井は密室の謎を解こうとしていたように見えるが、犯行の完全性を確認していたのかも知れないのだ。爪ヤスリや耳かきを見せたことも、犯人の自己顕示欲、もしくは矢野に対する挑戦と解釈できた。

「砂井さんの予言が的中しましたね」

矢野はさりげなく言った。

「ぼくの予言？」

「第二の殺人が起こると言った」

「そんなこと言ったかな」

「言いましたよ。水島陽子殺害の目撃者が、第二の被害者にならなければいいと言った」

「そうか。うん、思い出したよ。だが、及川さんが殺されるとは意外だった」

「誰が殺されると思ってたんですか」

「誰がという想像はしなかった。目撃者がいた場合を考え、月並な推理小説のプロットをなぞって漠然と予測しただけだ」

「しかし、実際に第二の事件が起きてしまった。及川さんは水島陽子が殺された現場を見たのだろうか」

「まだ分らないが、水島陽子の失踪と及川さんの死、この二つの事件には妙な共通点がある」

「何ですか」

「彼女たち二人を最後に見たという人の証言だがね。水島陽子の場合は、一昨夜のレセプションの途中、エレベーターの前で折戸玲子が彼女に会っている。顔が青いので、折戸玲子は心配して声をかけた。ところが、水島陽子は折戸玲子の声が聞えなかったように、返事もしないで行ってしまった。彼女の姿はそれっきり見た者がいない。一方、及川さんの場合も、昨日の深夜、彼女がエレベーターから下りた姿を事務局の彦原氏と毛利氏が見ている。そしてやはり顔が青くて、声をかけられたが返事もしないで行ってしまった。彼女の生きている姿はそれが最後だった」

「酔っていたせいじゃないのかな」

「それほど酔っていたという証人はいない。及川さんは酒が強かった」

「しかし及川さんは、自分の部屋と砂井さんの部屋を間違えている」

「その問題はあと回しにしよう。話がややこしくなる。それより、彦原氏たちが及川さんを見たという少し前に、矢野さんもベランダで彼女に会っている。そのときの彼女が本当に及川さんだったかどうか、もう一度考えてくれないか」

「間違いありませんね。砂井さんに言われて、ぼくもあれからずいぶん考えた。でも、ぼくは幽霊なんか信じないし、水島陽子の替玉だったとも思えない。確かに及川さんだった」

「すると、話は戻るけど、水島陽子と及川さんを最後に見た者の印象以外に、彼女らの共通点はないだろうか」

「二人ともとびきりの美人だった」

「ほかには」

「髪が長かった」

矢野はそう言ってから、乗船した夜、Ｐデッキのベランダで桐山久晴といっしょにいた女の影が、水島陽子ではなく、及川弥生ではなかったかという気がしてきた。

「もし――」矢野は言った。「桐山さんと及川さんとの間に何らかの関係があったなら、その関係は水島陽子にからんできますね。桐山さんと水島陽子との噂は、砂井さんも聞いているはずで、生徒もみんな知っている」

「しかし、及川さんとの関係は初耳だな」

「ぼくの想像に過ぎません。でも昨日の午後、喫煙室で砂井さんとぼくが話しているところへ、ふいに及川さんが現れたでしょう。誰かを探しにきた様子で、室内を見まわしてすぐ消えてしまった。ところが、そのあとへ、今度は桐山久晴氏が現れた。やはり誰かを探しにきた様子で、ぼくたちに会釈をするとすぐに立去ってしまった。そのとき、ぼくは彼と及川さんが待合せていたのではないかと思った」

「うむ」

砂井は考え込むように片足を曲げて抱え、その膝の上に無精ひげの伸びた顎をのせた。

「しかし――」矢野はつづけた。「生徒の噂では、望月伊策氏が及川さんの愛人になっている」

「なぜ」

「望月さんが及川さんの部屋から出てくる姿を、見た者がいるらしい」

「それだけで愛人扱いは無茶だ」

「とにかくいろんなデマが飛んでいます。講師はすべて愛人同伴という噂で、砂井さんも噂の対象になっている。聞いていませんか」

「ぼくにも愛人がいるというのか」

「お相手は駒津ドクターです」

「ドクターは男じゃないか」

「もちろん男です。どんなに化粧をしたって女には見えない」

「するとホモか」

「そういうことになりますね」

「こいつは傑作だ。駒津ドクターの感想を聞きたいな。どこからそんなデマが飛んだのだろう」

砂井は初めて陽気な顔になり、おかしそうに笑った。

「砂井さんが独身でいるせいですよ。彼女らの想像力は単純です。しかし余計なことだけど、砂井さんはなぜ結婚しないんですか」

「チャンスがなかった、という以外に理由はない。思うひとには思われずさ」

「その代わり、思わぬひとに思われて、ですか」

「あんたもつまらん文句を知ってるね。残念だが、思わぬひとにも思われない」

「それじゃ全くモテないということじゃないですか」

「子供には割合なつかれる」

「するといったい、何が面白くて生きているんですか」

「多くの人は面白いから生きているわけじゃない。苦しみや悲しみに耐えるだけでも生きているし、そのうち面白くなるだろうという期待だけでも生きている。洋上大学の生徒だって、みんな若くてきれいだが、面白く生きていたら応募なんかしなかったろう。彼女らは何かを求めて乗船したので、欲求不満の集団とみて差支えない」

砂井の話は飛躍して、若い女性の生甲斐《いきがい》論にまで発展した。

79

矢野は砂井安次郎のキャビンを出た。彼に対する疑いは曖昧なままだった。情報収集の協力を頼まれて承知をしたが、何となく吹っ切れないものが残っていた。

吹っ切れないと言えば、矢野は砂井と話しながらも甲斐靖代のことが依然気になっていた。

矢野はふたたび、駒津ドクターのキャビンの前に立った。今度は仮病をつかっても、室内に入り込むつもりだった。

ところが、ノックをしても返事がなかった。何度ノックをしても応答がない。

——まさか……。

矢野は勝手な想像をした。

耳をすまし、生唾《なまつば》を飲んだ。

しかし、室内はしんとして、何の物音も息遣いも聞えなかった。

「どうかしましたか」

団長の彦原が通りかかって聞いた。

矢野はあわてて「腹がいたい」と言った。

「駒津先生はいませんよ。さっき、エレベーターで上る姿を見ました。痛み止めなら私が持っています。食い過ぎでしょう」

彦原は先に立った。

矢野はまずい現場を見つかったようで、甲斐靖代のことを聞きそびれた。彦原のあとをついて行き、痛くもない腹のために鎮痛剤を飲まされた。

憮然たる気分で、それからPデッキへ上った。

バーは満員で、エメラルド・ルームから下手くそな音楽が聞えていた。及川弥生を水葬にするとき、葬送行進曲を三十分間百ドルで演奏した楽団の音楽だった。

矢野はいったんボート・デッキへ上ってから、廊下を迂回して積荷《カーゴ》デッキに下り、船首のほうへ歩いた。風に吹かれ、静かに考えをまとめたかった。

駒津ドクターを発見したのは、そのときだった。

80

Pデッキの中央部を占める屋内は、ラウンジ、図書室、バー、売店、ダンス・フロアなどの船客設備が集まっているが、屋外の船首のほうはカーゴ（積荷）・デッキと呼ばれている。荷役機械のデリックやウィンチがあり、積荷の揚げ降ろしのために開口するハッチが鋼製のカバーに蔽《おお》われ、日中は船員の姿をよく見かける甲板だった。しかし、夜間はほとんど人影がない。

駒津ドクターは、そのカーゴ・デッキの舷側にいた。そして、矢野が彼を見つけて近づこうとしたときと、彼の手が小さな弧をえがいて、海中に何かを投げ捨てたのはほぼ同時だった。それは透明なビニール袋のような物で、中天に浮かんでいる月がベタ凪《なぎ》の海面に映ったようにも見えたが、たちまち視界から消えた。

何を捨てたのか。

矢野は不審に思った。不要な物なら、キャビンの屑籠《くずかご》に放り込んでおけばボーイが片づけてくれる。わざわざ階の異なるデッキへ運ぶまでもなかった。

矢野は立ち止まったまま、駒津ドクターの様子を見守った。

駒津ドクターは舷側の手すりにもたれて、ぼんやりと海を眺めているようだった。月のひかりは彼の姿を照らしているが、果てしない海の向うは闇につつまれている。駒津ドクターの周囲には誰もいなかった。

近くで、ふいに女の声がした。よく聞きとれないが、なまめかしい声だった。

つづいて男の声が聞えた。囁《ささや》くような声で、なまめかしくはない。

機械類の蔭に一組の男女がいるらしかった。男はアメリカン・イングリッシュで、女は英語と日本語のチャンポンだった。しかし、甘えるような鼻声や忍び笑いに両国間の相違はなかった。

矢野の注意は男女のカップルへ移った。足音がしないようにサンダルを脱ぎ、そっと通風筒の裏へまわった。

暗い蔭から白い脚が二本伸びて、その一本に毛むくじゃらの黒い脚がからんでいた。男女とも脚しか見えないが、微妙なリズムで動いているようだった。

鼻声にまじって、喘《あえ》ぐような息遣いが聞えた。

矢野は這《は》いつくばって前進した。

アロハを着た男の背中が見えた。女は男の胸に抱きすくめられているようだった。しかし、女は赤いショート・パンツをはいていて、男の手がパンツの間へ入り込もうとするたびに、その手を払いのけていた。すると男は素直に手を引っ込めるのである。唇をかわしていることまでは確からしいが、それ以上には発展しない。

矢野はじれったくなった。

男は忍耐強いのか満足しているのか、同じ体勢でいっこうに飽きる気配はなく、女のほうも、それくらいなら挑発的な鼻声など出さなければよさそうだが、やはり飽きないでいる様子だった。

気がつくと、駒津ドクターがいつの間にか消えていた。

矢野は慌てて立上った。

しかしおそらく、もっと慌てたのは抱き合っていた男女のほうだった。ふたりとも弾《はじ》かれたように体を起こし、それから、唖然としたように矢野を見つめた。

「エクスキューズ・ミー」

と矢野は言った。

81

カーゴ・デッキの物蔭で愉しんでいた男女のうち、女は洋上大学の生徒だった。まだ名前を憶えていないが、田浦の撮ったレセプションの写真を見るためにサン・デッキに上ったとき、アメリカ人らしい中年の男と抱き合っていた眼の細い生徒である。ふたたび似たような場面にぶつかったわけだが、矢野は「派手にやっているな」と思ったに過ぎない。

ところが、今夜の相手はカナダの貿易商ロバート・ベックマン氏だった。六十五、六歳で、同じ年くらいの夫人同伴で世界周遊旅行の途上だと聞いていた。ダイニング・ルームでは矢野たちのテーブルに近いから、いかにも睦《むつま》じそうな仲を見せられていたのだ。

矢野は意外だった。

ベックマンに悪いことをしたような気がしてPデッキへ戻ると、プロムナードのデッキ・チェアに田浦と折戸玲子が肩を並べていた。折戸玲子はグリーンのカクテル・ドレス、田浦は夕食のときと同じ服でネクタイを締めていた。

「パーティに行かなかったんですか」

矢野は折戸玲子に言った。

「今まで踊っていたのよ。疲れちゃったわ」

「駒津ドクターを見かけないか」

今度は田浦に聞いた。

「見ないな」

田浦は不愛想に答えた。矢野が現れた途端に、機嫌が悪くなったようだった。せっかく二人きりでいたところなら、矢野は余計者に違いなかった。

だが、矢野はそこまで気がまわらないで、たった今カーゴ・デッキで見たシーンを誇張して話した。

「プライバシーに関するから男女の名前は教えられないが、男が外人で、女が洋上大学の生徒だったというくらいは言ってもいいだろう。とにかく猛烈なラブ・シーンだった」

「ふうん」

田浦の反応は冷たかった。

しかし、折戸玲子は好奇心を示した。

「それを、おしまいまで見ていたの」

「いや、邪魔をしないように、途中で失礼した」

「紳士なのね」

「エチケットは心得ている。それに、当人は愉しいだろうが、見ているほうは楽じゃなかった」

「でも、そういう人はその生徒だけじゃないらしいわ」

「というと？」

「あたしも名前は言えないけど、外人の部屋へ遊びに行ったり、エコノミーの部屋へ出入りしている人がいるって聞いたわ」

エコノミー・クラスの客はハワイ航路の船旅で休暇をのんびり過ごそうという学生が多かった。ファースト・クラスに較べれば格安な旅費で、キャビンは船底に近いCデッキだが、プールなどの娯楽施設も一応整っている。料理も極端に落ちるほどではないし、タキシードも不要である。そして、ファースト・クラスとの境界はアッパー・デッキの金網で仕切られているが、金網は簡単に乗越えられるし、ファースト・クラスの客がエコノミーのキャビンに出入りしてはならぬという規則はない。ファースト・クラスの側からなら、閂《かんぬき》を外《はず》すだけで金網のドアが開くのだ。しかも、ファースト・クラスの客は洋上大学の生徒がいるので圧倒的に女性が多く、ダンス・パーティはつねに男性が足りない上、その男性も若い者は少なかった。

「だから、下品な言葉だけど、男ひでりだなんて言っている人もいるわ。そういう人たちが、エコノミーへ遊びに行くのね」

なるほど――、と矢野は思った。言われてみれば、その通りに違いなかった。矢野は女護が島に上ったつもりでいたが、女性側からみると確かに男不足で、砂井安次郎が言ったように彼女たちが欲求不満の集団とすれば、不満の捌《は》け口を一般の外人客やエコノミーの学生に求めても不思議はなかった。彼女たちは何らかの夢、あるいはアバンチュールを期待しているので、その対象として外人は面白いだろうし、若い学生なら恰好の遊び相手に違いない。また外人や学生にしても、百人の美女が身近にいるのに、ただ指をくわえているという手はないはずだった。洋上大学の生徒を除くと、他の女性はおおむね定年退職したような外人のつれで、年寄りばかりなのである。

しかし――、と矢野はまた思った。彼女たちが男ひでりをかこつ気持は分るが、彼女たちといっしょに暮らしながら、矢野が女ひでりのような気がしているのはどういうわけか。矢野だって若いのである。アバンチュールを期待しているのだ。それがひとくちに言ってモテないということであれば、矢野こそ欲求不満だった。

「昨夜――」矢野は憮然として話を変えた。「折戸さんはずっと踊っていたんですか」

「ずっとでもないけど、割合遅くまでいたわ。田浦さんに新しいステップを教えていただいたのよ。とても愉しかったわ」

「ほかにどんな仲間がいっしょでしたか」

「庄野さん、有田さん、それから……」

「講師は」

「桐山先生がいました」

「最後までずっとですか」

「どうかしら。別に気をつけていなかったから分らないわ」

「及川さんはいなかったろうか」

「気がつかなかったわね。見たひとがいるの」

「いや、そういうわけじゃない。ぼくはベランダで及川さんに会ったが、それまでどこにいたのか知りたかった」

「映画じゃないのかしら」

「映写室にはいなかったらしい」

「それじゃバーかしら」

「バーにもいなかった」

「変ね」

「変でもないでしょう。自分の部屋にいたのかも知れない。ところで、盗まれた財布はまだ見つかりませんか」

「もう諦めたわ。犯人はお金を抜取って、財布は海に捨ててしまったのよ」

「話を蒸し返すようだけど、どこかに置き忘れたんじゃないのかな」

「どこかって?」

「ぼくに分るはずはない」

「あたしは、お財布のことは忘れることにしたわ。みんなに迷惑をかけるだけですもの」

「しかし、昨日は有田さんのきものと庄野さんのドレスが盗まれた。泥棒がいることは確かだ。きみの財布を盗んだ犯人と、同じ奴の仕業だと思いませんか」

「なぜかしら」

「泥棒が一人ではなく何人もいるようだったら大変だ」

「そうね。泥棒のほかに殺人犯もいるわ」

折戸玲子は怯《おび》えるようでもなく、ケロッとした顔で言った。

となりの田浦は不機嫌そうに黙ったきりで、邪魔者は早く消えろと言いたそうだった。

82

矢野は勝手にしやがれと思って、プロムナードを一周した。駒津ドクターを探すつもりだった。

すると、大女の陣内左知子を中心に数人の生徒がかたまっていた。三輪桃子、有田ミツ江、庄野カオリの顔も見えた。パーティは欠席したらしく、みんな半袖シャツにスラックスかスカートという軽装だった。

「矢野さん、ちょうどいいところへ来てくれたわ」

陣内左知子が呼んだ。

矢野は厭な予感がした。何となく彼女が苦手だった。

「どこへ行ってたの」

「散歩です」

「ずいぶん探したのよ」

「なぜですか」

「矢野さんはあたしたちに嘘をついたわ。その理由を聞かせてもらえないかしら」

「どんな嘘をついたろう」

「シラをきるのね」

「憶えがないな」

「及川先生が殺されたことについて、噂を聞いたこともないと言ったわ。嘘だったじゃないの」

陣内左知子の語気は鋭かった。体が大きいし、眼つきにも迫力がある。

矢野はたじろいだが、有田ミツ江や庄野カオリ、三輪桃子の存在に威勢をつけられた。彼女らに意気地のない男だと見られたくなかった。

「ああ、あれか」矢野はいなすように軽く言った。「あのときは、きみたちを動揺させたくなかったからさ。それほど噂が広まっているとも思っていなかったしね。無理に隠そうとしたわけじゃない」

「それじゃ今はどうなの。正直に話してくれないかしら」

「何を正直に話すんですか」

「事件の全貌よ。及川先生と水島陽子さんの事件について、あたしたちは生徒独自の捜査本部をつくり、犯人を捕えることにしたわ。犯人が憎いというより、自分たちを守るためね。第三、第四の殺人を防ぐためよ。捕えないうちは、怖くて夜も眠れないわ」

「しかし、目撃者がいたわけじゃないし、確実に殺人だと言える証拠はない」

「それでは、水島さんはいったい何処へ消えてしまったの。及川先生はなぜ裸で死んでいたの」

「だから、殺人の疑いが濃いということはぼくも考えている。事務局や講師団も、事件を揉み消そうなんて真似はしていない。船長に知れたりして大騒ぎになることは避けているが、必死で犯人を探そうとしている。彦原氏などは、一昨日から一睡もしていない」

「でも、犯人は彦原さんかも知れないし、講師の中にいるかも知れない」

「まさか」

「まさか、という言葉は禁物よ。あたしたちは矢野さんも疑っているわ」

「そいつはひどい」

「アリバイがあるかしら」

「ありますよ。及川さんに関しては、ぼくはベランダで彼女に会い、そのあとで彦原さんと毛利さんが彼女を見ている……」

矢野は説明した。及川弥生がエレベーターから降りたときは三輪桃子もいっしょで、そのことは陣内左知子も聞いているはずだった。

「望月先生はどうかしら」

「映画を見ていたらしい」

「桐山先生は」

「エメラルド・ルームにいたと言っている」

「砂井先生は」

「きみたちとバーにいたじゃないか」

「でも、あたしたちといたのは十一時頃までだったわ」

「あとはベランダや図書室にいたらしい」

「少し怪しいわね。高見沢先生はどうなの」

「自分の部屋で原稿を書いていた」

「証人はいるの」

「いない」

「それじゃアリバイにならないわ」

法学部の学生で、弁護士を志望しているという陣内左知子は、まるで検事になったように矢野を訊問しつづけた。

83

陣内左知子の訊問は厳しかった。いっしょにいた三輪桃子や有田ミツ江らは訊問に加わらなかったが、といって矢野に味方してくれるわけでなく、矢野は何度も答えにつまった。

「そんなことをいうなら」矢野は逆襲した。「ぼくのほうだってきみたちを疑っている」

「なぜかしら」

陣内が即座に聞返した。

「殺されたと見られている及川さんと水島さんは女だ。それできみたちは、当然のように犯人を男だと思い込んでいる。被害者が女なら加害者は男だという単純な発想だ。しかしぼくの考えは違う。失礼だが、男と女を対立した存在としてみる考えは、女性の力が弱かった時代の後遺症に過ぎない。ファッションならとうに廃《すた》れている。現代においては、むしろ男の敵は男で、女の敵も同性の女であると考えたほうが現実的だ。そして男女は互いに求め合い、愛によって結ばれようとしている」

矢野は口が滑った。有田ミツ江や庄野カオリ、三輪桃子らの視線を意識したせいで、自分でも余計なことを喋ったと思った。

「だからどうしたの」

陣内左知子は冷たく言った。

「つまり——」矢野は舌がもつれそうになった。相変らず押され気味だった。「女を殺した犯人は女に違いない」

「矢野さんの発想こそ単純みたいね。及川先生は裸で殺されていたのよ」

「それは、犯人を男に見せかけるためかも知れない」

「及川先生は犯されたような形跡があったの」

「いや、そこまで詳しいことは知らない」

「肝心な点だわ」

「うむ」

矢野は答えられなかった。きわどい質問だが、確かに肝心な点で、指摘されるまで気づかずにいたのが不思議なくらいだった。後頭部に打撲傷があったので脳内出血死らしいということになり、駒津ドクターや金髪の船医も同じ所見で、他殺の疑いは抱いたが、暴行の有無は調べなかったのである。むろん解剖もしなかったし、暴行の有無を調べるどころか、及川弥生の裸に服を着せる作業さえ押しつけ合っていたのだ。

「調べなかったのね」

陣内が突っ込んできた。

「でも、死因は頭の傷と分っている」

「理由にならないわね。犯人を男に見せかけるためなら、わざわざ裸にしなくても、男物の日用品を死体のそばに放っておけば済むわ。例えばネクタイとか、及川先生は煙草をのまないから煙草の吸殻でもいいはずよ」

「吸殻は血液型が分るらしい」

「だったら、何本か残っている煙草の箱でも同じだわ」

「うむ」

矢野はまた沈黙せざるを得なかった。陣内左知子たちは、及川弥生が裸で倒れていたことは知っていても、その場所が砂井安次郎のキャビンだったことなどは知らないのだ。

「しかし――」矢野はようやく言った。「ぼくはやはり犯人女性説をとるな。行動範囲の限られた船内で、男が女に近づけば人眼につきやすい。まして、気づかれないように女性の部屋へ出入りするなんて尚さら難しい。だが、女同士なら誰にも変に思われない。男より女のほうが犯行は容易だ」

「それじゃ桐山先生はどうなのかしら。水島さんの部屋に出入りしていたわ」

「桐山さんは堂々と出入りしていたので、あれだけ堂々としていれば怪しむ必要はない。疚《やま》しくない証拠だ」

「あたしはそう思わないけど、望月先生が及川先生の部屋から出てくるところを見た人もいるわ」

「きみたちは想像力が逞《たくま》しすぎるんじゃないかな。そんなことまでいちいち問題にされたら、みんな動きがとれなくなる。うっかり立話もできない」

「砂井先生と駒津先生はどうなの」

「デマに決っている。ついでだから聞かれないうちに言うけど、ぼくや黒木と高見沢さんとの噂も全く根も葉もないデマだ」

「矢野さんのことは信用しているわ」

「黒木は」

「少しクエスチョン・マークね」

矢野が信用され、黒木が疑われているということは、矢野のほうはモテないという意味に解釈できた。

矢野は複雑な気持がした。

「とにかくこれだけ質問された以上、今度はぼくも質問する権利があると思う。この船にいる者は全員容疑を免れない」矢野はいささか向っ腹で言った。「水島陽子が行方不明になったのは、レセプションの夜だった。彼女の姿を最後に見たのは折戸玲子さんで、それが十一時頃だというから、その時刻に焦点を絞ってきみたちのアリバイを聞きたい」

「おかしな質問ね」陣内が言った。「エメラルド・ルームで、あたしは矢野さんたちと十二時近くまでいたはずよ。砂井先生や駒津先生もいっしょだったわ」

その点は三輪桃子も同様である。有田ミツ江や庄野カオリも同じだ。

「しかし」矢野は慌てて言い返した。「途中で席を外して水島さんを殺し、トイレに立ったようなふりをして戻ったのかも知れない」

「ますますおかしな質問だわ。もしあたしが犯人としても、そんなふうに聞かれて正直に答え

なかった。

矢野は憮然とした。確かに愚問だった。ほかの者に質問しても、犯人が正直に答えるはずはなかった。

「———」

るかしら。愚問よ」

84

矢野は反対訊問を切上げ、ほうほうの体でAデッキへ下りた。

団長の彦原がロビーにいたが、駒津ドクターはまだ戻らないようだという。

矢野はふたたびPデッキへ上り、ベランダに出た。デッキ・チェアや長椅子などに腰を下ろし、あるいは舷側にもたれて、暖かい夜風に吹かれている者が多かった。エメラルド・ルームから、ダンス音楽も聞えていた。

駒津ドクターの姿は見えなかった。

矢野は階段でボート・デッキへ上り、さらにサン・デッキへ上った。

二本の煙突の中間に駒津ドクターが寝そべっていた。すでに夜の十時過ぎで、昼寝の時間ではない。しかし眼を閉じていて、矢野が近づいても気がつかないようだった。眠っているのかどうか分らないが、手枕をした全身に月のひかりを浴びて、いかにも気持がよさそうだった。

「眠っているんですか」

矢野は声をかけた。駒津ドクターは最初片眼だけ開き、それからもう一方の眼も開いた。相手によっては片眼だけで無視するつもりだったらしい。

「眠っちゃいないよ。風に吹かれていたんだ」

駒津ドクターは大儀そうに体を起こした。不機嫌な顔つきだった。

「さっきは失礼しました」

矢野は斜向かいにあぐらをかいた。

「さっきって？」

「仕事中にお邪魔してしまった」

「邪魔にならんよ。邪魔になる前に帰ってもらった」

「患者はもう治ったんですか」

「治った」

「気絶した甲斐靖代は、元気になりましたか」

「うん、彼女も元気になった」

駒津ドクターは、矢野が入室を拒否されたときの患者と、甲斐靖代とが別人のような言い方をした。

しかし矢野は、そのときの患者は甲斐靖代に違いないと思っていた。

「女というのは、あんな簡単に気絶するものですか」

「精神的ショックに対しては、男より女のほうが生理的に弱い。要するに堪《こら》え性がないんだ。

生理の弱さを楯《たて》に現実から逃げようとする。集団ヒステリーみたいに泣きだしたのもその一種と考えていい。甘ったれた自己防衛本能で、欲求の代償行為だ」

「よく分りませんね。どういう意味ですか」

「ヒステリーについては、心理学者の桐山先生が専門だ」

「しかし及川さんの葬式のとき、駒津さんが怒鳴ったら、泣きわめいていた連中がピタッと泣き止んだ。実に見事で、ヒステリーの扱い方は専門家以上に慣れているようだった」

「わたしは馴れているさ。日頃から女房に訓練されている」

「おくさんがヒステリーですか」

「今は大分よくなったがね。きみはヒステリーの語源を知っているかい」

「知りません」

「子宮だよ。うっかり結婚なんてするもんじゃない」

駒津ドクターはしんみりした口調になった。

矢野は話をそらされたような気がしたが、豪華船の屋上ともいうべきサン・デッキにひとり寝そべって、夜風に吹かれながら、ヒステリックな女房を思い出していたとすれば、同情したい気にもなった。だが、駒津ドクターが女房の話をしたのは、矢野の言葉につられた結果である。本末を転倒してはいけない。何を考えていたか分ったものではないのだ。

「つい三十分くらい前、カーゴ・デッキで面白い風景を見ましたよ。駒津さんは気がつきませんか」

矢野は本題に入った。

駒津ドクターは顔を上げたが、聞返すように眉を寄せただけだった。

「男は外人で、女はうちの生徒です。誰も見ていないと思っていたんだろうが、すさまじいシーンを展開していた」

「――――」

駒津ドクターは不審そうに矢野を見つめた。

「気がつかなかったんですか。そのとき、確か駒津さんもカーゴ・デッキにいた」

「カーゴ・デッキって、どこかな」

「荷役の機械やハッチなどがある甲板です。駒津さんの姿が見えたので声をかけようと思ったけれど、声を出したら、せっかく愉しんでいるカップルに気の毒でしょう。それで声をかけなかった」

「ふうん」駒津は顔をそらし、考えるようにしばらく黙った。「わたしは気がつかなかったな」

「涼んでいたんですか」

「散歩だよ」

「ただの散歩ですか」

「ただじゃない散歩もあるのかね」

「散歩のついでに何かをする、何かをしたついでに散歩をする、ということがあります」

「きみはどうなんだ」

「ぼくはただの散歩です」

「それじゃわたしもただの散歩だ」

「ぼくに合わせることはないでしょう。ぼくの散歩と駒津さんの散歩は無関係です。誘い合ったわけじゃありません。ぼくは駒津さんが何かを海に捨てるところを見てしまった。立入ったことを聞くようですが、それが気になって仕様がないんです」

「ほんとに見たのかね」

「見ました」

「それでわたしを探しにきたのか」

「そうです」

「なるほど――」

駒津ドクターは頷いた。

しかし、答えてはくれなかった。

85

矢野は置去りをくった。彼としてはその場の思いつきや成行きではなく、かなり慎重に考え、思い切って質問したつもりだった。

ところが、駒津ドクターはふいに立上ると、「余計なことは考えないほうがいい」と言って消えてしまった。

もちろん、矢野は釈然としなかった。陣内左知子には愚弄《ぐろう》された感じ、駒津ドクターには騙《だま》された感じだった。

Pデッキに下りると、黒木に会った。

「重大なニュースがある」

矢野は黒木をベランダの隅へ誘った。そして、駒津ドクターのことを話した。

「そいつは怪しい。絶対に怪しいぞ。いったい何を捨てたのだろう」

黒木はたちまち同調した。

「分らない。片手で軽く持てる大きさで、透明なビニール袋のような物だった」

「それが何だったのか言わないというのは、よほど都合が悪いからだ」

「そうに違いない。わざわざ人のいない甲板へ行って、こっそり捨てたんだ。おれに見られなければ、カーゴ・デッキへ行ったことも隠していたかったに違いない」

「事件の証拠品だろうか？」

「例えば？」

「ネックレスは小さすぎるな」

「当り前だ」

「ほかに何がある」

「及川弥生の下着はどうだ」

「いや、下着はベッドに脱ぎ捨ててあった。みんなで着せてやったじゃないか」

「すると凶器か」

「うむ――」

黒木は唸った。

矢野も唸ったが、凶器といっても、具体的な物は思い浮かばなかった。

やがて黒木が言った。

「及川さんを見つけたとき、心臓が止まって脈もなかったが、体温は残っていた。それなのに、駒津ドクターは一応もっともらしく注射をした。しかし人工呼吸をしなかった。そのときはおれも気がつかないでいたが、おかしいと思わないか」

「そう言われればおかしいな。あの注射だって、本当は何を注射したのか駒津ドクターにしか分らない」

駒津ドクターの説明によれば、応急手当に用いた注射液は濃厚葡萄糖液である。薬品名グルノジン、脳圧を低下させ、出血病巣のかたまった血を吸収し、強心作用もあるという。だが、ほかの者はグルノジンという薬品名さえ知らなかったし、及川弥生の青白い腕に注射された液体が、果してグルノジンであったかどうかも分らないのだ。そのとき疑えば確かめようがあったろうが、もはや手遅れで、駒津が海へ投げ捨てたのは、その注射液の空になったアンプルかも知れなかった。

「桐山久晴、砂井安次郎、望月伊策、それに今度は駒津ドクターか。みんな怪しくなってきたな。高見沢梢も油断できない」

黒木は深刻な表情で呟いた。

86

翌《あく》る日の洋上大学は休講だった。ホノルルまで八泊九日の船旅だが、中間の五日目とホノルル到着の前日が休講である。船内の催しは四日目の夜会につづいて五日目の夜は仮面舞踏会、六日目の夜がカジノ・ナイトと称してルーレットやトランプなどの博奕《ギャンブル》大会、さらに日付変更線を通過する七日目の夜はグランド・ショウという名称で船客による演芸コンクール、そして八日目の午前中に修業式があり、九日目の午前八時ホノルル入港という予定だった。ホノルルではホテルが決っているだけであとは自由行動、二泊してからジェット機で帰路に着く。

「まだ五日目ですね」

矢野が事務局を覗くと、団長の彦原は昨夜もろくに眠れなかったらしく、参ったように言った。

「事件はその後進展なしですか」

矢野は聞いた。彼も、昨夜は黒木とバーへ移って午前二時頃まで飲み、ベッドに入ってからもなかなか眠れなかった。そのため十一時過ぎにようやく起きたが、まだ睡眠不足の感じだった。

「進展も後退もありません」

彦原は首を振った。

「甲斐靖代は元気になったそうだけど、部屋にいるんですか」

「いると思います」

「訪ねて構わないだろうか。ちょっと聞きたいことがある」

「それは遠慮してください。彼女は非常に気が弱くて怯《おび》えやすい。まだ起き上れないでいるはずです」

「駒津ドクターの話では、元気になったようだった。同じように気絶した庄野カオリや三輪桃子も、昨夜はすっかり元気を取戻していた」

「甲斐さんは庄野カオリや三輪桃子と違います。ショックは一応切り抜けたが、それほど元気になっていません」

「すると、水島陽子が消えてしまった部屋にひとりきりで寝てるんですか」

「具合が悪くなれば、いつでも駒津先生を呼べます」

「しかし、水島陽子は殺された可能性が強い。及川さんが殺された可能性はもっと強い。そういう不気味な事件が続発しているときに、ひとりぼっちでいて怖くないのだろうか。彼女が気弱で怯えやすいというなら、尚さら怖いはずじゃないかな」

「いや、そうとも言えませんね。ひとりでいるのがいちばん安全と思っているのかも知れない」

「そんなふうに安全をはかっているというのは、次に自分が殺されると思っているせいだろうか」

「そうじゃありませんよ。私は矢野さんに聞かれたから臆測を述べただけです。誤解しないでください」

「今夜の仮面舞踏会は、予定通りやるんですか」

「主催者であるセントルイス号のスケジュールは、今夜も明日も変りありません。洋上大学としても、愉しみにしている生徒が多いし、催しには積極的に参加してもらう方針です。そうしないと、不吉なことばかり起こって、みんなふさぎこんでしまいます」

「仮面舞踏会には、一般の外人客も参加するでしょう」

「もちろんです。外人との交流によって、国際的な知性や教養を身につけることが、今回の洋上大学の主要なテーマになっています」

「しかし、その交流の度合いが進み過ぎているという話は聞きませんか。ぼくは部外者だからどうでも構わないけれど、それが殺人事件に関連するなら、無関心というわけにいかない。水島陽子は専属楽団の歌手に眼をつけられていたようだし、及川さんも、レセプションの写真を見ると、一等航海士とかなり親しそうに写っている。水島陽子や及川さんが、ほかの外人とも仲よくなったと考えてもおかしくないでしょう。昨夜、偶然ぼくはある生徒と外人との濃厚なシーンを見てしまったが、エコノミー・クラスの部屋に出入りしている生徒の噂も聞いている」

「もう乱交パーティの噂が広がっているんですか」

「乱交パーティ？」

矢野は聞返した。乱交パーティは初耳だった。

彦原は、矢野が知っていると思って口を滑らせたらしかった。

「乱交パーティだなんて、大げさに伝わってるんですよ」

彦原はしぶしぶ話した。昨夜遅く、D組の生徒四人がエコノミー・クラスのキャビンへ遊びに行き、七人の若い男とトランジスタ・ラジオの音楽でダンスをしているうちに、さながら乱交の様相を呈したので怖くなった生徒の一人が逃げてきたというのである。その生徒が仲間に話し、今日になって彦原の耳に入ったのだ。

矢野は逃げてきた生徒の名前を聞いたが、顔を思い出せなかった。百人の生徒の中で、矢野が名前と顔を結びつけられるのは四分の一くらいだった。

しかし、乱交に加わったという三人のうち、二人はすぐに思い出せた。親しい口をきいたことはないが、二人とも派手な顔だちで、服装も派手な女だった。小生意気な感じで、矢野の好みではない。

「少しふざけ合った程度だと思いますが、とにかく弱りました。日本女性の代表としての誇りを持ち、節度のある行動をとるように注意してあるんですがね」

彦原は頭をかかえた。

「彦原さんが弱ることはありませんよ。彼女たちは子供じゃない。それで大いに愉しんでいるなら、放っとけばいいじゃないですか」

矢野は慰め役にまわった。

87

食欲がないという彦原を残して、矢野はPデッキへ上った。

洋上大学の生徒も一般の客もまじって、思い思いにデッキ・ランチのテーブルを囲んでいた。

矢野はセルフ・サービスの料理を皿にとってから、砂井安次郎と黒木がいるテーブルに向った。本当は庄野カオリや有田ミツ江、三輪桃子たちがいる席に加わりたかったが、陣内左知子が同じ席にいたので敬遠したのである。

甲斐靖代の姿は見えなかった。

砂井と黒木は、砂井のキャビンのドアが爪ヤスリや耳かきなどでは容易に開かないことを話していた。

「だから――」砂井がサンドウィッチをつまんで言った。「犯人が合鍵を使えなかったとすれば、錠をかけたのは及川さん自身のほかに考えられない」

「すると――」黒木はハンバーグを頬張りながら首をかしげた。「密室殺人じゃないんですか」

「違うね。よほど頭のいい奴がトリックを考えたというなら別だが、まあ無理だと思う」

「単なる殺人でもないんですか」

「解剖しなかったから断言できないが、駒津ドクターと船医の所見によれば、死因は脳内出血だった。頭の傷を見て、ぼくも多分そうだろうと思った。しかし頭部の打撲傷は、すぐに死ぬとは限らない。そのときは意識不明になっても、しばらくして意識を回復することが多い。そして、症状は一概に言えないが、頭蓋内に血腫が出来たような重症は、ほとんど二十四時間以内に死ぬらしい。また無症状期というのがあって、一時間から数時間以上も経って症状があらわれ、眠るように死ぬという例も少くないと聞いている」

「駒津ドクターに聞いたんですか」

「いや、仕事の取材で、脳神経科の専門医に教えてもらった」

「しかし――」矢野が口を挟んだ。「かりに即死ではなかったとしても、及川さんが砂井さんの部屋で死んでいたという説明にはなりませんね。一歩譲って部屋を間違えたと考えても、自分で錠をかけてからシャワーを浴びたなら、他殺ではなく過失死ということになる。ところが、及川さんのブラウスは肩にすり切れたような跡があり、金のネックレスが紛失していた」

「――――」

砂井は答えないで、湯気も立たなくなったコーヒーを飲み干した。乗船以来ひげを剃らないので、すっかり人相が変っている。

「どう思いますか」

矢野は返事を促した。

「難しいね」砂井は煙草をくわえた。「殺人は間違いないだろうが、即死ではなかったとすれば、みんなで問題にしていた一昨夜のアリバイが無意味になってくる。及川さんはもっと前に負傷したのかも知れない」

「もっと前って、いつ頃ですか」

「そこまでは分らないが、夕食のときの様子がおかしかった気がする。食欲がなくて、ぼんやりしているみたいだった」

「死体が見つかった日の夕食ですか」

「そう。喫煙室で、矢野さんとぼくが水島陽子の失踪について話していたとき、及川さんがひょっこり入ってきた。夕食はそれから二時間くらい後だった。夕食のときの様子は、望月さんや桐山さんも憶えていると思う」

「そのとき、ネックレスをしてましたか」

「それがどうしても思い出せない。正式の晩餐会ではなかったから、ぼくらは普通の服にネクタイを締めただけだが、及川さんがどんな服装だったかも憶えていない」

「喫煙室で見たときは、ネックレスをしていただろうか」

「やはり憶えがないね」

砂井はくわえたままだった煙草に火をつけた。

矢野も思いだそうとしたが、やはり憶えていなかった。

88

先に食事を済ませた砂井安次郎は、間もなくテーブルを離れた。

黒木は食欲旺盛だった。

矢野も朝食ぬきで空腹だったから、何度も料理をとりに席を立ち、最後はコーヒーを飲んで満腹した。

その間、ふたりの話題は砂井の提出した新しい疑問より、専ら乱交パーティのほうへ移っていた。エコノミー・クラスのキャビンでおこなわれたという昨夜の出来事は、黒木も聞いていたのである。

「あの連中なら当然やりそうなことさ。おれは少しも驚かない。百人の生徒が、全員しとやかなお嬢さんだなんて、最初からそう思うほうが間違っている。中学生や高校生が妊娠する時代だからな。それも貧しい家庭より、中流以上の家庭の娘が多く、駒津ドクターのことじゃないが、女子大生の堕胎で繁昌している産婦人科もある」

黒木は力むように言った。やや力み過ぎてやけっぱちに聞えた。三輪桃子に振られたのかな、と矢野は思ったくらいだが、乱交パーティの仲間に三輪桃子が加わっていたわけではなかった。

「三輪桃子や折戸玲子だって分らないな」

矢野はわざと言ってやった。

「有田ミツ江や庄野カオリだって分るものか」

黒木はふくれっ面で言返した。

三輪、有田、庄野、それに陣内左知子たちがいたテーブルはとうに空席で、ボーイが片づけ始めていた。

「しかし——」矢野が言った。「及川弥生は生徒たちと違うだろう」

「いや、分らないね。彼女もエコノミーの部屋へ通っていたか、エコノミーの若い男を自分の部屋に呼んでいたかも知れない」

「容疑者の範囲をエコノミーまで広げたら、いったいどうやって捜査するんだ」

「その点は陣内左知子たちがやっている。きょうはおれも陣内に訊問されたが、捜査本部をつくったというから、エコノミーの客も調べろと言ってやったんだ」

「そしたら」

「おれに言われるまでもなく、聞込み捜査を開始していると張切っていた。すごいよ、あの女は。女でもああいうのが弁護士になったら、相当に頼もしい。おれのあとで訊問された望月伊策は、きゅうきゅう言わされているようだった」

「桐山久晴は訊問されなかったのか」

「聞いていないが、当然やられたに違いない。彦原氏や毛利氏は、昨夜やられている」

黒木は自分も絞られたはずだが、しきりに陣内に感心していた。

矢野と黒木は席を立った。

開け放ったガラス窓から、快い風が吹込んでいた。プロムナードを半周して、反対側の出入口へぶらぶら歩いた。

矢野は甲斐靖代を探すつもりだったが、途中カメラマンの田浦と折戸玲子が、食事を終えたあとのテーブルで睦じそうに向い合っていた。

「あの二人、うまく進んでるらしいな」

通り過ぎてから黒木が言った。

田浦も折戸玲子も話に夢中で、黒木や矢野に気がつかないようだった。

ベランダに出ると、太陽がいっぱいに照りつけていた。すでに南国の太陽である。相変らずベタ凪の海は、太陽のひかりを浴びて眩しいくらいに輝き、陸地はもとより船の影、一片の雲の影さえ見えない。空はどこまでも青く、そして見渡す限り茫洋《ぼうよう》たる大海原だった。

「おい、見ろよ。例の三人が揃っている」

黒木が言った。

乱交の噂の三人が、プールの縁に立っていた。矢野が顔と名前を憶えていた二人はビキニで、もう一人もセパレーツの水着だった。ビキニの二人は乳房がはみ出しそうに見えた。しかし、プールはさかんに水しぶきが上っているが、三人とも水着ショウのモデルのように立ったままだった。

もっとも、そうやって立っているのは彼女らだけではなく、浮気なロバート・ベックマンも太った腹を突き出していたし、日本人の若い男も三、四人いた。

プールの外側に眼を移すと、みんな色も形もさまざまなビーチ・ウェアで、ビキニも珍しくなかった。デッキ・チェアに足を投げ出し、ビーチ・パラソルのついた円卓を囲んで椅子に掛けたり、寝そべって肌を焼いている者もいた。陣内たちの捜査グループは、数人そろってサングラスをかけ、ベランダに腰を降ろして何やら密談中の様子である。

だが、甲斐靖代の姿は依然見えなかった。

「ハワイへ行ったという証拠に、おれたちも体くらい焼こうぜ」

黒木はアロハの胸ポケットからサン・クリームのチューブを出すと、アロハを脱いで、体じゅうにべたべた塗り始めた。

89

サン・クリームは、肌を痛めないで日焼けするためである。矢野は黒木に頼まれて背中を塗ってやってから、自分もポロシャツを脱いで、その使い残りを体じゅうに塗った。

彼らの前を赤いショート・パンツが通り過ぎた。

「今の女だよ」

矢野が言った。昨夜、カーゴ・デッキでベックマンと濃厚なシーンを展開していた生徒だった。吊上り気味の細い眼で、狐のような顔をした女である。

「あの女はほかの外人とも噂がある。どことなく淫乱《いんらん》の顔だな。男なら手当り次第という感じだ」

黒木はショート・パンツの行方を見送って言った。

「しかしベックマンが相手とは意外だった」

「ベックマンだって男さ。女房思いの亭主でも、せっかくの世界一周に、よぼよぼの女房がつきっきりじゃ面白くない。おれはベックマンに同情するね。これだけ若い女が大勢いたら、浮気したくなるのが当り前だ。六十歳過ぎまであくせく働いて、ようやく海外へ遊びに出る余裕が出来たとすれば、女房同伴なんて残酷だよ。景色を見るだけなら映画で間に合う」

黒木は仰向けに寝そべった。

矢野も寝そべったが、ひとりで旅行してもモテないほうがもっと残酷な気がした。

空は吸込まれるような青さだった。

矢野はしばらく眼を閉じた。仕事を忘れ、騒々しい東京の街や六畳一間きりのアパートや、揺れ動いている世界の情勢からも解放されていた。時おり華やかな嬌声が聞え、船は常夏《とこなつ》の島へ向っている。彼を失恋させた女のことも、遠い出来事のように思えた。熱い日ざしを浴びて、思い悩むことなどはなさそうだった。

まさに天下泰平で、思い悩むことなどはなさそうだった。

しかし矢野は、水島陽子と及川弥生の事件を考えつづけていた。このハワイ航路の船中で、水島陽子が失踪し、及川弥生が死んだことは事実であり、その二人を殺した犯人は、現に矢野と同じようにサン・クリームを塗って肌を焼いているかも知れないのだ。

矢野はむっくり起上がった。

陣内左知子たちは相変らず密談中のようだった。

ベックマンの姿が見えなくなって、乱交パーティの三人組も消えていた。

矢野と黒木がいるところへ、カメラマンの田浦が現れたのは大分経ってからだった。不精たらしいひげを剃り落として、別人のようなさっぱりした顔をしていた。デッキ・ランチのテーブルで見かけたときは、まだひげを生やしていたのだ。サングラスを額の上に押上げて、気取った感じである。

「どうしたんだ」

矢野が聞いた。

「どうもしません。暑苦しくなったから剃っただけです」

「折戸玲子に何か言われたんじゃないのか」

黒木はひやかすように言った。

「そんなことはない」

「妬《や》いてるわけじゃないが、なかなか調子がよさそうだった」

「どこで見たんですか」

「昼飯のあとさ。おれと矢野がすぐそばを通っても、話に夢中らしかった」

「ふふふ」田浦は含み笑いをした。照れるような、まんざら悪くもなさそうな笑いだった。

「桐山久晴について、ビッグ・ニュースを聞いていたんだ」

「ビッグ・ニュース?」

矢野が聞返した。

「うむ。ちょっと他言できないような内容だった」

「水島陽子に関係があるのか」

「もちろん」

「聞かせろよ」

「折戸玲子は口が固い。だから今まで黙っていたらしい。失踪事件にからんでいるかも知れないし、プライバシーの問題もある」

田浦はもったいをつけるように言った。

矢野は話を促した。折戸玲子は口が固いというが、矢野はその反対だと思っていた。

「水島陽子の着つけを手伝ったという話じゃないのか」

黒木も、じれたように聞いた。

「もっと強烈な話ですよ。桐山さんは水島陽子と婚約していたらしい」

「本当かい」

矢野は信じられなかった。

「桐山さん自身が、水島陽子のいる前で折戸玲子にそう言ったというのだから、嘘も本当もないでしょう。嘘なら水島陽子が打消すはずだが、彼女はにこにこしていたそうです」

「しかし、桐山久晴は女房がいる」

「その女房とは家庭裁判所で離婚手続き中で、今度のハワイ旅行から帰ったら女房の籍を抜いて、水島陽子と正式に再婚するという話だった。離婚の見通しがついているらしい」

「すると今度の旅行は、新婚旅行の予行演習《リハーサル》、つまり婚前旅行というわけか」

「そういうことになりますね。旅費いっさいをファニー化粧品に出させた上、講師の謝礼まで貰って、こんな素敵な旅行はない」

「折戸玲子がその話を聞いたのは、いつだい」

「レセプションの晩です」

「水島陽子が消えたのは、その晩だぞ」

「だから、折戸玲子は桐山久晴を疑っている。口喧嘩がもつれて殺したのではないか、という推理です」

「口喧嘩の理由は」

「桐山久晴がほかの女と仲よくしているので水島陽子が妬いたか、水島陽子がほかの男と仲よくしているので桐山久晴が妬いたか、常識的に考えられるのはそのどっちかでしょう。これは折戸玲子の推理ではなく、ぼくの推理です」

「しかし、レセプションは乗船した翌晩だぜ。婚前旅行が始まったばかりじゃないか。浮気するには早過ぎる。かりにほかの異性が好きになったとしても、まだそれほど親密になる時間的余裕がなかった」

「そうとは限りませんね。チャンス次第で、手の早い奴なら会った瞬間に口説いてしまう。ぼくの友だちにそういう奴がいるけど、実に簡単らしい。それに、婚前旅行は始まったばかりだろうが、二人の関係が以前から続いていたとすれば、別段目新しい旅行というわけではない。新婚旅行と違って、婚前旅行は何度でもリハーサルがきく」

「ふむ」

矢野と黒木は顔を見合わせた。

90

折戸玲子の話が事実なら、田浦の推理にも一理あった。桐山久晴と水島陽子の関係については、彼女と同じ部屋にいた甲斐靖代が、夫婦のようだったと訴えている。桐山は水島陽子の着替えを手伝い、彼女を陽子と呼びつけにして、その二人の様子に不潔感を抱いた甲斐靖代は部屋を変えたがっていたのだ。ほかの生徒からも、見るに耐えないという文句が出ていた。彦原の話で、水島陽子の洋上大学参加が抽選外の特例だったことも分っている。

これだけの疑問点が揃えば、桐山と水島が偶然この船に乗り合わせたとは思えなかった。

「ますます桐山が怪しいな」

矢野は呟いた。

「しかし、殺した理由がわからない」

黒木は考え込んでいた。

「偶然乗り合わせたなんて、とにかく桐山が嘘をついていることは確かだ。彼に直接ぶつかってみようか」

「まあ待てよ。ことによると、離婚手続きをされている彼の女房が、この船に乗っているかも知れない」

「なぜだ」

「桐山と水島陽子との関係をさぐって、慰謝料などの離婚条件を有利にするためさ。亭主に愛人のいることが分っていれば、亭主のほうから離婚訴訟を起こしても、家庭裁判所は女房が承知しない限り離婚を認めない。女房は慰謝料をふっかけられるし、離婚しなくても済む。亭主が家出をしたって、戸籍上は夫婦のままだ。つまり男のほうは、いつまで経っても好きな女と再婚できない」

「詳しいな」

「身上相談でよくあるケースさ」

黒木は、さすがに女性週刊誌の記者だった。

「しかし――」矢野は言った。「桐山の場合は離婚の見通しがついているんじゃないのか」

「分るものか。桐山がそう言ったというだけで、水島陽子を口説く手口だったかもしれない。いずれにしても、もし彼の女房が水島陽子と亭主の仲を疑っていて、そして亭主を尾行するつもりでこっそり船に乗ったとすれば、水島陽子を発見して嫉妬に狂い、隙を狙って殺したということも考えられる」

「乗員リストに、桐山という姓の女があったろうか」

「なかったと思うが、どうせ他人名義の旅券を使っているに違いない」

「自分の女房が乗っていたら、少くとも桐山は気づくはずだな」

「顔が合えば、少しくらい変装していたって当然気がつく」

「とすると、水島陽子が失踪したとき、女房の仕業だと思うのも当然だろう」

「だが、病気のふりをしてボーイに食物を運ばせ、亭主と顔が合わないようにしているかも知れない」

「きみは桐山久晴の女房を知っているかい」

「いや、会ったことがない」

「彦原氏なら知ってるな。講師を頼むとき、彼は桐山久晴の自宅を訪ねているはずだ」

「しかし、水島陽子を殺した犯人はそれで分ったとして、及川弥生殺しのほうはどうなんだ。やはり桐山の女房が犯人か」

「分らない」

矢野は首をひねった。

「ここまで犯人を絞ったのに、分らないという答では済まないぜ。よく考えてくれ」

「何を言ってるんだ。桐山久晴の女房が怪しいと言いだしたのはきみじゃないか。おれはまだ、水島陽子殺しの犯人を絞った憶えもない。駒津ドクターが怪しいし、砂井安次郎や望月伊策も疑っている。案外、犯人は生徒の中にいるような気もしている」

「生徒の中って、例えば誰だ」

「特定できないが、折戸玲子、庄野カオリ、有田ミツ江の三人が盗難に遭っている。その盗難事件と殺人事件が、どこかで結びついているという気がして仕様がない。どこへ結びつくか分らないが、折戸玲子が財布を盗まれた事件は一応別として、庄野カオリのドレスと有田ミツ江のきものを盗んだ犯人の目的は、彼女ら二人を晩餐会やパーティに出席できなくさせるためだったと思う。彼女らの美貌に対する嫉妬心だ。つまり、嫉妬に駆られて泥棒するような者がいたことは確かで、それは妍《けん》を競う洋上大学の仲間以外に考えられない。失踪した水島陽子も抜群の美人だった」

「そう考えれば、盗難と殺人が結びついてくるな」

「しかし、及川弥生は講師だ。生徒じゃない」

「講師でも、女には違いないぜ。犯人は、自分よりきれいな女を全部殺すつもりかも知れない」

「それじゃ、あと何人殺せば気が済むんだ」

「犯人が己惚れの強い女ならいいが、美人の順に殺されていくことになる」

「すると、今度は折戸玲子が殺される番か」

田浦が心配そうに口を挟んだ。

美人の序列について、話がしばらく混乱した。田浦は折戸玲子をナンバー・ワンに推し、黒木は三輪桃子のほうがきれいだと言って譲らなかった。矢野は傍観的態度をとりながら、ひそかに庄野カオリと有田ミツ江とどっちがいいか迷っていたが、どうせモテないなら、どっちを選んでも同じだった。

91

やがて、田浦は意見が分れたまま立去った。

矢野は、依然として甲斐靖代のことが気がかりだった。

黒木を誘ってAデッキへ下りた。

細長い廊下の突当りから二番目、矢野が146号室のドアをノックした。

「はい」

女の声がした。

「甲斐さんですか」

「はい」

「矢野と黒木ですが、元気になりましたか」

「はい」

「食事はしましたか」

「はい」

「素晴しい天気で、みんな日光浴をしたり、プールで泳いだりしてますよ」

「はい」

何を聞いても「はい」である。寝ているらしく、起上ってくる気配はなかった。

「いっしょに上へ行ってみませんか」

「――」

今度は返事がなかった。

無理に誘うわけにはいかない。

「おかしいな」

と黒木が呟いたが、矢野は彼女が駒津ドクターのキャビンに閉じ込められているのではなく、自分のキャビンにいると分っただけで一安心だった。

「彦原氏に、桐山久晴の女房のことを聞いてみよう」

矢野が先に立って廊下を戻った。

ロビーには旅行代理店の曾根と、数人の生徒が隅のソファでお喋りをしていたが、彦原と毛利の姿は見えなかった。

「わたしは留守番で、彦原さんは望月さんたちと会議中です」

曾根は捜査本部のメンバーから外されたせいか、面白くなさそうに言った。

矢野は事務局のキャビンをノックしたが、返事をまたないでドアを開けた。

講師の望月伊策、桐山久晴、高見沢梢、事務局側は彦原団長と毛利、それに駒津ドクターが揃っていた。

「捜査会議ですか」

矢野も黒木も、遠慮しないで室内に入った。

望月伊策が迷惑そうな顔をした。

「矢野さんや黒木さんも加わってもらおうと思って、あちこち探したんですよ」

彦原は慌てたように弁解した。ほんとに探したなら、彼らが見つからぬはずはなかった。週刊誌の記者なので敬遠したに違いなく、この分では、矢野や黒木に内密の会議が何回か開かれているとみて間違いなかった。

もっとも、容疑が最も濃いと自認している砂井安次郎は、捜査会議に加わることをあらかじめ辞退している。

「実は、及川さんのネックレスが見つかり、それで急に会議を開くことになったんです」

彦原は弁解をつけ足すように言った。

92

及川弥生のネックレスが見つかったのは、彼女のキャビン内だった。砂井安次郎のキャビンとの境を仕切る壁際に落ちていたというのである。及川の遺体を砂井のキャビンから移したとき、砂井の提案で整理簞笥からスーツ・ケースの中まで調べたが、そのときは見つからなかったのだ。

「誰が見つけたんですか」

矢野は聞いた。

「私です」団長の彦原が言った。「及川さんの遺品をまとめておこうと思って、私と毛利とあちこち片づけていたら、チラッと光るものがあった。それがネックレスでした」

「しかし、あの部屋は前に調べている。望月さん、砂井さん、駒津ドクター、それに黒木とぼくもいた」

「そのときは見落としたのでしょう。壁によせられた簞笥の角で、見えにくい場所だった」

「及川さんの部屋のドアは、その後しめっきりでしたか」

「葬式でご遺体を運び出すとき船客部長に鍵を借りましたが、きょうも同じで、そのほかは錠がかかっていたはずです。出入りしていません」

「すると、どういうことになるのだろう。及川さんは砂井さんの部屋で裸で死んでいたのに、ネックレスが紛失し、ブラウスの肩にすり切れた跡があった。だから、及川さんは他の場所で殺されてから砂井さんの部屋に運ばれたもので、ネックレスは犯人が持っているか犯人の部屋に落ちているだろうと推理した。及川さんの部屋でネックレスが見つかったなら、推理が正しかったことになりますね」

矢野は自分が推理したように言ったが、最初にそう言い出したのは砂井だった。

「しかし——」望月伊策が言った。「殺されてから隣の砂井さんの部屋へ運ばれたとすれば、犯人はどうやって錠をかけて逃げたのか。その謎が解けない」

「それは謎でもなんでもない。及川さん自身が部屋を間違えて、内側から錠をかけたのかも知れない」

矢野は、脳内出血による死亡は即死に限らないという説を述べた。砂井が脳神経科医に聞いたという話の受売りだった。

「すると過失死かね」

「いや、シャワーを浴びていて転んだわけじゃありません。その証拠にブラウスの肩がすり切れていたし、ネックレスは及川さんの部屋に落ちていた」

「話が矛盾するじゃないか」

「大矛盾です」

矢野は金のネックレスを手にとった。ホックはちゃんと止まっていて、繫《つな》がっているはずの部分がちぎれていた。不自然な力が加わっていることは明らかだった。

「とにかく——」今度は黒木が言った。「及川さんの死はどうみても他殺ですよ。だが、即死ではなかったとすれば、一昨夜のアリバイは無意味です。砂井さんの話によると、むしろ夕食のときの様子がおかしかったらしい。ぼくらは気がつかなかったけれど、同じテーブルにいた望月さんたちはどうですか」

「どうだったろうな」

望月は天井を仰いで、首をかしげた。

「そういえば、あまり口をきかなかったような気がするね」

桐山が言った。

「うむ──」駒津ドクターも頷いた。「食欲がないようだったことを憶えている。何か考えているみたいで、葡萄酒も少ししか飲まなかった」

「高見沢さんはどうですか」

「わたしは気がつかなかったわ」

高見沢梢は素っ気なく答えた。乗船前から、彼女は及川弥生に好意を持っていなかったのである。敢《あえ》て注意を払わなかったのかも知れない。

しかし同席した五人のうち、三人までが及川弥生の様子に普通と違う気配を感じたことは、程度の差はあっても、すでにその時点から異常だったと見てよかった。

「夕食のときは知りませんが、私も妙に思ったことがあります」

彦原が口を挟んだ。

「妙に思った？」

聞返したのは桐山だった。

「ええ。午後の四時か四時半くらいだったと思います。水島陽子の行方を探すために、私と毛利で、マスター・キーを持った船客部長といっしょに各部屋を点検したときのことです。もちろん望月学長のお許しを得てやったわけですが、先生方の部屋も調べさせてもらいました」

「あら、わたしの部屋も調べたの」

高見沢の険しい声が飛んだ。

「お断りしませんでしたか」

「聞いてないわ」

「おかしいな。あとで毛利がご了解をいただいたはずです」

「いや――」毛利は首を振った。「ぼくは知りませんよ。彦原さんに言われて、砂井先生と駒津先生にはぼくが話した。でも、高見沢先生と桐山先生は彦原さんが話すことになっていた」

「それは話が違う」

「違いませんよ」

「そんなわけはない」

水かけ論だった。

しかし、駒津ドクターが彦原と毛利の両方から事後承諾を求められたことが分った。責任のなすり合いではなく、互いに間違えたらしかった。

「済みません。船客部長の手前があったものですから、ほんのちょっと、形式的に覗かせてもらっただけです。お部屋には片足しか入りませんでした」

彦原は謝《あやま》った。

93

彦原が謝っても、高見沢は険しい顔を緩めなかった。食いつきそうな眼で彦原を睨み、望月伊策が間をとりなそうとしたが、無断点検を許した彼に対しても怒っているようで、ウンともスンとも答えなかった。

「話をつづけてください。どこが妙だったんですか」

駒津ドクターは平気な顔で言った。ヒステリックな女房を扱い馴れているから、高見沢の憤慨も同類とみなしているという感じだった。

「及川先生の部屋をノックしたときです」彦原は早速答えた。「返事はありましたけど、ドアをあけてくれなかったんです。お留守ならマスター・キーがあったわけですが、いらっしゃると分ったので、お部屋の設備について船客部長が注文を伺いに上ったと言いました。そしたら、しばらく何もおっしゃらないで、注文はないという返事でした。私だけならそれで構いませんが、船客部長も来ているのに、ドアもあけないのは妙な気がしました。及川先生らしくありません」

「それだけですか」矢野が聞いた。

「いえ、ほかに誰かいるような声がしたんです」

「どんな声ですか」

「それがよく聞きとれなかった。あとで毛利と話し合ったんですが、私は女の声だと思ったけれど、毛利は男の声のような気がすると言います。いずれにしても、及川先生のほかに誰かいたらしいという意見は一致しました。そうでなければ、ドアをあけない理由が分りません」

「また難問だな」望月が呟いた。「来客は別として、及川さんの声で返事があったことは確かかね」

「それは確かです。私と毛利の二人で聞いています」

「そのとき室内にいた誰かが殺したのだろうか」

「そうじゃないでしょう」桐山が反論した。「及川さんはそのあとの夕食に出たし、夜の十二時頃Pデッキで矢野さんに会い、それから彦原さんや毛利さんにも姿を見られている」

「しかし、矢野さんたちが見たのは幽霊かも知れない。声をかけられても返事をしなかった」

「幽霊じゃありませんよ」今度は矢野が反対意見だった。「これは砂井さんの説ですが、ぼくや彦原さんたちが見たのは水島陽子の変装かも知れない。だから、声をかけられて返事をしなかったのではなく、バレると思って返事が出来なかったんです」

「いや——」つぎは黒木が矢野に反対した。「ぼくも一時はそう疑ったが、三輪桃子も及川さんに会っているんだぜ。しかも狭いエレベーターの中だ。やはり挨拶をして知らん顔されたらしいが、いくら巧妙に変装しても、そうはごまかせるものじゃない」

「そうだよな」矢野はあっさり同意した。もともと自分の意見ではなかった。「望月さんたちだって、同じテーブルで食事をしながら、五人そろって変装に気づかないはずがない。それより、ぼくは生徒全員の身元を洗ってみる必要があると思う」

「なぜですか」

桐山が眉をしかめた。

「おそらく誰の責任でもないでしょうが、洋上大学を企画したファニー化粧品事務当局は、応募者の提出した身上書を信頼して百人の生徒を選んだ。社員を採用するときのような身元調査はしなかった。つまり、身上書はでたらめで構わなかったので、パスポート（旅券）も他人の戸籍抄本に自分の写真をつけて申請すれば、簡単に他人名義で海外に出られる。指名手配中の凶悪犯人が潜り込んだかも知れないし、麻薬密輸業者の手先が紛れ込んでいる可能性もある」

「テレビのアクション・ドラマ的な発想ですな」

桐山は皮肉るように言った。

矢野はムッとしたが、我慢して言い返した。

「差障りがあると失礼だから、ぼくはわざと現実を飛躍させたんですよ。もっとも通俗的な例を挙げたに過ぎない」

「どういう意味ですか」

「差障りがないなら、気にされなくて結構です。とにかく生徒百人の身元を洗えば、事件を解決する鍵が出てくるかも知れない」

「しかし――」彦原が頼りない声で言った。「実は矢野さんにいろいろ聞かれて私もそのことを考えてみたんです。でも、太平洋の真ん中では内地で調査するようなわけにいきません。内地との連絡方法は、トンツー・トンツーの無線だけです」

「無線電話はないんですか」

「ありません」

大掛りな装置を必要とするテレックスも、むろんなかった。

「かりに事件を表沙汰にしても、やはり無線に頼るだけですから、トンツー・トンツーやっているうちに、船はホノルルに着いてしまいます。内地で、警察がやるような捜査は全く期待できません」

「すると——」

矢野は言いかけたまま、考え込んでしまった。ことによったら、犯人は、内地におけるような捜査が出来ぬという船の条件を計算した上で殺したのではないか。被害者を海に突落せば死体も残らないし、及川弥生の場合は死体が見つかったが、それも水葬されてしまえば、やはりいちばん有力な証拠となるべき死体が海中に消えてしまう。また、船は海に囲まれて逃げ場がないようだが、別の見方をすれば、限られたスペースに限られた人間が始終出入しているから、かえってアリバイを立てやすいのではないか。いつも人の多くいる場所はアリバイに利用できるし、個室なら、室内にいたと言うだけでいい。疑われても、犯行の現場さえ見られなければ大丈夫だ。あとはのんびりと、サン・クリームを塗って肌を焼いていればいいのである。

矢野が沈黙したせいか、ほかの者もいつの間にか黙り込んでいた。

94

一昨日の夕食の際、及川弥生がネックレスをしていたかどうか憶えている者もいなくて、捜査会議は不毛に終った。

夜は食事につづいて仮面舞踏会だった。

食事中の矢野と黒木は、一昨日彦原たちが室内点検に行ったとき、及川弥生のキャビンにひそんでいたらしい人物について意見が分れた。

カメラマンの田浦は、折戸玲子のほうばかり眺めていて、話に乗ってこなかった。

「おれは絶対に女だと思うな。彦原氏の耳を支持する」

黒木がまず言った。

「なぜだ」

「毛利氏は単純だからな。ある女性の部屋で別の声が聞えたら、すぐ相手は男だと思ってしまう。考え方が図式的で、先入観にとらわれやすい。彼に較べると、さすがに彦原氏は冷静で、耳も大きいし、団長としての責任感も違う」

「それが理由か」

「理由はまだある。及川さんがレズだという話を忘れたのか」

「それは誤解だね。誤解というより中傷だよ。砂井さんに聞いたが、彼女には財界にさるパトロンがいたらしい」

「誰だろう」

「名前は言わなかった」

「嘘だよ。彼女には男装の秘書がいる」

「しかしその秘書は、銅鑼がなったら下りたそうじゃないか」

「下りたと思ったが、引返して一般の客室に入ったかも知れない」

「どうしてそんな真似をする必要があるんだ」

「想像はいくらでも出来る。及川弥生の浮気を監視するため、あるいは、彼女に同行を断られたが諦めきれなかった、さらにあるいは、秘書以外の愛人を乗船させた疑いを抱いたと考えてもいい」

「おれは絶対に男だと思うね。もし女なら、彦原氏にノックされたとき平気でドアをあけられたはずだ」

「男というと、誰だい」

「いちばん怪しいのは桐山だろうな。彦原氏たちが室内点検していた頃、おれは喫煙室で砂井安次郎と喋っていた。そこへ、しばらく経ったら、及川弥生が入ってきた。誰かを探しにきた様子だったが、室内を見まわすとすぐ出て行った。ところが、また少し経ったら、桐山久晴が現れた。やはり誰かを探しにきたみたいで、すぐに立去ってしまった」

「及川弥生を追いかけてきたのか」

「分らない」

「桐山が犯人としたら、動機は何だろう」

「水島陽子に関係がありそうな気がする」

「うむ」

黒木は深刻な顔をして、ロースト・ビーフを口いっぱいに頬張った。

95

食事が済んだあとも、カメラマンの田浦は折戸玲子のほうをぼんやり眺めていた。

矢野と黒木は、田浦を置去りにした。

「あいつ、すっかり折戸玲子にいかれたらしいな。カメラのレンズが曇っている」

黒木が言った。

「あんなふうにのぼせやすくては、優秀なカメラマンになれない」

矢野は同感した。

仮面舞踏会の会場になっているエメラルド・ルームへ行くと、入口で仮面《ドミノ》を渡された。顔の上半面を蔽って、眼の部分だけ穴をあけたマスクの一種である。おかめやひょっとこなどの面とは違う。矢野は赤いドミノ、黒木は水色のドミノをゴム輪で両耳にかけた。僅かそれだけの仮装でも、注意しなければ互いの顔が分らないくらいになった。

会場はごった返していた。例の下手くそな楽団の伴奏で、色とりどりのドミノをした男女が愉しそうに踊っている。壁際のテーブルも満員で、やはりドミノをした男女がシャンパンやカクテルのグラスを片手に歓談していた。

「これは一九七〇年代の風景じゃないね。どこかにクレーヴの奥方がいそうな感じだ」

黒木がしたり気に呟いた。

矢野はそれとなく有田ミツ江や庄野カオリを探したが、ふたりともいないようだった。

「おい、陣内左知子が呼んでるぜ」

黒木が矢野の腕を突いた。

やや離れた席で、陣内らしい大女が手招きしていた。ドミノで顔の半分が隠れていても、彼女に間違いなさそうだった。ほかに数人がひとかたまりになって、三輪桃子らしい姿も見えた。

「敬遠したいな」

矢野は陣内が苦手だった。

「おれだって敬遠したいが、うしろを見せるわけにいかないだろう。彼女らはおれたちを疑っている。エコノミー・クラスへスパイを潜入させたかも知れないし、彼女らの捜査結果も聞いてみる必要がある」

黒木は積極的だった。

三輪桃子がいるせいだな、と矢野は思った。しかし田浦と違って、黒木の気持は三輪桃子に通じていないようだった。

矢野は黒木のあとから陣内たちのテーブルに行った。

少しずつ腰をずらして、彼女たちが席をあけてくれた。陣内はオリーブ色のカクテル・ドレス、三輪桃子はピンクのイブニングだった。ほかの者も正装である。陣内は黒いドミノが似合って、犯罪シンジケートの女ボスのような貫禄があった。

「みんな踊らないんですか」

黒木がのんきそうに言った。

「それどころじゃないわ」陣内は厳しく言った。「及川先生のネックレスが見つかったというのはほんとなの」

「早いな。もう知ってるんですか」

「及川先生のお部屋で見つかったそうね」

「どこで聞いたのかな」

「どこからでも聞えてくるわ。これで及川先生の殺された場所が、はっきりしたと考えていいのかしら」

「いいと思うけど、真相はまだ分らない。それより、エコノミー・クラスを調べましたか」

「もちろん調べたわ。徹底的に調べたと言っていいくらいね。怪しい人物はいなかったわ」

「しかし、ぼくは妙な噂を聞いた。かなり大胆な行動をした生徒がいるらしい」

「乱交パーティのことかしら。だったら事件と関係ないわ。そのパーティがあったのは、及川先生のお葬式の晩ですもの。それに乱交パーティなんて、話が大げさに伝わっているのよ。たいしたことじゃなかったらしいわ」

「及川さんや水島さんがエコノミーの部屋に出入りしていたという事実はなかったのだろうか」

「それはなかったようね。念のため調べてみたわ。とにかく、犯人はこの会場にいるはずよ。犯行を紛らすためにも、平気な顔で踊っているか、カクテルで乾杯しているに違いないわ」

陣内は睨《にら》むように会場を眺め渡した。

見憶えた人の顔も、ドミノのせいでなかなか見わけられなかった。矢野はようやくベックマンを見つけたが、彼は所在なさそうに突っ立っていた。講師はベックマン夫人と踊っている望月伊策しか見えない。

「きょうはメンバーが足りないようですね」

矢野は三輪桃子に話しかけた。

「庄野さんと有田さんはドレスを盗まれたので、出席できないんです。可哀想だわ」

「普通のスーツで構わないだろうけどな」

「でも、みんながドレスを着ているのに気がひけるんじゃないかしら」

「甲斐さんや折戸さんは」

「――――」

三輪桃子は首をかしげた。金色のドミノをしているが、相変らず色っぽい眼だった。その眼でじっと見られると、何やら思いがこもっているようで、見られたほうは落着かなくなるのである。黒木が悩みだしたのも無理はなかった。

矢野はそれを錯覚だと思うことにしているが、そう思わなかったら、矢野自身も何となく胸がいっぱいになってしまう。

「三輪さんのお家は、お料理屋だそうですね」

黒木が話に割込んできた。言葉が丁寧で、声まで別人のようにやさしかった。

女の悲鳴が聞えたのは、そのときだった。

会場がにわかに騒がしくなった。

「どうしたんだ」

矢野は反射的に席を立った。

黒木も同時に立上った。

人垣を分けてゆくと、白と黒の縦縞のカクテル・ドレスを着た女が倒れていた。黄色いドミノをしているので、初めは誰か分らなかった。

望月伊策が屈《かが》んで、ドミノを外《はず》した。

陣内たちと同室の今中千秋だった。岩手県花巻市の旅館の娘である。また気絶か、と矢野は思ったが、そうではなくて、薄眼を開いていた。

「大丈夫ですか」

望月が聞いた。

「怖い……」

今中千秋は細い声で、怯《おび》えるように言った。

96

仮面舞踏会の会場で起ったことは、及川弥生の葬式以後、不安があらためて生徒の間に広がっていたことを示す最初の徴候だった。

望月伊策の指示で、矢野と黒木は今中千秋を両脇から抱えるようにして、駒津ドクターのキャビンへ運んだ。

駒津ドクターは、気つけ薬の一種だと言って、鎮静剤らしい注射を射った。

しかし今中千秋は、依然怯えている様子だった。

「何が怖いんですか」

駒津ドクターは穏やかに聞いた。葬式のときとは違い、怒鳴りつけたりしなかった。

「あたしを狙ってる人がいるわ」

今中は恐ろしそうにドアのほうを見た。

「何処に」

「ドアの外です」

「見えないじゃないか」

「隠れてるんです」

「気のせいだよ」

「いえ、舞踏会の始まる前から、あたしのあとをつけていました」

「どんなやつだろう」

「ドミノをしていたので、顔はよく分りません」

「男ですか」

「はい」

「おかしいな」

駒津ドクターが、矢野に眼で合図をした。

矢野はドアをあけ、廊下に出てみた。

だれもいなかった。今中千秋の不安を除くためにドアをあけたので、彼女の言うことを信じたわけではないから、別段意外でも何でもなかった。

「だれもいませんよ」

矢野は言った。

「それじゃトイレにいないかしら。洋服箪笥に隠れているかも知れないわ」

今中はまだ怯えていた。

駒津ドクターは仕様がないといった顔で、今度は自分でトイレと洋服箪笥を覗いてきた。

やはり誰もいるはずがなかった。

そこへ、ノックもしないで事務局長の毛利が飛びこんできた。

「済みませんが、至急診ていただけないでしょうか。頭がくらくらして、心臓が止まりそうなんです」

「そいつは大変だ。横になりなさい」

「わたしが横になるんですか」

「ほかの者が横になっても仕様がない」

「でも、病人はわたしじゃありません。C組の生徒です」

「なんだ。慌《あわ》てちゃいけないよ。それを先に言いなさい」

「木村美穂という生徒ですが、事務局で泣き通しに泣いています」

「喧嘩でもしたのか」

「よく分りません」

「どんな生徒だったろう」

「おとなしくて可愛い子です。オリオン星座みたいなホクロが、右の頰に三つ並んでいます」

毛利はそこまで言ってから、ベッドで青い顔をしている今中千秋に気がついた。

「今中さんも具合が悪いんですか」

「うむ。症状は違うが、木村美穂と同じ病気かも知れない」

駒津ドクターは診察の支度をした。

97

今中千秋の看病を毛利に任せて駒津ドクターが出て行く頃は、注射がきいたせいか、彼女はうとうと眠りかけていた。

駒津ドクターに望月伊策がつづき、矢野も黒木といっしょに事務局のキャビンへ行った。

彦原、砂井安次郎、桐山久晴に囲まれて、木村美穂が泣きじゃくっていた。

矢野は彼女の顔を憶えていたが、名前と結びつかないでいた生徒の一人だった。名簿によれば香川県高松市の出身で、二十歳、職業は会社員となっている。

駒津ドクターが容態を聞いた。

しかし、彼女は子供のように泣きじゃくるばかりで、しまいには「家へ帰りたい」と言い出した。

「そんなことを言っても、ここは海の上だからね。どこも痛くないなら、もう少し我慢しなさい」

「頭が痛いんです」

「それじゃ薬をあげよう」

「心臓も止まりそうです」

「心臓の薬もあげる」

「昨日の晩も一昨日の晩も、ずっと眠れません」

「すると、眠れなかったせいだな。ぐっすり眠ればすっきりする。今夜はよく眠れるように、睡眠剤をあげましょう」

「薬は厭です。眠るのが怖いんです」

「なぜ」

「眠ったら殺されます」

「誰に」

「顔は見えません。眼をつむると、黒い影が寄ってきて、あたしを裸にしようとするんです」

「うむ」

駒津ドクターは、怒ったように下唇を突き出して唸った。

そこへ今度は、草下ゆり子という生徒がロビーで泣いているという知らせが入った。

駒津ドクターがまた唸った。

しかし彼は唸っただけで、彦原と望月と砂井がロビーへ向った。

矢野もすぐにあとを追った。

ところが、ロビーへ行くと泣いているのは草下ゆり子ひとりではなく、ほかにも泣いている生徒がいて、彼女らを中心に二十人くらいが騒然となっていた。

彦原はあたふたするばかり、望月、砂井も右往左往するばかり、矢野もどうしたらいいのか分らなかった。

泣いている理由は、今中千秋や木村美穂とほぼ同様だった。草下ゆり子は幻聴も聞えるようだが、とにかく常識で納得できる理由ではなかった。しかも泣声は伝染するらしく、あとから来た者まで仲間に加わって、及川弥生の葬儀のときと全く同じ現象が再現した。親の死に目に会いそこなったように、肩を抱き合って泣いている者もいる。しかし現象は同じでも、葬儀のときは泣く理由が明確だった。

「みなさん、どうかお部屋に引上げてください。お願いです。あとで私がみなさんのお部屋に伺いますから」

彦原や望月は懸命に宥《なだ》めてまわった。

「これは典型的な集団ヒステリーだな」

いつの間に現れたのか、桐山久晴がひとり言のように言った。

「放っておけば静かになりますか」

矢野は聞返した。

「いずれは静かになる。泣くというのはエネルギーを消耗するし、感情が解放されるから精神衛生にもいい。くたびれたら自然に泣きやみますよ」

桐山は、冷静というより、かなり無責任だった。

「でも、今度は及川さんの葬式のときと違うでしょう」

「多少は違うだろうけどね。ぼくの専門分野から言わしてもらうと、生徒たちの多くは拘禁性ノイローゼにかかっている。もちろん、親元を離れた海外旅行で、解放感を満喫している生徒もいる。そういう連中はデッキ・ゴルフをしたり、プールで泳いだり、夜は、カクテルを飲み、ダンスを踊り、洋上生活の快楽を存分に味わっている。だが、そのほかの生徒は船に閉じ込められた感じで、初めて知合った者同士の間で感情のもつれもあるだろうし、女性らしい虚栄心のぶつかり合いもあるに違いない。初めての海外旅行でホームシックになっている生徒もいる。そういうさまざまな心因がもとで、関係妄想とか色情妄想、被害妄想、あるいは閉所恐怖症、孤独恐怖症に陥っていたということも考えられる。つまりそういう表に現れないでいた一種の神経症が、一人か二人のヒステリーに触発されたわけですな。現実逃避の逃げ場を、本格的な病気に求める転換ヒステリーの患者が出ないだけまだましです」

桐山は得々として、フロイトの受売りのような解説をした。

しかし、矢野は桐山のように考えなかった。眼の前の光景は確かに集団ヒステリーの一種だろうが、それは水島陽子が行方を絶ち、及川弥生が殺されたという噂による、不安と恐怖が原因だと思っていた。

98

横浜を出航して六日目になった。洋上大学のスケジュールは、まだ二日分の授業が残っていた。しかし、前夜の集団ヒステリー騒ぎは明方近くまでかかってようやく治まったが、その原因が消えたわけではなかった。

矢野はろくに眠れないまま朝を迎えた。それでも多少は眠ったらしく、起上る頃は朝食時間を過ぎていた。舌に苔《こけ》が生えたようで、どうせ食欲はない。

砂井安次郎の教室をガラス越しに覗くと、出席者は半数以下だった。砂井が冴えない顔色で何か話しているが、生徒も元気がない様子で、真面目に講義を聞いているのかどうか怪しかった。つぎに覗いた桐山久晴の教室も同じだった。彼自身はそう変らないようだが、生徒のほうがどことなくしらけた雰囲気である。

望月伊策と高見沢梢の教室は、出席者が少ないのはともかくとして、肝心の講師の姿が見えない。がやがや勝手に喋っている生徒に聞くと、望月も高見沢も眠っているのではないかという。

「欠席の人たちも眠ってるんですか」

矢野は生徒に聞いた。

「家に帰りたくて泣いている人もいるわ」

駒津ドクターにもらった睡眠剤が効き過ぎて、それで起きられない者もいるという。

今中千秋や甲斐靖代は欠席だった。木村美穂、草下ゆり子も欠席していた。

しかし矢野は、陣内左知子や折戸玲子はどうでもいいが、有田ミツ江、庄野カオリ、三輪桃子の三人が出席していたのでいくらか安心した。

プールのあるベランダに出ると、団長の彦原がショート・パンツ一枚で日光を浴びていた。居眠りをしているのかと思ったが、矢野が近づくと、落窪んだ眼を開いた。やつれ果てた感じで、頬がげっそり痩せこけている。

「あれから、眠れましたか」

矢野はとなりのデッキ・チェアに腰を下ろし、寝そべるように体を伸ばして言った。

「眠れやしませんよ。この船に乗ってから、ほとんど眠っていません。体重が七キロも減ってしまった。心配ごとばかりで、食事も満足に喉を通らない」

「心臓の具合は大丈夫ですか」

「駒津先生に薬を頂いてますがね、もう日本へ帰れないかも知れない」

彦原は心細そうだった。

「生徒に聞いたけど、望月さんと高見沢さんはまだ眠ってるんですか」

「そうらしいです。時間なのでノックをしましたが、熟睡中のようで返事もありません。何しろ昨夜の騒ぎで、おやすみになったのが午前四時過ぎだった。無理は言えません」

「彦原さんも寝坊すればよかった」

「私はそうはいかない。責任者ですからね。全くひどい旅行です。こんなことになるなんて、夢にも思わなかった」

「桐山久晴氏のおくさんを知ってますか」

矢野は話を変えた。

「もちろん存じています。二度ほどお目にかかりました」

「どんなおくさんですか」

「しっかりした感じですね。学生時代はバレーボールのキャプテンだったそうで、体格も堂々としています」

「美人ですか」

「もう少し眼がぱっちりして、もう少し鼻が高く、もう少し口が小さくて、それからもう少し痩せていたら美人でしょう」

彦原は複雑に答えた。自分の立場を考え、あるいは礼節をわきまえたつもりかも知れないが、眼が薄ぼんやりして鼻ぺちゃで大口のデブと言ったようなものだった。

「そのおくさんを、この船で見かけませんか」

「いえ。なぜですか」

「桐山さんは今度の旅行から帰ったら、おくさんと別れ、水島陽子と再婚するはずだったという噂を聞いた」

「またそんなデマが飛んでるんですか」

「聞いていませんか」

「初めて聞きます」

「それじゃ及川弥生女史の秘書はどうだろう。やはりこの船に乗っていないだろうか」

「いったい何を考えているんですか」

「とにかく答えてください」

「及川先生の秘書なら、私も毛利も知っています。会えばすぐ分るし、第一、船が港を出るとき、栈橋で手を振っている見送り人の中にいましたよ。この船にいるわけがないでしょう」

「すると昨日の話に戻るけれど、彦原さんたちが室内点検にまわったとき、及川さんの部屋にいた女のことは、ほんの僅かな心当りもありませんか」

「ありませんね」

「E組の三輪桃子はどうかな。ぼくは彼女の色っぽさが気になって仕様がない。料理屋の娘らしいが、あの色っぽい眼つきは普通じゃない。彦原さんは気になりませんか。田浦くんが撮ったレセプションの写真を見たら、桐山さんが彼女の肩に手をやっていたが、及川さんが殺された夜、三輪桃子は偶然エレベーターで及川さんといっしょになったと言っている。しかし、本当に偶然かどうか証人はいない」

「偶然でなければ、どういうことになりますか」

「ずっといっしょに行動していたのかも知れない」

「私はそこまで勘ぐりません。色っぽいからといって、妙な想像をしては気の毒です。うちの毛利などは、三輪桃子より陣内左知子のほうが色っぽいと言っている」

「ほんとですか」

「十人寄れば気は十色、蓼《たで》食う虫も好き好きです」

まさにその通りだった。田浦は折戸玲子に首ったけである。しかし、毛利が陣内に色気を感じているというのは意外だった。

「陣内左知子といえば、ぼくは彼女に訊問されて、及川さんの死体を見つけたとき、暴行の形跡がなかったかと聞かれた」

「私も聞かれました。でも、あのときはそれどころではなかった」

「解剖すべきだったとは思いませんか。法医学的な難しいことは分らないにしても、もし暴行されていたら、精液《ザーメン》で犯人の血液型が分ったはずだ」

「陣内左知子に聞かれて、私も同じことを考えました。しかし、もう仕様がありません。及川先生は海の底です」

彦原は水葬の場面を思い出すように、眼を閉じてしんみり言った。

だが矢野は、解剖に反対したのが望月伊策だったことを思い出していた。

99

午前十一時に授業が終ると、間もなくデッキで昼食だった。

しかし、どのテーブルも若い女性が溢れそうで色彩だけは華やかだが、昨日までの様子と違って活気がなかった。そして食事が済んだあとも、いつもピンポンやデッキ・テニスをしていた連中までキャビンに引きこもってしまったらしく、プールで泳いでいるのは外人ばかり、ビーチ・パラソルの周囲も閑散としていた。

「ことによると――」黒木が矢野に言った。「夜になったら集団ヒステリーがぶり返すぞ」

「今夜はギャンブル大会だろう」

「うん。講義の代わりに、砂井安次郎がブラック・ジャックやルーレットのやり方を教えていたが、生徒はあまり乗り気じゃないようだった。まあ当然だね。人間が二人も殺され、犯人は同じ船に乗っているんだ。おれだって、到底ギャンブルを愉しむ心境じゃない。犯人を捕えることが先決だよ」

「しかし、容疑者は多過ぎるくらいいるが、肝心の証拠が一つもない」

「怪しい順に当ってゆくのさ。手をこまねいている場合じゃない」

「いちばん怪しいのは誰だ」

「まず桐山久晴だろう」

「同感だな。次が砂井安次郎、望月伊策、それから駒津ドクター、高見沢梢の順だ。もちろん、生徒も全員容疑圏内にいる」

「一等航海士や楽団の歌手もいるぜ」

「いや、乗組員は一応除外していいと思う。外人の乗客も除外していいだろう。及川弥生は、洋上大学で買切ったAデッキのキャビンで殺されていた。外人が、誰にも気づかれないで出入りすることは難しい。同じ意味で、エコノミー・クラスの若い連中も除外できる。彼らについては陣内たちがスパイを送って調べたらしいが、疑い出せばきりがないからな。この辺で焦点を絞る必要がある」

「容疑者を洋上大学の関係者に絞るか」

「それでも百人以上いる」

「生徒でいちばん怪しいのは誰だろう」

「おれの勘では折戸玲子がくさい」

「なぜだ」

「有田ミツ江と庄野カオリの盗難事件は本物とみていいが、折戸玲子の盗難はインチキだね。ほんとに財布を盗まれたなら、事務局で借りた百ドルしか持っていないのに、美容室なんかでドルを使う余裕などあるわけがない。むしろハワイへ着いてからのほうが、観光や買物のために、いくら金があっても足りないくらいになるはずだ」

「しかし、彼女は田浦に惚れられている。田浦やほかの生徒からも借りていると考えれば不自然ではない。彼女はおしゃれなんだ」

「それにしても気前よく使っているが、問題は盗難が嘘らしいということだよ。その嘘を水島陽子に見破られたとすれば、立派に殺人の動機が成立つ。現金を抜取って、財布だけ捨てるところを見られたのかも知れない」

「及川弥生を殺した犯人も彼女か」

「そういうことになる。水島陽子を海へ突落とす現場を目撃されたとすれば、やはり生かしておけないだろう」

「その前に、彼女が財布を盗まれたなんて嘘をついた理由は何だい」

「例えば、洋上大学のガイド・ブックによると、小遣いは三百ドル程度で十分だと書いてある。彼女はガイド・ブックに従って三百ドル用意した。ところが船に乗ったら、割合金持の娘が多くて、みんな千ドルとか、二千ドル以上持ってきた者もいる。そこで彼女がつましい女ならよかったが、美容室へ通ったことで想像できるように人一倍おしゃれで虚栄心の強い女だったら、乏しい財布の中身を仲間に知られたくない。盗難はそのための口実だね。つまり財布を盗まれたと言えば、金がなくても恥ずかしい思いをしないで済む。あさはかな女ごころでそう考えたに違いない」

「ふむ――」

黒木は太陽が照り輝く紺青の空を仰ぎ、矢野の推理に感心しない顔つきだった。

100

夜の催しは晩餐会から始まった。

正装を盗まれたので、早番の有田ミツ江は晩餐会を欠席したらしく、遅番の庄野カオリも姿が見えなかった。

矢野は彼女らの心中を思って同情した。盗まれたなら普段着で構わないはずだが、みんなが着飾っている席に出るのは、おそらくいっそう惨めな思いをするばかりだった。泥棒は目的を果したのである。彼女らの夕食はルーム・サービスさせているというが、晩餐会のあとのカジノにも出られないのだ。

矢野はあらためて泥棒を憎んだ。殺人犯も捕えなければならないが、泥棒も捕えなければ気が済まない。

賭博場《カジノ》は、Pデッキのラウンジと喫煙室の両方に設けられていた。喫煙室にルーレットが二台、広いラウンジのほうはタキシードを着た数人のディーラーが分散していた。ディーラーはトランプの札配りだが、同時に親の役目もつとめ、チップスの回収や配当もやる。ルールは矢野が知っていたブラック・ジャックより簡単だった。二枚以上引いたカードの数の合計を21以内で争う点は変らないが、五枚引いた合計が21以内でもヤクにならないし、同じ数字の札を三枚つづけて引いてもヤクにならない。それでも賭事の好きな矢野は、ラスベガスのカジノを模したという今夜の催しを愉しみにしていたし、生徒たちに要領を教える愉しさも手伝って、初めのうちは真剣にチップスを張った。

ところが、ディーラーは楽団で下手なピアノを弾いていた男だったが、そいつの態度が次第に面白くなくなった。わざと負けてくれるのである。にこにこと陽気なのはいいが、こっちのカードが21を越えて失格すると別のカードに替えてくれたり、特に女性に対してサービス過剰だった。やがて通りかかった彦原に聞いて分ったが、ドルでチップスを買ったのに、儲けたチップスはドルに交換してくれないのだ。要するにお遊びで、高額所得者には景品が出るというが、本物のギャンブルではなかった。

矢野はたちまち興醒めがして、残っていたチップスを全部生徒たちにやってしまった。

「お遊びだってさ」

矢野は、ほかのテーブルで血走るような眼をしていた黒木に説明してやった。

「そんなばかなことあるものか」

黒木も、チップスは現金になると思っていたのである。

「仕様がないよ。今朝の船内新聞にそのことが書いてあったそうだ」

「おれは英語の新聞なんか読まない」

「おれも読まなかった」

「ふざけてるな。おれは三十ドルも買ったんだぜ。十ドルずつ二度もおけらになってから挽回して、ようやく百ドルくらいに殖えたところだ」

「無駄な努力だね。向うのテーブルはディーラーが大サービスで、みんな五百ドル以上儲けている」

「けっ」

ギャンブルを愉しむ心境じゃないと言っていたはずの黒木だが、妙な声をあげると、矢野と同じように、せっかく溜めたチップスを近くにいた三輪桃子の前に積んでやった。

「あら、こんなに頂いていいのかしら」

三輪桃子は当惑したようだった。

「いいんですよ。遠慮はいりません。ぼくは用ができてしまった」

「それじゃお金に換えたら」

「いや、大した額じゃありません」

黒木は曖昧に言って、矢野といっしょにテーブルを離れた。三輪桃子も換金できると思っているのだ。

となりのラウンジへ行くと、ルーレットのディーラーは、女房が売店の売子をしている歌手だった。ここも満員の盛況である。客の中に桐山久晴のタキシード姿が見えた。

「彼を呼出してみよう」

矢野はふいに決心がついて言った。

101

矢野が桐山久晴を呼出す気になったのは、子供騙《だま》しのようなギャンブルに一杯食わされた感じで、多分にその腹いせも手伝っていた。

「そうだな。博奕なんかやっている場合じゃない」

黒木も賛成した。

「儲かってますか」

矢野が桐山の脇にまわって声をかけた。

「儲からないね。ルーレットなんて主体性のないゲームは、女子供の遊びだ。面白くもない」

「それじゃ、ちょっと時間をくれませんか。聞きたいことがあるんです」

「聞きたいことって」

「ここでは話せない」

「何だろうな」

桐山は迷惑そうな顔をしたが、僅かに残っていたチップスをポケットに突っ込み、矢野と黒木のあとについてラウンジを出た。

バーは混んでいたし、ナイト・クラブを気取ったエメラルド・ルームも正装した客で賑わっていた。

「今夜は人出が多いな」

と黒木が呟いたが、プロムナードやベランダも人が出ていた。おそらく、稼いだチップスをドルに替えてくれないギャンブルでは身が入らないし、キャビンに帰っても落着かないのである。せっかく着飾ったのに、ハワイ航路の夜は今夜を含めてあと三日しかないのだ。

ボートデッキも人が出ていたので、廊下を迂回して積荷《カーゴ》デッキへ下りた。

ここは人影がなかった。荷役用の機械類が死んだように眠り、船を港に繋ぐとき麻綱やワイヤ・ロープを巻きつけるボラードが寂しそうに立っていた。

「失礼を承知の上で質問させてもらいます。水島陽子との関係を、率直に話してくれませんか」

矢野が話を切り出した。

「どういう意味ですか」

桐山はムッとしたというより、居直ろうとする感じだった。

「意味は説明不要でしょう。水島陽子が姿を消してからまる四日経って、いろんな噂があることはご存じのはずです」

「噂というのは無責任なもので、どこまでいっても噂は噂に過ぎない。ぼくは問題にしていない。ちゃんと釈明もしている」

「その釈明が納得できないんです。水島陽子とのゴシップについて、桐山さんは彼女とこの船に乗り合わせたのは偶然だとおっしゃった。その点に間違いありませんか」

「まだそんなことを疑ってるんですか」

「大いに疑っています。水島陽子と同室の甲斐靖代に聞きましたが、桐山さんは彼女の名前を呼び捨てにして、ドレスの着つけまで手伝っている。少し常識外だと思いませんか」

「思わないね。きみが常識外に思うなら、きみの常識がぼくの常識と違っていることを示すだけじゃないかな。神経過敏ですよ。ぼくはあれくらいのことは何とも思わなかったし、彼女も平気なようだった」

「しかし、乗船してまだ二日目のことだった。その様子を見ていた甲斐靖代は恥ずかしくなり、部屋を変えてくれと申し出ている」

「それはこう考えればいい。本当は甲斐くんも着つけを手伝ってもらいたかった。ところが、自分はそうしてもらえなかったので侮辱を感じた。あるいは嫉妬したということも考えられる。女性特有の屈折した心理です。その心理がいかにも女性らしい羞恥心と潔癖感にすり替えられ、ぼくに対する非難となって表れたわけでしょう。ぼくは気にしませんね。いわばヒステリーの一種で、特に彼女がヒステリーを起こしやすい女だということは、及川弥生さんの水葬のとき、気絶したことが証明している。ああいう女の話を、まともに受取られては困ります。きみたちもジャーナリストなら、もう少し分ってくれていいと思うがね。ぼくが水島陽子の着つけを手伝ったりしたのは、ふざけ半分のサービスに過ぎない。呼び捨てにしたのも冗談だった」

「折戸玲子に話したことも冗談ですか」

黒木が聞いた。

「折戸玲子に?」

いったい何のことか、というように桐山は聞返した。

「桐山さんは離婚手続き中で、今度の旅行から帰り次第おくさんの籍を抜き、水島陽子と再婚するという話を折戸玲子にしたでしょう。レセプションの夜、つまり水島陽子が消えた夜のことです。しかし、その話をしたのは消える前で、水島陽子もその場で話を聞いていた」

「――――」

桐山は首をかしげた。

「憶えがありませんか」

「憶えてないな」

「それじゃ、折戸玲子を呼びましょうか」

「いや、その必要はないね。もしそんなことを言ったとすれば、やはり冗談に違いない。離婚なんてそう簡単にできるものじゃありませんよ。それこそ常識の問題で、真面目に聞くほうがどうかしている」

「しかし、ほかの生徒からも、見るに耐えないという苦情が出ていた」

「だから何だというんですか」

桐山の言葉が荒くなった。

「濡れ衣《ぎぬ》なら、誤解を解くべきでしょう」

「ぼくにそんな義務はない」

「ありますね。水島陽子はすでに死んだと見られ、それが昨夜の集団ヒステリーの原因にもなっている。桐山さんの常識は通用しない。洋上大学に参加するため、水島陽子は五百通も応募ハガキを送った。それで特別扱いされて当選したが、ハガキの筆跡が彼女のものだけではなかったことも分っている」

「ひどい言いがかりだ」

「ついでにもう一つ聞いておきたい」矢野がさらに言った。「この船に乗った最初の夜遅く、Pデッキの手すりにもたれている女がいた。その女は桐山さんに話しかけられ、何度も首を横に振っていたが、やがてふたりいっしょに立去った。妙に印象的な光景だった。そのときの女性は誰でしたか」

「誰だろうと大きなお世話だ」

「女は髪が長くて、桐山さんより背が高かった」

「大きなお世話だと言ったのが聞えないのか。無礼きわまる」

「差支えなければ答えてください」

「変態のような覗き趣味に答える必要はない。きみたちはプライバシーを侵害しようとしている」

「水島陽子を殺し、及川さんを殺した犯人を探しているつもりです」

「ぼくが犯人だと言うのか」

「疑っています」

「もう我慢できない」

桐山は声を震わせ、かんかんに怒って行ってしまった。

102

「薬が効き過ぎたかな」

「いや、あれでいいのさ。どんな副作用を起こすか愉しみだ」

黒木は面白がっていた。

矢野も同様だったが、ほかにも容疑者がいるのに、桐山だけ追いつめたのは早まったような気もしていた。

矢野と黒木はバーへ行き、それから一時間ほど飲んだ。

そこへ、げっそりやつれた彦原団長が、いっそうやつれた顔で現れた。

「弱りました。桐山先生が半狂乱です」

「なぜ」

矢野が聞いた。

「なぜって、矢野さんたちのせいです。桐山先生を怒らせたでしょう」

「怒らせるつもりはなかったけど、怒ってるんですか」

「怒ってるなんてものじゃありません。船を下りると言っている」

「海に飛込むというんですか」

「海に飛込んだら溺《おぼ》れてしまいます。たとえ水泳の名人でも、ここは太平洋の真ん中です。無線でヘリコプターを呼ぶか、さもなければ、SOSで近海にいる船を呼べと言って聞きません」

「それは無理でしょう」

「もちろん無理です。望月先生や砂井先生が宥めてますが、ヒステリーみたいになって手がつけられない。大声を張り上げている」

「ヒステリーの専門家がヒステリーですか」

「だったら自分で気がつきそうに思いますが、とにかく矢野さんと黒木さんが謝らなければ、船長に直談判してヘリコプターを呼ぶと言っています」

「ぼくと黒木が謝れば、ヒステリーは治るんですか」

「そうらしいです」

「ぼくは謝らないな。やり方が卑怯だ。謝らせたかったら、堂々と言うべきことを言って、ぼくらが間違っていることを認めさせればいい」

「ぼくも謝らない」黒木も言った。「ヒステリーは、放っておけば静かになると解説したのは桐山さん自身だった」

「そう冷たいことを言わないで、私を助けると思ってくれませんか。ちょっと頭を下げてもらえばいいんです。水島陽子との関係については、望月先生がうまい具合に話を聞き出して、桐山先生も一応認めました」

「どう認めたんですか」

「応募ハガキを手伝って書いたことです。ということは二人が以前から知合いだったわけで、あとはご自分で話しました。桐山先生のおくさんはお茶の先生で、水島陽子はそのお弟子さんだったそうです」

「桐山夫人はバレーボールのキャプテンじゃなかったんですか」

「それは学生時代です。おくさんがお茶を教えていることは、私も聞いたことがあります。とにかくそういう関係から、桐山先生も茶会に出席したりして水島陽子とは以前から知っていたので、冗談も言い合える仲だったようです」

「しかし、彼が応募ハガキを手伝ったことを、彼のおくさんは知っているのだろうか」

「知っているそうです」

「怪しいな」

「疑えばキリがありません。お願いです。謝ってくれませんか」

「――」

矢野は返事をしなかった。彦原には気の毒だが、頭を下げる気になれなかった。

黒木も同様らしく、腕を組み、むっつり押し黙っていた。

103

結局、矢野と黒木に断られた彦原は、溜息をついて引返した。

矢野はキャビンに帰り、ベッドに横たわった。

五日前に横浜を出港した洋上第一日、最初に起こった事件は折戸玲子の財布盗難事件だった。この事件は狂言の疑いがあり、犯人は分らずじまいになっている。

二日目は正式の晩餐会につづいて、船長招待のカクテル・パーティがあった。この頃すでに桐山久晴と水島陽子との仲が生徒たちの噂になっており、その釈明をしたいと言う桐山の申し出によって水島陽子を探したが、ついに彼女は見つからなかった。彼女の失踪はそれ以来現在に及んでいる。矢野と黒木が、Pデッキのベランダで血痕を見つけたのもこの晩だった。

三日目、ようやく日ざしが熱くなる。水島陽子の行方について、自殺説、誘拐監禁説、過失死説などさまざまな情報が入り乱れたが、彼女の私物検査をした結果、遺書がなかった代わりにハワイの観光案内書が見つかり、イブニング・ドレスを着たまま失踪したことなども分って、他殺説が濃くなった。船客部長の協力を得ておこなった船内捜索の結果も徒労に終った。そこへ夜に至って、有田ミツ江のきものと庄野カオリのドレスが盗まれるという事件が発生、さらに砂井安次郎のキャビンで及川弥生の全裸死体が見つかった。後頭部に打撲傷があり、入口の鍵がかかっていたので、密室殺人と見られる状況だった。しかし、洋上大学側は生徒に動揺を与えることを恐れ、講師団と協議の末、遺体を及川弥生のキャビンへ運び、船医や事務長に対しても事故死を装って、その代わり事件究明のため捜査本部を設けることにした。及川弥生は裸体だったのに、ブラウスの肩にすり切れた跡があって、ネックレスが紛失していたからである。

洋上第四日は、午後から及川弥生の水葬が行われたが、精神的ショックが烈しかったせいか、三輪桃子、庄野カオリ、甲斐靖代が相ついで気を失い、ほかの生徒もいっせいに泣き出して集団ヒステリーの観を呈した。この騒ぎは駒津ドクターの機転による対症療法でおさまったものの、生徒間には、五人の講師がそれぞれ愛人同伴で乗船したらしいというスキャンダルまで囁かれていることが分り、生徒が洋上大学事務局に提出した身上書は身元確認をしていなかったことも分った。そして、同一人物の名前で五百通の応募ハガキを出した水島陽子は、公平な抽選によらず優先的に当選となったことも判明した。出航第一夜、矢野がデッキで見た女の影は、どうやら水島陽子とみて間違いないようだ。彼女と桐山久晴との仲は、かなり進んでいたらしい。

この間、砂井安次郎は密室の謎に挑《いど》み、耳かきや爪ヤスリで錠を開ける実験をしたが、不可能という結論に達したらしく、また、矢野は人影のないカーゴ・デッキで、駒津ドクターがひそかに海中へ何かを捨てたところを目撃したが、駒津ドクターは何を捨てたのか質問に答えなかった。一方、陣内左知子をボスとして生徒たちも捜査を開始し、矢野や講師たちも厳しい訊問を受けた。

五日目、砂井安次郎は水島陽子生存説とともに彼女が及川弥生に変装していたのではないかという説を打出していたが、その説をひるがえし、及川弥生の負傷は死体発見時刻より遥かに早く、夕食の際の様子がおかしかったと言い出して、桐山と駒津ドクターがそれに同調するような発言をした。やがて及川弥生のキャビンで彼女のネックレスが発見され、捜査会議を開いたが堂々めぐりの議論が繰返されるばかりだった。

夜は仮面舞踏会が催された。ところが、被害妄想に襲われた今中千秋の悲鳴をきっかけに、またしても集団ヒステリーが発生し、騒ぎは明方近くに及んだ。

そして今日が六日目である。水島陽子の行方は依然として不明、及川弥生を殺した犯人もいっこうに分っていない。

104

矢野は事件の経過を辿《たど》ってみたが、犯人の見当どころか、犯行の動機さえ依然五里霧中だった。

ドアをノックして、彦原団長が入ってきた。

「本当に弱りました。謝って頂けませんか。お願いです」

「まだごねてるんですか」

矢野は呆れた。

「ずっと同じ状態です」

「放って置きなさいよ」

「そうもいかないんですよ。このままでは、私も毛利も眠れません。望月先生や砂井先生も困っています」

「黒木に頼んでみましたか」

「やはり断られました」

「ぼくも断るな。謝る理由がない」

「どうしても駄目ですか」

「彦原さんには気の毒だけど、一方的な妥協はしたくない」

矢野は突放した。

彦原はまた溜息をついて引返した。

矢野はふたたびベッドに寝そべった。

とにかく、いちばん怪しい人物は桐山久晴だった。水島陽子との関係はようやく彼自身が認めたらしいが、男女間の肝心な点を曖昧にしている。

水島陽子の失踪は、もはや殺人事件とみて間違いない。遺書もなかったし、ハワイの観光案内書を二冊も持参していたことは、自殺する意思がなかった何よりの証拠だ。彼女が行方を絶ったレセプションの夜、桐山が会を中座して水島陽子を殺し、それから会場に戻ったとしても目撃者がいないのだ。その深夜、ベランダに血痕が落ちていたことも見逃してはならない。いずれにせよ、桐山と水島陽子がかなり親密だったことは生徒たちの証言で確かだろう。それが事実なら、ふたりの間にどのようなトラブルが起っても不思議ではない。桐山には妻がいるし、水島陽子は抜群の美人だった。

また、及川弥生の死体が発見された夜、桐山はダンスをしていたというが、やはり中座の可能性はある。彼女の死は深夜十二時前後から三十分くらいの間とみるのが自然だが、死因となった頭部の傷をもっと前に負ったものとすれば、その日の夕方近く、矢野と砂井がいた喫煙室へ、及川弥生と擦れ違いに入ってきた桐山の様子も大いに怪しむべきではないのか。水島、及川との三角関係が考えられるし、ことによると彼は、水島を殺した現場を及川に見られたのかも知れない。

桐山のキャビンは及川のとなりだが、及川のとなりといえば、砂井安次郎も同じである。むしろ及川殺しに関しては砂井のほうが疑問だらけで、水島陽子の失踪についても怪しい点が多い。

まず失踪事件だが、砂井が不精ひげを伸ばし出したのはその事件以来だった。気分を変えるためという言い分は素直に頷《うなず》けない。犯行を誰かに見られた場合を考え、容貌を変えるためにひげを伸ばしたのではないか。駒津ドクターに聞いてベランダの血痕を見に行ったと言うが、それは単なる好奇心ではなく、血痕を消すためだったのではなかったか。血痕が消えてしまってから、いかにも自分は無関係なように、血液型を調べておけばよかったなどと言っている。いわくありげに「あんまり長く月を見つめていると気がへんになる」と言ったのも彼だし、第二の事件発生を予言したのも彼だった。

予言は的中したが、偶然的中したのではなく、砂井が的中させたのかも知れない。錠のかかっていた砂井のキャビンで、及川弥生はシャワーを浴びながら倒れていたのだ。排水孔を彼女の体がふさぎ、それでシャワーの水が廊下に溢れ、通りかかった曾根に注意されて、砂井が持っていた鍵でドアを開けたら彼女が死んでいたのである。

しかし砂井が犯人なら、なぜ自分のキャビンに死体を運び（及川弥生のネックレスは彼女の部屋に落ちていた）、なぜ疑われるような立場に自分を追い込んだのか。廊下に水が溢れたのは計算外で、そのため自分で死体を発見する羽目になったが、もしそうならなかったら、水島陽子と同様に永遠に死体が見つからぬ方法、つまり海に沈めてしまうつもりだったのではないか。

――いや。

矢野はすぐに考え直した。そのつもりなら、わざわざ裸にした理由が分らない。海に沈めるとしても、誰にも見られないでＰデッキへ死体を運ぶことは無理だ。ほとんど徹夜で騒いでいる生徒が多いのである。

矢野は何度も首をひねった。

マスター・キーを別にすれば、砂井のキャビンの鍵は二本しかなかった。一本は事務長が保管し、もう一本は砂井が持っていた。だから死体現場は密室であり、それを証明しようとするように、砂井は耳かきや爪ヤスリを使って、錠が簡単に外れないことを実験してみせた。他殺説を強調し、死体の解剖を提案したのも彼だった。

ところが、そんなふうに密室殺人の謎を出しておきながら、つぎはその謎を打消して、水島陽子の生存説を唱え出した。矢野や彦原たちが見た及川弥生は水島陽子の変装で、及川がその時刻まで生きていたように見せかけるためではなかったかという。無責任な想像で、根拠があるわけではない。夕食のときの及川弥生がおかしかったと言い出したのも彼だし、いたずらに事態を混乱させているだけではないのか。

矢野は息苦しい感じがして起上ると、隣室の黒木を訪ねた。

105

黒木も眠れないでいたようだった。

「桐山がまだごねているらしいな」

矢野は小さな椅子に腰かけて言った。

「構うものか。おれたちのせいじゃない」

「彦原氏に聞いたが、水島陽子との関係を認めたそうじゃないか」

「おれも聞いた。いよいよあいつが怪しい」

桐山久晴の容疑については、黒木も同意見だった。

しかし砂井については、矢野ほど疑っていなかった。

「第一――」黒木が言った。「砂井安次郎には犯行動機がない」

「そんなこと分るもんか。彼は講義を嫌っていたが、騒ぎを起こせば授業が潰《つぶ》れると思ったかも知れない」

「それだけの理由で殺人は無茶だ」

「常識で考えれば無茶だろうが、彼が常識人だという保証はない。洋上大学の講師になるとき、精神鑑定を受けたわけじゃないからな」

「頭がへんだというのか」

「そこまでは言わないが、彼は推理作家だ。推理作家というのは、小説の中で殺人をパズル・ゲームのように扱っている。いろいろな傾向があるから一概に言えないが、彼の小説は特にそういう娯楽性が強い。仕事としてつねに殺人の方法や死体の隠し方を考えているわけだ。普通の人間でも、そんな生活を十年もつづけたら大抵頭がおかしくなるに違いない。彼を常識人の枠内で考えていては駄目だ」

「しかし、及川弥生の死体を見つけたとき、他殺だと言い出したのは彼自身だぜ。密室構成の理由を説明したのも彼だった」

「逆に言えば、だからこそ彼が怪しい。犯人特有の異常心理で、密室の完全犯罪を誇示したかったのかも知れない。みんなに対する挑戦だな。耳かきや爪ヤスリを使った鍵のテストも、やはり逆の見方をすれば、完全犯罪の誇示と見ることができる」

「しかし、今は密室説をやめたらしい」

「おれたちをからかってるのさ。ことによると、庄野カオリや有田ミツ江の服を盗んだ犯人も、砂井安次郎がくさい」

「なぜだ」

「事件を混乱させるためさ。水島陽子生存説も同じだ」

「どうかな」

黒木は感心してくれなかった。

矢野も半信半疑で、自分で喋りながら、頼りなく思っていた。

「それより――」黒木が言った。「駒津ドクターが怪しいと思わないか。彼は医者だ。薬を使えば、どんなことでも出来る。及川弥生に注射した薬だって本当の中身は分らない。一昨日の夜、いったい何を海に捨てたのか、それを言わないというのも怪しい。案外、及川弥生の死体を砂井安次郎の部屋へ運んだのは彼かも知れない」

「なぜだ」

「駒津ドクターは体が大きい。痩せっぽちの砂井安次郎が死体を運ぶのは難しいが、駒津ドクターなら片手で抱えられる」

「体力なら望月伊策も負けないぜ。生徒の噂によると、彼は及川弥生を追いかけていた。砂井安次郎が彼女の解剖を主張したとき、頑強に反対したのも彼だった」

「高見沢梢はどうだろう」

「もちろん彼女も容疑十分だ。彼女は結団式のときから講師紹介の順序で感情をこじらせ、及川弥生にライバル意識を燃やしていた。あるいは単純なライバル意識ではなく、殺意を抱くような別の事情があったと考えてもいい」

「おれもその点を考えていた」黒木はようやく意見が一致したように言った。「高見沢女史が犯人とすれば、原因は同性愛だな」

「同性愛？」

矢野は意表をつかれた。

「ほかに原因がなければ、そう考える以外にない。おそらく、高見沢梢と及川弥生で水島陽子を奪い合った。その結果、高見沢は水島を殺し、さらに、犯行に気づいた及川も殺してしまった」

「高見沢梢もレズなのか」

「ということになるね」

「しかし想像だろう」

「真実は想像から生まれる」

「駄目だよ、そんな想像では。及川弥生のレズ説も噂に過ぎないじゃないか」

矢野は箪笥の上にあったウイスキーの瓶に手を伸ばした。

106

黒木のウイスキーだが、矢野は勝手にグラスを持ってきて飲んだ。

黒木は疲れた様子で、ベッドに腰かけたまま、壁によりかかっていた。

「生徒はどうだろうな」黒木が言った。「折戸玲子のほかに怪しいのはいないか」

「やはり彼女がいちばん怪しいね。あとで考えたが、彼女が美容室へ行ったのは、おしゃれのためではなく、変装するためだという気がしてきた。盗難が嘘だったとしても、嘘をついたのは僅かな金しか持っていなかったせいだろう。それでも美容室へ行ったのは、その必要があったからだ。髪のかたちを変えたら、顔の感じも大分変った」

「Pデッキのエレベーター付近で、生きている水島陽子を最後に見たというのが彼女だったな」

「そのとき、彼女が声をかけたのに、水島陽子は返事もしなかったらしい」

「それも嘘だろうか」

「難しいね」

「嘘をついた効果がないのか」

「いや、ないことはない。そのときの印象をもとに、彼女は自殺説をたてている。疑うなら、自殺と思わせるための嘘だ」

「それで水島陽子の死は説明できたとしても、及川弥生とはどう結びつくんだ」

「分らない」

「やはり同性愛のもつれかな」

黒木は何でも同性愛のせいにしたがった。

「甲斐靖代はどうだろう」

今度は矢野が聞いた。水島陽子と同室で、彼女と桐山久晴の仲を見るに耐えかね、キャビンを変えてくれと申し出ていた生徒である。

「うむ」黒木は深刻そうに頷いた。「おれは折戸玲子より、甲斐靖代がくさいと睨んでいる」

「また同性愛か」

「いや、同性愛はしばらくお預けにする。犯行の動機は分らないが、水島陽子と桐山がべたついているので、彼女が頭にきていたことは確かだろう。それに、彼女は船酔いがひどくて、レセプションも欠席したくらいだった。しかし、水島陽子はレセプションから戻らなかったと言うが、目撃者がいない限り、戻ったということも考えられる。とすれば、その間に桐山のことか何かで諍《いさか》いがあり、逆上して殺してしまったということもあり得ないではない。おれたちは水島陽子の行方を心配して彼女に電話をしたが、そのとき、すでに水島陽子は死体となって彼女のそばに横たわっていたかも知れないんだ。そのとき、水島陽子が戻らないという彼女の返事を信じて、誰ひとり部屋を覗きに行かなかった」

「しかし、かりに甲斐靖代が殺したとしても、彼女は小柄だぜ。その後どうやって水島陽子を部屋から運び出して捨てたんだ。その途中、誰かに見られる危険は砂井安次郎の場合より多い」

「でも、女同士なら、見られてもごまかしがきく。病人を介抱するように見せかけることも可能だ」

「しかし、そう見せかけられた者がいないじゃないか」

「目下のところはいないがね。運がよければ、誰にも見られないで済む。彼女は及川さんの水葬のとき気絶したが、かなりエキセントリックな女だ。ヒステリーの発作も普通以上で、ほかの二人はすぐ治ったが、彼女は駒津ドクターの部屋へ運ばれ、なかなか回復しなかった。今でも寝たきりらしく、おれたちがせっかく見舞いに行ったときも、とうとう姿を見せなかった。大分おかしいよ」

「気絶といえば、三輪桃子はどうなんだ」

矢野は彼女を疑っているわけではなく、黒木が惚れているらしいので、わざと聞いてみた。

「彼女は甲斐靖代なんかと違う。気持がやさしいから、水葬のショックが強烈すぎたんだ。ああいう光景に耐えられる神経ではない。むろん、事件に関して怪しい点は皆無だ。庄野カオリや有田ミツ江などとも違う」

黒木はムキになって言った。

矢野は、黒木が三輪桃子を弁護するのは差支えないが、そのため、庄野カオリと有田ミツ江が一段下に置かれるのは面白くなかった。

「どこが違うんだ」

矢野は言返した。

「明らかに違うね。庄野カオリも有田ミツ江も美人だということは認める。タイプは異なるが、及川弥生に好かれそうな感じだ。しかし三輪桃子には、彼女らの持っていない何かがある」

「何かって、何だ」

「分らないか」

「分らない」

「おれには分るんだ」

黒木は得意そうに言った。

107

三輪桃子に対する見解の相違から、何となく話がしらけた。

「ぼちぼち眠るかな」

黒木が横になって言った。

矢野は憮然として廊下へ出た。酔っていたが、気分のいい酔い加減ではなかった。

事務局のほうで騒々しい気配がした。すでに夜明けである。

矢野は、まだ桐山久晴がごねているのかと思っただけで、自分のキャビンへ戻った。

眼を閉じたが、頭はぼんやりしているのに、いっこうに眠くならない。矢野は何度も寝返りをうった。

事件について三輪桃子は怪しい点は皆無だ——と黒木は言った。果してそうだろうか。生きている及川弥生を最後に見たのは彦原と毛利だが、そのとき、及川は三輪桃子といっしょにエレベーターから下りてきた。三輪桃子はそれまで映画を見ていて、偶然エレベーターでいっしょになったというが、真偽は分らない。彼女は途中から映写室に入り途中で出てしまったと言っている。しかしその証人はいないのだ。エレベーターを下りていったん別行動をとっても、廊下を迂回すれば、彦原たちに見られないで及川のキャビンへ行くことができる。それに彼女は折戸玲子に競争心を持っているようだが、ということは、自分よりきれいだと思われそうな誰に対しても同じ感情を持っていることにならないだろうか。水島陽子が彼女よりきれいだったことは確かである。水葬のとき彼女も気絶した一人であり、その光景に普通以上のショックを受けたとすれば、及川弥生との関係も無視できない。

とすると、庄野カオリも同様に疑わなければ不公平だが、気絶するほどのショックを受けたといっても、あながち及川弥生との関係を示すとは限らない。水葬の光景は、タフなつもりの矢野でさえかなりショッキングだった。気絶しやすい体質かも知れないし、あのときはほかの生徒も泣いたり喚《わめ》いたり、集団ヒステリーのような症状を呈した。三輪桃子や庄野カオリを疑うなら、有田ミツ江や今中千秋も疑うべきだろう。大女の陣内左知子だって、わざわざ捜査本部をつくって刑事のような真似をしているが、容疑をそらすためかも知れないし、彼女こそいちばん怪しいという見方も可能だ。犯人は殺人狂だと言い、第三、第四の事件がホノルルに着くまでつづくと言ったのは彼女である。相手が気がおかしくなっている者なら常識で論理を組立てても始まらないが、いつか砂井安次郎が言ったように、洋上大学の参加者が全員欲求不満で、何かを期待して乗船したという見方は多分間違っていない。

とすれば、欲求不満の軋轢《あつれき》から、どんな拍子に殺人に発展してもそう不思議ではないだろう。船の専属楽団の歌手に対する疑いは一応薄らいだが、疑いが消えたわけではない。カナダの貿易商ロバート・ベックマンも、老齢の夫人同伴で欲求不満らしく、相当手が早いようだから、やはり油断はできない。

カメラマンの田浦だって、まさかとは思うが、せっかくのひげを剃ったのが怪しいし、内密にしていた及川弥生の他殺説を、折戸玲子に喋ったのは彼だ。そのため、生徒の間に新たな動揺が起こって、またしても集団ヒステリーが発生したのである。現在の彼は折戸玲子に夢中らしいが、それは水島陽子に惚れていたことを隠すため、あるいは生きている水島陽子の最後の目撃者折戸玲子に、別の目的があって近づいたということも考えられる。おしゃべりな彼女は利用価値がありそうだし、しゃべり過ぎるようなら、身近にいて警戒する必要があるに違いなかった。

黒木はどうか。

彼も怪しい点がないとは言えない。水島陽子が失踪した夜、Pデッキのベランダで血痕を見つけたのは彼だった。ほんの数滴、鼻血を垂らした程度の量である。マストの明りがさしていたが、よく見つけたという気がしないでもない。指先でこすって匂いを嗅ぎ、血だということを確かめている。今になって勘ぐれば、水島陽子が失踪した理由を、わざと暗示したようにも受取られるのだ。自己顕示欲を満足させるためで、彼女が飛込み自殺したと思われては面白くないからである。

矢野はますます眠れなかった。

腕時計を見ると、午前八時だった。すでに洋上七日目、遅番の朝食時間である。

矢野はウイスキーの瓶に手を伸ばし、ラッパ飲みに流し込んだ。

108

矢野は電話のベルで眼を覚ました。

「いい加減に起きて来いよ」

黒木の声だった。

「また事件か」

「いや、事件というほどじゃないが、おれは事務局にいる。とにかくもう三時だぜ」

三時だと言われても、矢野は正午に時計を覗いた憶えがあり、その後もしばらく眠れなかったから、二時間くらいしか眠っていなかった。

黒木は矢野を起こすと、勝手に電話を切ってしまった。

矢野は顔だけ洗って、事務局のキャビンへ行った。彦原は昨夜も眠れなかったらしく、落窪んだ眼をしよぼしょぼさせて、顔色も冴えなかった。

団長の彦原と毛利、それに黒木がいた。

「桐山さんがまだごねてるんですか」

矢野は彦原に言った。桐山に謝るつもりはないが、彦原には同情していた。

「――――」彦原は溜息をした。矢野が会うたびに溜息をしている。「桐山先生は怒っています。夜明け前の三時半頃ようやく帰ってもらいましたが、きょうは講義を休んで、一歩も部屋から出ないようです。気になって電話をしたら、ヘリコプターはまだかと言われました」

「甘ったれてるんだよ」

黒木が冷たく言った。

「しかし」矢野は首をかしげた。「桐山さんは三時半頃帰ったというけど、事務局は朝になってもごたごたしているようだった。ほかに何かあったんですか」

「眠れない生徒がいたせいです」彦原が答えた。「前の晩のつづきみたいに泣き出した生徒が五、六人、ほかに眠れないという生徒が七、八人いて、それでも、一応みんな駒津先生に睡眠薬をもらって部屋へ帰りましたが、E組の有田ミツ江は睡眠薬がきかなかった」

「どうしてだろう」

「一種のノイローゼですね。眠れなくても夜通しで遊んでいる生徒がいますが、有田ミツ江はそういう元気な連中と違って、ロビーでしょんぼりしていた。それが午前五時頃です。駒津先生を起こして、睡眠薬を追加してもらうわけにもいきません。もう朝ですよ。声をかけたら泣かれてしまって、ほんとうに参りました。あの部屋では眠れないって言うんです」

「なぜかな。彼女は二人部屋で、庄野カオリといっしょでしょう」

「そうです。彼女がはっきりした理由を言わないので、私もどういう訳か分らない。とにかく部屋を変えてくれと言って、あとは泣くばかりです」

「庄野カオリはどうしていますか」

「彼女も寝不足のような顔でしたが、講義には出ていました。今は部屋にいると思います」

「有田ミツ江は」

「クラスは別ですが、彼女も講義には出ていました。きょうで講義は終りです。明日は修業式ですからね」

「有田ミツ江が部屋を変えたがっていることを、庄野カオリは知っているんですか」

「いいえ、気にするといけないし、ほかの生徒にも知らせないようにしています」

「結局、部屋を変えることにしたわけですか」

「そうはいきません。明後日はホノルルに着くというのに、ここで一人だけ部屋を変えたら、どんな噂が立つか知れない。我慢するように言い聞かせました」

「承知しましたか」

「したようです」

「庄野カオリと喧嘩でもしたのだろうか」

「そうかも知れませんね。二人ともおとなしそうだが、三輪桃子と折戸玲子も仲がわるいようだし、見かけでは分らないことがいっぱいあるらしい。お蔭でこの七日間、私はほとんど眠っていない。今夜も眠れなかったら、死んでしまいますよ」

「しかし——」矢野は話を戻した。「仲がわるくても、三輪桃子や折戸玲子は四人部屋だから我慢しやすい。しかし二人きりの部屋で仲たがいしたら、辛くてたまらないと思うな。水島陽子が消えて、ちょうど彼女のベッドが空いている。甲斐靖代も、ひとりぼっちで寝るのは心細いに違いない。水島陽子の空いたベッドに、有田ミツ江を入れてやればいいじゃないですか。ほかの生徒には内緒にできるでしょう。あと僅《わず》か二日です」

「いや、それはちょっとまずい」

「なぜですか」

「うまく言えないが、ちょっとまずいんですよ」

彦原はことばを濁した。

109

甲斐靖代がひとりでいるキャビンに、有田ミツ江を入れることがなぜまずいのか。

「おかしい」

事務局のキャビンを出てから、黒木もしきりに首をひねった。

洋上七日目はメリディアン・デー、経度一八〇度の子午線を通過する日で、船員は白い夏服に着替える。日本からハワイへ向うと、この日付け変更線で同じ日付けが二日つづくが、帰りは一日進ませるから同じことになる。船内の催しは今夜限りで、夕食のあと船客の演芸コンクールが行われることになっていた。

食事の順は有田ミツ江が早番、庄野カオリが遅番だった。

矢野はまず有田ミツ江に会おうと思った。正式の晩餐会ではないから、きものやドレスを盗まれた彼女らも服装に気をつかう必要はなかった。

しかし、陣内左知子や今中千秋の姿は見えたが、有田ミツ江は食卓にいなかった。同じ早番の甲斐靖代も見えない。

矢野や講師たちは遅番である。

やがて、早番と遅番が交替し、庄野カオリや折戸玲子、三輪桃子たちがいつものテーブルについた。

矢野は有田ミツ江の行方が気がかりだった。庄野カオリは元気がないようだが、特に変った様子でもない。

カメラマンの田浦は、相変らず熱っぽい眼で折戸玲子のほうばかり眺め、黒木は三輪桃子が気になっているらしかった。

講師のほうは駒津ドクターが食欲旺盛のようで、砂井安次郎は専ら葡萄酒、望月伊策は落着かない様子、高見沢梢は黙々と食べていた。不機嫌そうだが、桐山久晴もさかんにフォークを口へ運んでいた。

睡眠不足の矢野も、さすがに朝食と昼飯ぬきで空腹だったから、飲むより食べるほうに忙しかった。

食欲がなかったらしい庄野カオリが、やや早目に席を立った。

矢野は食事を中止し、ロビーで庄野カオリに追いついた。

「今夜は、きみも何かやるんですか」

矢野はさりげなく話しかけた。

「あたしは駄目よ。歌は下手だし、踊りもできないわ」

彼女の口調は、いつもどことなく投げやりだった。

「ほかの人は何をやるのかな」

「みんな張切っていたみたいだけど、いろんな事件があったりして、やる気を失くしたようなことを聞いたわ。出場者は少ないんじゃないかしら。でも、折戸さんは踊るらしいわね」

「踊るって」

「折戸さんは日本舞踊の名取りなのよ」

「そいつは意外だな。きみと同じ部屋の有田さんは」

「知らないわ」

「食事に来なかったようだけど、病気じゃないだろうね」

「そんなことないはずよ。今朝から見えないけど、そう言えば、どこへ行ったのかしら」

庄野カオリは不思議そうに言った。

ダイニング・ルームからつぎつぎに人が出てきて、ロビーが賑わった。会場のエメラルド・ルームでは、素人の歌や踊りが始まった頃だった。

矢野は黒木に誘われて、Pデッキへ上った。

会場は満員だった。

ステージでは、例の下手なバンドの伴奏で、老齢のベックマン夫妻が、神妙なゼスチュアをまじえて「いとしのクレメンタイン」を歌っていた。

つぎはベックマン氏の浮気相手をつとめていた洋上大学の生徒が「祇園小唄」を歌い、きもの姿の相棒が歌に合わせてなよなよと踊った。

矢野は会場を見まわしたが、有田ミツ江は見えなかった。甲斐靖代も見えない。バーを覗くと、砂井安次郎と駒津ドクターがカウンターで飲んでいた。深刻な話をしている様子で、間に割込めない感じだった。

矢野はベランダに出た。

潮風に吹かれ、夜涼をたのしんでいる者が多かった。

庄野カオリが手すりにもたれ、その向うに田浦と折戸玲子が肩を並べていた。有田ミツ江はやはり見えなかった。ひとりでキャビンに引きこもっているのか。矢野はデッキ・チェアに体を伸ばし、彼女のことを考えながらいつの間にか眠った。

矢野はぐっすり眠った。おそらく、寝不足がつづいたせいだった。自然に眼を覚ましたが、ベランダは閑散として、エメラルド・ルームの明りも消えていた。

時刻は午前二時半だった。

——よく眠ったな。

矢野は起上った。

もう庄野カオリも、田浦や折戸玲子も見えなかった。

矢野はキャビンへ帰りかけた。

そのとき、プールの向う側に二人の人影が見えた。

一人は砂井安次郎だった。

もう一人は女らしいが、長い髪で横顔が隠れていた。

矢野は視線を凝らした。

砂井と女はやや斜めに向い合い、ほとんど砂井ひとりで喋りつづけているようで、女は時おり頷いたり首を振ったりしていた。

矢野は夢を見ているような気がした。

やがて、女の影が動いて、月のひかりに顔が浮かんだ。

有田ミツ江だった。

110

有田ミツ江は砂井安次郎に背中を向けた。そして手すりに沿って、デッキのはずれのほうへゆっくり歩いた。

矢野は息をのんで見守った。

砂井安次郎は、有田ミツ江のうしろ姿を見送るように突っ立っていた。

有田ミツ江が振返った。

振返ったままの姿勢で、しばらく動かないように見えた。しかし、それは矢野の錯覚だった。実際は短い時間だった。彼女は手すりに体を乗り出すと、つぎの瞬間には、最初からそこにいなかったように消えていた。

矢野は依然夢を見ているような気持だった。

有田ミツ江が立っていた辺りに、砂井の駆けつける姿が映った。

むろん夢ではなかった。矢野が駆けつけると、砂井は海中を覗いていた。

海は月のひかりを浴びて、夜光虫が宝石をちりばめたように光っているばかりだった。

「どうしたんですか」

矢野は頭が混乱していた。

砂井は放心状態から覚めた表情で、矢野の存在に初めて気がついたらしかった。

「見てたんですか」

「見ていました」

「だったら、見ていたとおりだ。有田ミツ江は海に飛込んでしまった」

「なぜ身投げなんかしたんですか。いや、そんなことより、早く船長に連絡して対策を頼めば、助かるかも知れない」

「無駄だよ。東京湾や瀬戸内海に飛込んだのとは訳が違う。それに、彼女は助けを求めていない。自分から死を選んだ。静かに眠ってくれと、祈る以外にない」

「すると砂井さんは、彼女が死ぬことを知っていながら、見殺しにしたんですか」

「そうじゃない。見ていたなら分ったはずだ。ぼくは彼女を死なせたくなかった。死なないように説得できたつもりだった。しかし、彼女は決心を変えなかった。ぼくを油断させて、ふいに飛込んでしまった。生きているのが辛くて、たまらなかったのだと思う」

「なぜですか」

「言いたくないな。気分が重い」

「言ってくれませんか。ぼくだって、気楽に聞こうとしているわけじゃない。他言を憚《はばか》ることなら、内密にします。さもなければ、たった今ぼくがこの眼で見た事実を、口外するなと言われても断ります。砂井さんが、自殺するように仕向けたのかも知れない」

「弱ったな」

「弱ることはないでしょう。水島陽子が失踪して、つぎに及川さんが殺され、今度は有田ミツ江が海に飛込んだ。黙ってはいられません」

「――――」砂井は苦しそうな息をした。「矢野さんが言うように、ぼくが彼女を追いつめた結果になったが、それ以前に、彼女自身が自分を追いつめていた。昨夜、彼女が眠れなかったのはそのせいだ。睡眠薬が効かなかったのではなく、眠るのが怖くて薬を飲めなかったんだ。部屋を変えたがったが、ひとりでいるときしか安心して眠れなくなっていた。水島陽子や及川弥生の夢にうなされ、同室の庄野カオリに寝言を聞かれはしないかと怯えていたらしい」

「有田ミツ江がそう言ったんですか」

「彼女が言わなかったら、ぼくが知るはずはない。多分その告白をしたときから、死ぬ決心だったに違いない」

「ぼくはまだ信じられない。有田ミツ江が、水島陽子と及川さんを殺したんですか」

「ぼくは彼女の告白を聞いた。初め、ぼくは推理小説を考える程度の気持で水島陽子の失踪事件に関心を持っていた。ところが、ぼくの部屋で及川さんの死体が見つかり、ぼくに疑いがかかってきた。ぼくは真剣に考えざるを得なくなった。そして昨夜から今朝にかけて、有田ミツ江が眠れないでいると聞き、ようやく彼女以外に犯人はいないという結論を得た。それまでは庄野カオリのことも疑っていた」

「庄野カオリも？」

「彼女も盗難の被害者だった」

「盗難事件が殺人と関係あるんですか」

「あの盗難事件がなければ、ぼくは犯人が分らないままでいられたと思う」

「もっと分りやすく説明してくれませんか。折戸玲子が財布を盗まれた事件も関係しているんですか」

「折戸玲子の事件は直接関係していない。おそらく、財布盗難事件は彼女の虚栄心がつくった嘘だろうが、その嘘が有田ミツ江の偽装盗難にヒントを与えた。そして、疑いを免れるためにやった偽装盗難が、かえって疑いを招いてしまった」

砂井は自分が犯行の自白を強いられているように、矢野に促されながら、しぶしぶと話をつづけた。

111

水島陽子に自殺する意思がなかったことは、遺書がなかったし、わざわざ太平洋を死場所に選ぶ理由もなく、二冊のハワイ観光案内書を持参したことで明らかだった。

一方、及川弥生も自殺説の根拠がなくて、むしろ死体現場の模様は他殺の疑いが濃厚だった。

そこで砂井安次郎は、ごく常識的な発想から、犯人は水島陽子殺しの現場を及川弥生に見られ、そのために及川も殺したと考えた。生徒と講師の違いはあるが、被害者は二人とも洋上大学の参加者だった。

ほかにこの連続殺人の共通点として、生きている彼女らの最後を見た者は、水島も及川も顔色が青く、声をかけても返事さえしなかったという証言があった。しかし、及川が水島殺しを目撃したために殺されたとすれば、そのとき完全に息の根を止められたはずだった。

ところが、及川の死体現場の密室の謎を解こうとした砂井安次郎は、出入口のドアが耳かきや爪ヤスリなどで簡単に操作できないことを知り、深夜十二時前後という犯行時刻に疑問を抱いた。頭部の打撲傷で即死するとは限らないからである。夕食の際の様子がおかしかったし、日中、及川のキャビンに何者かがいたらしいという彦原らの証言もあった。及川のキャビンで見つかったネックレスは、犯行が及川のキャビンで行われたことを示している。とすると、なお残る疑問は、彼女がなぜ砂井のキャビンで死んでいたかということだった。即死でなかったなら後刻キャビンを間違えた可能性があり、さらにその理由としては、負傷後何時間か経って意識がもうろうとしていたことが考えられ、だから顔色が青ざめ、声をかけられても聞えないから返事をしなかったので、キャビンを間違えて内側から錠をかけ、キャビンを間違えたことも気づかぬほど症状が悪化していて、シャワーを浴びているうちに死んだのではないか。

砂井はそう考え、水島事件と及川事件を一応切離してみた。

そのとき頭に浮かんだのが、有田ミツ江と庄野カオリの正装盗難事件だった。出入口の錠が簡単に操作できないことはテスト済みで、そのテストの結果はほかのキャビンにも当てはまるはずだった。つまり、有田ミツ江と庄野カオリのキャビンに泥棒が入り、そのとき錠がかかっていたというなら、合鍵を持っている有田か庄野が犯人で、そのどちらかが嘘をついていると見てもおかしくなかった。被害は正装用のきものとドレスで、犯人の目的は彼女らを正式の晩餐会やパーティに出席できなくさせるためとしか考えられなかったが、しかし、被害者二人のうちのどちらかが犯人とすれば、なぜ自分の正装まで盗まれたふりをしたのか。

「有田ミツ江は、水島陽子の血がついたきものを捨てる必要があった。水島陽子が失踪した夜、矢野さんと黒木さんがベランダで見つけた血痕が犯行の跡だった。凶器は有田ミツ江が髪に挿していた簪《かんざし》で、うしろから首の辺を刺したようだが、急所を刺したというより、ショック死したらしい。とにかく彼女は夢中だったそうだ。水島陽子が死んだので慌てたが、死体を海に捨てるときも夢中だったと言っている。水島陽子が息を吹返したら大変だし、事件を隠したいいっしんだったに違いない。簪も海に投げ捨て、部屋に帰って気がついたら袖口と襟に血がついていた。彼女は急いで普段着の服に着替えた。もう、血のついたきものを着るわけにいかない。洗っても、干しているところを見つかれば怪しまれるし、正装はそれ一着しか持っていなかった。といって、まだ出航二日目で、これから先の晩餐会やパーティを、どういう理由で欠席できるか。仮病をつかっても、いずれ怪しまれるに違いない。そこで思いついたのが、折戸玲子の盗難事件からヒントを得た盗難の偽装だった。どうせ血のついたきものは、人眼につかないうちに処分しなければならない。盗まれたことにすれば、折戸玲子の財布を盗んだ犯人の仕業と見られるだろう、と彼女は考えた。確かに、それはきものを処分する最上の方法だった。捜査を混乱させる役目も果たしている。自分のきものだけ盗まれるのは不自然だから、庄野カオリのドレスもいっしょに海へ捨てた。有田の夕食は早番だったが、疑われないために、遅番の庄野カオリが食事を済ますまで待ち、いっしょにエメラルド・ルームへ行ってから隙をみて引返し、きものとドレスを持出して捨てたらしい。これで自分も盗難の被害者ということになり、疑われる心配はないと思ったようだ」

「有田ミツ江は、船に乗る前から水島陽子を殺すつもりだったのだろうか」

「いや、彼女は水島陽子を知らなかった」

「それではなぜ殺したんです」

「有田ミツ江というのは、本名ではない。身上書の記載は偽りだった。洋上大学の事務局は身上書を信用し、身元調査をしなかった。事件が起こらなければそれでよかったんだ……」

十泊十一日間のハワイ旅行に無料招待するというファニー化粧品の洋上大学は、応募ハガキが二十五万通を越え、当選者は僅か百人に過ぎなかった。ハガキを一通出したくらいでは当選の望みが薄い。それで水島陽子などは五百通もハガキを出したほどだが、十通、二十通程度はざらで、姉妹や友人の名前を借りた者も少くなかった。別に珍しいことではない。有田ミツ江と名乗った女も、そういう応募者の一人だった。

彼女は新聞の広告で洋上大学のことを知り、十通あまりの応募ハガキを書いた。むろんハワイへ行きたかったからだが、水島陽子と違って、十通以上書いても同じ名前では一通にみなされると思い、住所だけ自宅と同じにして名前を別にした。住所だけなら、沢山のハガキに紛れてしまうと思ったのだ。

彼女は運よく当選した。

当選者の名前が有田ミツ江で、彼女の友だちだった。身上書や論文の提出を求められたときから、彼女は何の抵抗感もなく有田ミツ江になりすましていた。渡航手続きの際は有田ミツ江の戸籍抄本をとり、自分の写真を二枚添付した。

やがて、二月中旬に説明会があり、都内と東京近県の参加者が三十人くらい集まった。彼女が水島陽子に不審を抱かれたのは、そのときが最初だった。互いに顔を見憶えたのもそのときが最初である。

ついで出航の当日、乗船する前にファニー化粧品本社で結団式がおこなわれたが、そのとき、百人の生徒がつぎつぎに立って自己紹介をした。彼女が有田ミツ江として自己紹介したことは言うまでもない。

しかし、その日は何事もなく過ぎた。

翌日は晩餐会につづいて船長主催のレセプションだった。百人の生徒は妍を競うように着飾り、水島陽子とならんで、有田ミツ江の美しいきもの姿が注目を浴びた。

おそらく、水島陽子は嫉妬したに違いない。それで彼女に対し、偽名を見破っていることを告げた。名前も年齢も、仏文科の大学生というのも嘘だったのだ。

「なぜ嘘がバレたのだろう」

「水島陽子は最初から彼女の正体に気づいていたんだ。しかも、彼女のきものは水島陽子のお古だった」

「そんなばかな――」

矢野は唖然とした。

「彼女が認めているのだから事実だろう。彼女のおふくろは家政婦をしている。器量よしの娘が自慢で、いつも娘の写真を持っていて、娘の自慢話が得意だったらしい。水島陽子の家の家政婦をしていたときも、やはり娘の自慢をして、娘の写真を何枚も水島陽子に見せていた。ところがそのおふくろは、水島陽子の言い分では手癖が悪いのでクビになったというが、真偽は分らないし、むろん娘のほうはそんなことを知らない。そしてある日、勤め先のおくさんに貰ったと言って、まだ一、二度しか手を通していないようなきものを持って帰った。その勤め先に同じ年ごろの娘がいて、お古で失礼だがよく働いてくれたお礼ということだった。高価な品を貰うことは滅多にないが、契約期間が終ったときなど、給料以外に品物を貰ってくることは珍しくなかったから、彼女はおふくろに感謝した。見るからに高級なきもので、趣味も彼女に合っていた。だから洋上大学に参加するときも、それを唯一の正装にした。まさかそのきものの以前の持主が、同じ洋上大学にいるなどとは想像もしなかった。水島陽子は単なる厭がらせで言ったのだろうが、彼女にしてみれば深刻な問題だった。みんなに喋られるのではないかと思うと、じっとしていられなくなった。もはやレセプションどころではなかった。彼女は寒くて人影のないベランダに出て、どうしたらいいか真剣に考えていた。

そこへ、ふいに水島陽子が現れた。酔って気分が悪かったのか、青ざめた顔をしていた。手すりに体を乗り出し、吐こうとしているように見えた。

殺意が起ったのは、そのうしろ姿を見たときだった。水島陽子さえいなくなれば、恥ずかしい思いも惨めな思いもしないで済む。彼女は一途にそう考えた」

「信じられない」

矢野の脳裡には美しいいきもの姿が浮かんでいた。有田ミツ江は水島陽子の失踪について、ドレスを汚さぬように吐こうとして体を乗り出した弾《はず》みに過って海に落ちたのではないか、と言っていた。それは、事件の真相の一端に触れていたのだ。

「ぼくも信じたくない。だが、彼女が身投げした現場は、あんたも見ていたはずだ」

「及川さんを殺したのも彼女ですか」

「うむ」砂井は吐息をつくように頷いた。「あんたが教えてくれたように、及川さんはやはりレズだったようだ。彦原氏たちが室内点検にまわったとき、及川さんはドアを開けないで、室内に来客がいるらしかった。そのときの来客が有田ミツ江だった」

「有田ミツ江は本名じゃないでしょう」

「本名じゃないが、彼女は最後まで本名を言わなかったし、ぼくも無理に聞こうとしなかった。聞いたって仕様がない。だから有田ミツ江という名前にしておく。彼女は及川さんに呼ばれ、何気なく及川さんの部屋へ行った。ところが、及川さんは意外な行為を彼女に迫った。突然抱きすくめようとしたらしい。彼女は驚いて及川さんを突き飛ばし、及川さんが転倒した隙に逃げた。まさかそのときに頭を打った傷が原因で死んだなんて、考えもしなかったというのは本当だろう。しかしいろいろ噂を聞いて、やはり自分のせいで死んだらしいと分ってきた。彼女はいっそう罪の意識に苦しまねばならなかった。水島陽子と及川さんの夢にうなされ、ろくに眠れなくなったのは当然だと思う」

「しかし、今の話で彼女が犯人だということは分ったけれど、決定的な証拠はないでしょう」

「だからさっき、ぼくは簪の行方を彼女に聞いた。彼女は、盗まれたのはきものだけだと言っていたのだ。それに、彼女が仏文の学生ではないことは、フランス語を話題にすれば簡単に分ることだった。ぼくは彼女を追いつめてしまったんだ。追いつめておきながら、死んじゃいけないと言うほうが無理だった」

「彼女に同情しているんですか」

「自分を彼女の立場に置いてみれば、ぼくも殺したかも知れない。殺して構わないというわけじゃないが、彼女が自殺しかねない様子なので、黙っていられなかった。彼女のような場合、矢野さんならどうしますか」

「――――」

矢野は答えられなかった。

重苦しい沈黙がつづいた。

矢野は、もう夢ではないと分っていながら、まだ夢を見ているのだという幻影にすがりつこうとしていた。

そして、長い時間が経ったような気がした。

「ぼくは砂井さんや桐山さんを疑っていたが、駒津ドクターのことも疑っていた。及川さんの水葬があった夜、駒津ドクターはビニール袋のような物を海に捨てた。聞いてはみたが、ドクターは教えてくれなかった。あれは何だったのだろう。ぼくは甲斐靖代に関係があるような気がした。彼女は気絶して、意識を回復したあと、しばらく駒津ドクターの部屋から出て来なかった」

「駒津ドクターは産婦人科の医者だ。職業上の秘密で言えないことがある」

「甲斐靖代が事件のショックで流産し、その際の下物《おりもの》を海に捨てたのだろうか」

「想像は自由だが、他人を傷つけるような想像は口にしないほうがいい。それより、折戸玲子は田浦さんと結婚するらしいな。プロムナードで会ったら、そう言っていた」

「ぼくは折戸玲子のことなど、どうでも構わない。それより有田ミツ江のことです。庄野カオリは、彼女の犯行に気づいていたのだろうか」

「気づいていたら、庄野カオリこそ部屋を変えたがったはずだ。しかし一昨日の明方、有田ミツ江は水島陽子や及川さんの夢にうなされて眼を覚ましたが、そのとき、庄野カオリもうなされる声を聞いて眼を覚ましたそうだ。それで有田ミツ江はなおさら眠るのが怖くなったに違いない」

「彼女はもう海の底ですね」

「魚たちと、安らかに眠ってるよ」

「しかし、この事件の後始末はどうしますか」

「彦原氏にだけ事実を話すつもりだ。そうすれば、彼が善後策を考えるだろう。あとはぼくらの知ったことじゃない」

「砂井さんのひげはどうなりますか」

「せっかく伸びたひげだが、事件のことを忘れるために、剃ったほうがいいかも知れない」

砂井はひげづらを撫《な》で、深い息をするように空を仰いだ。

月は西に傾いて、降るような星空だった。南十字星が見えているはずだが、あんまり星が多いので、どの四つの星が南十字星か矢野は見当がつかなかった。とにかく満天の星空である。快い風が吹き、海は夜光虫がきらめいて、セントルイス号は何事もなかったようにハワイへ向っている。

矢野は手すりにもたれ、いつまでも夜光虫の海を見つめていた。

作者のことば

旅行ブームといわれて、国内はもちろん海外まで旅行がさかんらしいが、ジェット機でひとっ飛びなどというのはいかにも忙しなくこの目まぐるしい時代に、いちばん贅沢な旅行は時間をたっぷりかけて行く船旅だろうと思う。

昨年の四月、私は洋上大学の企画に便乗してハワイへ行ってきた。片道八日間、外見だけは洋上大学の女子学生百人に囲まれた恰好で浮き浮きと過ごしたが、仕事の習性が抜けなくて、豪華な客船内で殺人事件を起こさせたらどんな推理小説ができるかということが頭を離れなかった。

そのときの体験、見聞を生かして、できるだけ面白い推理小説にしたいと願っています。

（一九七一・八・三〇「週刊文春」）

解　説——豪華客船に投影された謎解き

山前《やままえ》　譲《ゆずる》
（推理小説研究家）

本書『魚たちと眠れ』は、「週刊文春」に連載されたのち（一九七一・九・六〜一九七二・五・二十二）、一九七二年七月、文藝春秋より刊行された。一九七六年にロマンブックス（講談社）より、一九七七年には角川文庫より刊行されている。また、東京文藝社版「結城昌治長篇推理小説選集」の第七巻として一九八一年に刊行された。

謎解きで興味をそそるこの長編の舞台は、日本から遥か離れた太平洋上の豪華客船である。化粧品会社が企画したハワイまでの洋上大学の途中で、事件が続発する。その真相に挑むのは、取材で同行した週刊誌の記者だ。巨大な密室となった船上で、論理的な謎解きが繰り広げられていく。

外界から遮断された空間というだけで、ミステリーとしての興趣はたっぷりである。ことに本格推理の謎解きでは理想的な舞台だ。嵐や雪で孤立した山荘や船も通わぬ孤島での事件は、当然、容疑者が限定される。もちろん犯人も被害者も、そして探偵も限られた空間に閉じ込められているのだ。犯人を推理するデータに余計なものはない。作者は読者に対して、フェアな謎解きを挑むことができる。

本格推理としてはまたとないシチュエーションではあるけれど、ごく自然にまったく外部と接触できない場所を設定することはなかなか難しい。絶海の孤島がもっとも理想的だろうか。それ以外では、よほど大きな自然災害でも起こさない限り、完全に孤立することは難しい。あるいは宇宙に飛び出すか……。

その意味で、宏大な太平洋で、優雅にハワイを目指す客船は、本格推理の謎解きとしては魅力的な舞台である。もちろん、無線で連絡は常時行っているから、外部と完全に孤立しているわけではない。また、飛行機やヘリコプターでの接近も不可能ではないが、それはよほどの緊急事態だ。作中には「たとえ嫌な相手がいても、太平洋に飛込んで鮫《さめ》に食われる以外に逃げ道はない」と書かれている。孤立した場所として、大海原をゆっくりと進む客船は、情景的にも際立っているだろう。

本書の舞台は、一万八千トンのセントルイス号である。旅客定員は五百人。建造されて二十年経っているし、ファースト・クラスとはいっても、洋上大学生らが利用した船室はどうやら豪華とは言えなかったようだが、規模といい設備といい、洋上のホテルと言って間違いなかった。

そのセントルイス号は、太平洋航路定期船として、母港のサンフランシスコから、ロサンゼルス—ホノルル—横浜—神戸—香港—マニラ—神戸—横浜—ホノルルと巡回している。そのうちの横浜—ホノルル間を利用して、化粧品会社が八泊九日の洋上大学を計画したのだ。スケジュールはこのようなものである。
一日目　午後四時、横浜港出航　〈夜〉晩餐会と船長主催のレセプション
二日目　午前九時〜十一時　講義
三日目　午前九時〜十一時　講義　〈夜〉夜会
四日目　午前九時〜十一時　講義　〈夜〉仮面舞踏会
五日目　休講
六日目　午前九時〜十一時　講義　〈夜〉晩餐会とカジノ・ナイト
七日目　午前九時〜十一時　講義　〈夜〉グランド・ショウ
〈メリディアン・デー（東経一八〇度の子午線通過）〉
八日目　修業式
九日目　午前八時　ホノルル入港
〈一泊して空路帰国〉

洋上大学の一行は、二十五万通の応募から選ばれた生徒百人、講師五人、主催者側五人、旅行代理店二人、そして取材記者が二人である。事件は出港したその夜から起こった。生徒のひとりが、財布がなくなったと言いだしたのだが、それは序章にしか過ぎなかった。生徒の失踪、パーティ用の衣装の盗難、そして密室で発見された死体……。洋上大学の学長や事務局長は、連日深夜まで対策に追われ、船旅をエンジョイしてもらおうと企画されたせっかくのイベントもゆっくり楽しめない。それは記者の矢野も同じで、事件を解決しようと積極的に情報を収集

し、推理を重ねていくのだ。

結城作品はミステリー系に限ってみてもじつに多彩だが、そのスタートは謎解きの興味たっぷりの本格推理だった。一九五九年十二月に刊行された長編第一作『ひげのある男たち』の「あとがき」には、「本篇は、いわゆる本格探偵小説をこころざしたもので、推理の手がかりはすべて提出したつもりです」とあり、結核療養所で知り合った福永武彦は同書の「序」で、「なかなかしゃれた、上品な、ユーモラスな代物だ。本格物だし、僕はとうとう最後まで犯人の名前が分らず、見事にしてやられた」と記している。

結城昌治がとくに熱心にミステリーを読み出したのは、一九五三年、「ハヤカワ・ポケット・ミステリ」が創刊されてからだった。江戸川乱歩監修によって次々と海外の名作・話題作・新作が刊行されたのを、読破していったが、「その頃は犯人や、アリバイ・トリック、犯行動機を当てようとしてメモをとりながら読んだものである」(「私の推理小説作法」)とのことだから、かなり熱心な読者だったのは確かだ。そして、推理小説を読む楽しさについては、エッセイ「一視点一人称」に、「読者が作中人物といっしょになって犯行現場をあらため、容疑者や証人たちの話を聞き、あるいは珍しい地方の風物に接し新しい知識をあつめ、そしてさまざまの人生に立会いながら事件の真相を推理してゆく愉しさにある」と記している。

『魚たちと眠れ』はまさにこの愉しさを完全に具体化した長編だろう。事件は週刊誌記者の矢野の視点で語られる。その矢野と一緒に、読者は「セントルイス号」の中を歩き回り、若さはじける学生たちと話したり、意味ありげな行動を目撃したりする。矢野にとって、客船での旅や洋上大学は初めての体験だ。それだけに好奇心は旺盛で、ミステリーの読者の要求を十分に満たしている。何人かの講師とは事前に面識があったにしても、ほとんどの事件関係者とは初対面であり、人間関係に関する予備知識はない。読者も矢野と同じ立場で推理をすめていくことができるのだ。また、ほぼ同年代の若い女性とはいえ、その人生はさまざまである。生まれや育ち、現在の境遇はひとりひとり違う。そうしたなかで事件は起こり、推理がなされていくのだ。

そして、つねに新しさを求めていた結城作品にとって、本書での新しさはやはり豪華な客船という舞台である。近年になって内田康夫『貴賓室の怪人――「飛鳥」編』（二〇〇〇）や木谷恭介『世界一周クルーズ殺人事件』（二〇〇一）といった、豪華客船を背景にした作品も刊行されているが、四方を海に囲まれている日本ではありながら、外洋を優雅に旅する客船が取り上げられることは少なかった。結城作品に先行する作品というと、本格推理ではないけれど、西村京太郎『ある朝　海に』（一九七一）ぐらいだろうか。

海外ミステリーでは欧州と北米大陸を結ぶ大西洋航路がよく舞台になっているが、日本の推理作家にとって、太平洋航路ほかの海外へ向かう船旅は身近なものではなかったようだ。もちろん留学や移民での船旅は日本でもポピュラーだったが、ミステリーブームで多様な作品が日本でも発表されるようになった一九六〇年代は、航空路の発達によって、定期客船が撤退しつつある時代だった。しだいにクルーズサービスにシフトしていったという。その流れのなかで、洋上大学という企画も生まれたのだろうか。世界一周をしながらちゃんと単位の取れる、本当の洋上大学もあったようだ。

本書に収録した連載開始にあたっての「作者のことば」にあるように、洋上大学の様子には作者の実体験が反映されている。そこには「昨年の四月」、すなわち一九七〇年の四月にハワイへ行ってきたとあるが、「小松左京年譜」（小松左京事務所作成）の一九六九年の項には、「五月、ワコール主催のハワイ太平洋レディス・カレッジの講師としてプレジデント・ウィルソン号に乗って横浜港からハワイへ。荒垣秀雄、結城昌治、柳原良平、川添登、水野正男、栗田勇らと100人の女性との洋上大学」とも記されている。これが同一のものなのかどうかは確認できなかったが、いずれにしても、実体験がないと本書のような描写はできなかっただろう。

日本で洋上大学（洋上カレッジ）が注目されるようになったのは、結城昌治が体験した頃だった。一九六九年に朝日洋上大学が、一九七〇年にはキッコーマン・奥様洋上大学が行われ、一九七一年には今もつづく兵庫県青年洋上大学がスタートしている。ひとつの流行だったとも言えるが、もちろんその背景には、観光目的の海外旅行が身近になったということもあったはずだ。

セントルイス号での洋上大学は、費用が主催者もちであり、講義の内容も堅苦しくなく、さながら動く無料カルチャー・センターである。生徒たちは完全に観光気分だったが、事件によって楽しい船旅は一転し、パニック状態に追い込まれていく。矢野は講師のひとりにむかって語る。「この船に乗っている者は全員容疑を免れない。殺人がおこなわれたとすれば、犯人はかならずこの船の中にいる」と。さらにつづけて、「つまり船というのは海に閉ざされた密室で、被害者を海に沈めたとしても、犯人も海に沈まない限り逃げ場がない。犯人は絶対この船にいるよ」とも。

結城作品らしいアイロニカルな視線とひげへのこだわりがそこかしこにちりばめられつつ、太平洋上の豪華客船での謎解きが繰り広げられる。『魚たちと眠れ』で本格推理の醍醐味が堪能できるだろう。

角川文庫（一九七七年七月　角川書店刊）を底本としました。

光文社文庫

結城昌治コレクション
魚《さかな》たちと眠《ねむ》れ
著者　結《ゆう》城《き》昌《しょう》治《じ》

2008年10月20日　初版1刷発行

発行者　駒井　稔
印刷　萩原印刷
製本　フォーネット社

発行所　株式会社　光文社
〒112-8011　東京都文京区音羽1-16-6
電話　(03)5395-8149　編集部
8114　販売部
8125　業務部

落丁本・乱丁本は業務部にご連絡くだされば、お取替えいたします。
ISBN978-4-334-74493-9　Printed in Japan

組版　萩原印刷

お願い　光文社文庫をお読みになって、いかがでございましたか。「読後の感想」を編集部あてに、ぜひお送りください。
このほか光文社文庫では、どんな本をお読みになりましたか。これから、どういう本をご希望ですか。どの本も、誤植がないようつとめていますが、もしお気づきの点がございましたら、お教えください。ご職業、ご年齢などもお書きそえいただければ幸いです。当社の規定により本来の目的以外に使用せず、大切に扱わせていただきます。

光文社文庫編集部